«КРУТО СВАРЕННЫЙ СЮЖЕТ ДЕТЕКТИВА, МИЛЫЙ ГЕРОЙ, ОЧАРОВАТЕЛЬНОЕ, УТЕШИТЕЛЬНОЕ ВРЕМЯ ДЕЙСТВИЯ, ОТЛИЧНАЯ СТИЛИЗАЦИЯ ТЕКСТА И ПРЕКРАСНОЕ ЗНАНИЕ РЕАЛИЙ».

Коммерсантъ-daily

«ИНТЕЛЛИГЕНТНАЯ ПУБЛИКА ДАВНО УЖЕ ТОСКОВАЛА О КОМ-ТО ПОДОБНОМ. ОМЕРЗЕНИЕ, С КОИМ ОНА ОТВЕРГАЕТ ГРУБЫЕ ПОЛИЦЕЙСКИЕ ИСТОРИЙКИ,.. ДОЛЖНО БЫЛО БЫТЬ ВОЗНАГРАЖДЕНО ПОЯВЛЕНИЕМ ЛЕГКОГО, НО ИЗЯЩНОГО И ПОБУЖДАЮЩЕГО К РАЗМЫШЛЕНИЯМ ПИСАТЕЛЯ. ЕСЛИ БЫ Б.АКУНИНА НЕ БЫЛО, ЕГО СТОИЛО БЫ ВЫДУМАТЬ!»

Афиша

«КРЕПКОЕ ЖАНРОВОЕ НАЧАЛО ПРОДУКТИВНО СОЧЕТАЕТСЯ С АВТОРСКИМ. ЭТО РАВНО ДАЛЕКО И ОТ СКУЧНЫХ МИЛИЦЕЙСКИХ РОМАНОВ, И ОТ НОВОРУССКОГО УГАРА. МОГУЧИЙ ВТОРОЙ ПЛАН. КРАСИВО, УМНО, СТИЛЬНО».

Культ личностей

«ТАКИЕ РАЗНЫЕ РОМАНЫ.
НО ОТО ВСЕХ ВКУСНО ПАХНЕТ
ВЕЛИКОЙ РУССКОЙ ЛИТЕРАТУРОЙ.
ВСЕ РАЗВИВАЮТСЯ ДИНАМИЧНО,
ПО ЛУЧШИМ ЗАПАДНЫМ СТАНДАРТАМ.
ВСЕ НА ОДНОМ ВЫСШЕМ УРОВНЕ
ВЛАДЕНИЯ МАТЕРИАЛОМ,
КАК ИСТОРИЧЕСКИМ,
ТАК И ЛИТЕРАТУРНЫМ».

Ex Libris НГ

«ЕДИНСТВЕННЫЙ ДЕТЕКТИВ,
СОЧЕТАЮЩИЙ ОСТРОУМНУЮ
ПАРАДОКСАЛЬНОСТЬ СЮЖЕТА
С БЛЕСТЯЩЕЙ СТИЛИЗАТОРСКОЙ МАНЕРОЙ».

Известия

«ГЛЯНЦЕВЫЕ РОМАНЫ Б.АКУНИНА
МОГУТ ПРИМИРИТЬ С КОММЕРЧЕСКИМ
ПИСЬМОМ ЛЮБИТЕЛЕЙ ИЗЯЩЕСТВА
И СЛОВЕСНОСТИ».

Время МН

«ГЛЯНЦЕВАЯ СЛОВЕСНОСТЬ
ОЧЕНЬ ВЫСОКОГО УРОВНЯ,
ЮВЕЛИРНЫЙ СЮЖЕТ,
ТОНЧАЙШАЯ СТИЛИЗАЦИЯ,
БОГАТЫЙ КУЛЬТУРНЫЙ СЛОЙ,
СИЛЬНЫЕ ЭМОЦИИ».

Неприкосновенный запас

«ЧИТАТЕЛЬ,
ВЗЯВШИЙ В РУКИ ТРУД АКУНИНА,
ДОЛЖЕН ЗНАТЬ НАПЕРЕД,
ЧТО НИКАКИХ ДЕЛ ОН НЕ ПЕРЕДЕЛАЕТ,
НИКАКИХ ТЕЛЕПРОГРАММ НЕ УВИДИТ
И КО СНУ НЕ ОТПРАВИТСЯ
РОВНО НА ТОТ ВРЕМЕННОЙ ОТРЕЗОК,
ЧТО ПОТРЕБУЕТСЯ ЕМУ
ДЛЯ ПРОЧТЕНИЯ ДЕТЕКТИВА
ДО ПОСЛЕДНЕЙ СТРОКИ.
БУДТО ЧЕРТ КАКОЙ СВИЛ ГНЕЗДО СВОЕ
НА НЕУТОМИМОМ ПЕРЕ ПИСАТЕЛЯ
И ЗАСТАВЛЯЕТ ЕГО ВЫПИСЫВАТЬ НЕЧТО
ТАКОЕ, ЧТО И НЕ ВИДАНО НИКОГДА БЫЛО В
ПРИРОДЕ.
НАПИСАНО И ВПРЯМЬ ТАК,
ДА ЕЩЕ ТАКИМ ЧИСТЫМ,
ФИЛИГРАННЫМ РУССКИМ ЯЗЫКОМ,
ЧТО ИЗГОТОВИТЕЛИ И ГОНИТЕЛИ
МАКУЛАТУРНЫХ ВОЛН,
КАКОВЫЕ САМОЗВАННО ДЕРЗАЮТ
ИМЕНОВАТЬСЯ ПИСАТЕЛЯМИ,
ДОЛЖНЫ ЛИБО ПОКОНЧИТЬ С СОБОЙ
ПУТЕМ ВЫСТРЕЛИВАНИЯ ИЗ ПИСТОЛЕТА
«ЛЕПАЖ» В ВИСОК, ЛИБО ЗАРЫДАТЬ,
ОЧИСТИТЬСЯ И НАЧАТЬ ДРУГУЮ ЖИЗНЬ.
ТРУД Б.АКУНИНА —
ЖИВОЕ НАПОМИНАНИЕ О ТОМ,
ЧТО НЕТ ВЫСОКИХ И НИЗКИХ ЖАНРОВ,
А ЕСТЬ ХОРОШАЯ И ПЛОХАЯ ЛИТЕРАТУРА».

Эхо Москвы

Литературный проект Б. Акунина
«Приключения Эраста Фандорина»

Все жанры классического криминального романа в одной серии

Издано:

«*Азазель*» (1876)
— конспирологический детектив

«*Турецкий гамбит*» (1877)
— шпионский детектив

«*Левиафан*» (1878)
— герметичный детектив

«*Смерть Ахиллеса*» (1882)
— детектив о наемном убийце

«*Особые поручения*» (1886, 1889)
— повесть о мошенниках и повесть о маньяке

«*Статский советник*» (1891)
— политический детектив

А потом:

Великосветский детектив, декадентский детектив, этнографический детектив, мистический детектив, недетективный детектив и прочая, и прочая...

В изданиях Захарова с 1998 года

Б. Акунин

Турецкий гамбит

Роман

ЗАХАРОВ
Москва
2001

УДК 882
ББК 84Р1-44
А 44

*Художник
Константин Победин*

**В оформлении использован
коллаж работы Макса Эрнста**

*Издание третье
дополненное*

ISBN 5-8159-0097-4 («Захаров»)

© B.Akunin, автор, 1998
© И.Захаров, издатель, 1998

Глава первая,
в которой передовая женщина попадает в безвыходную ситуацию

> «Ревю паризьен» (Париж),
> 14(2) июля 1877 г.
> «Наш корреспондент, вот уже вторую неделю находящийся при русской Дунайской армии, сообщает, что вчерашним приказом от 1 июля (13 июля по европейскому стилю) император Александр благодарит свои победоносные войска, успешно форсировавшие Дунай и вторгшиеся в пределы Османского государства. В Высочайшем приказе сказано, что враг полностью сломлен и не далее как через две недели над Святой Софией в Константинополе будет установлен православный крест. Наступающая армия почти не встречает сопротивления, если не считать комариных укусов, которые наносят по русским коммуникациям летучие отряды так называемых башибузуков («бешеных голов») — полуразбойников-полупартизан, известных своим диким нравом и кровожадной свирепостью».

Женщина есть тварь хилая и ненадежная, сказал Блаженный Августин. Прав мракобес и женоненавистник, тысячу раз прав. Во всяком случае, в отношении одной особы по имени Варвара Суворова.

Начиналось, как веселое приключение, а закончилось вон чем. Так дуре и надо. Мама всегда повторяла, что Варя рано или поздно доиграется, вот она и доигралась.

А отец, большой мудрости и ангельского терпения человек, во время очередного бурного объяснения поделил жизненный путь дочери на три периода: чертенок в юбке; Божье наказание; полоумная нигилистка. До сегодняшнего дня Варя такой дефиницией гордилась и говорила, что останавливаться на достигнутом не собирается, но самонадеянность сыграла с ней злую шутку.

И зачем только она согласилась сделать остановку в корчме, или как у них тут называется этот гнусный притон? Возница, подлый вор Митко, начал ныть: «Да запоим конете, да запоим конете». Вот и напоили коней. Господи, что ж теперь делать-то...

Варя сидела в углу темного, заплеванного сарая, за неструганым дощатым столом и смертельно боялась. Такой тоскливый, безнадежный ужас она испытала только однажды, в шестилетнем возрасте, когда расколола любимую бабушкину чашку и спряталась под диван, ожидая неминуемой кары.

Помолиться бы, но передовые женщины не молятся. А ситуация между тем выглядела совершенно безвыходной.

Значит, так. Отрезок пути Петербург — Бухарешт был преодолен быстро и даже с комфортом, скорый поезд (два классных вагона и десять платформ с орудиями) домчал Варю до столицы румынского княжества в три дня. Из-за карих глаз стриженой барышни, которая курила папиросы и принципиально не позволяла целовать руку, офицеры и военные чиновники, следовавшие к театру боевых действий, чуть не переубивали друг друга. На каждой остановке Варе несли букеты и лукошки с клубникой. Букеты она выбрасывала в окно, потому что пошлость, от клубники тоже вскоре пришлось отказаться, потому что пошла красная сыпь. Поездка получилась веселой и приятной, хотя в умственном и идейном отношении все кавалеры, разумеется, были совершеннейшими инфузориями. Один корнет, правда, читал Ламартина и даже слышал про Шопенгауэра, он ухаживал тоньше, чем другие, но Варя по-товарищески объяснила ему, что едет к жениху, и после этого корнет вел себя безупречно. А собой был очень даже недурен, на Лермонтова похож. Да бог с ним, с корнетом.

Второй этап путешествия тоже прошел без сучка без задоринки. От Букарешта до Турну-Мегуреле ходил дилижанс. Пришлось потрястись и поглотать пыли, но зато теперь до цели было рукой подать — по слухам, главная квартира Дунайской армии располагалась на том берегу реки, в Царевицах.

Теперь предстояло осуществить последнюю, самую ответственную часть Плана, разработанного еще в Петербурге (Варя так про себя и называла — План, с большой буквы). Вчера вечером, под покровом темноты, она переправилась на лодке через Дунай чуть повыше Зимницы, где тому две недели героическая 14-я дивизия генерала Драгомирова форсировала непреодолимую водную преграду. Отсюда начиналась турецкая территория, зона боевых действий, и запросто можно было попасться. По дорогам рыскали казачьи разъезды, чуть зазеваешься — и пиши пропало, в два счета отправят обратно в Букарешт. Но Варя, девушка находчивая, это предвидела и приняла меры.

В болгарской деревне, расположенной на южном берегу Дуная, очень кстати обнаружился постоялый двор. Дальше — лучше: хозяин понимал по-русски и обещал всего за пять рублей дать надежного *водача*, проводника. Варя купила широкие штаны вроде шальвар, рубаху, сапоги, куртку без рукавов и дурацкую суконную шапку, переоделась и разом превратилась из европейской барышни в худенького болгарского подростка. Такой ни у какого разъезда подозрений не вызовет. Дорогу нарочно заказала кружную, в обход маршевых колонн, чтобы попасть в Царевицы не с севера, а с юга. Там, в главной армейской квартире, находился Петя Яблоков, Варин ... собственно, не совсем понятно кто. Жених? Товарищ? Муж? Скажем так: бывший муж и будущий жених. Ну и, естественно, товарищ.

Выехали еще затемно на скрипучей, тряской каруце. Водач, сивоусый молчаливый Митко, без конца жевавший табак и сплевывавший на дорогу длинной бурой струей (Варю каждый раз передергивало), поначалу напевал что-то экзотически-балканское, потом умолк и крепко задумался — теперь-то понятно о чем.

Мог и убить, вздрогнув, подумала Варя. Или что-нибудь похуже. И очень просто — кто тут разбираться станет. Подумали бы на этих, как их, башибузуков.

Но и без убийства получилось скверно. Предатель Митко завел спутницу в корчму, более всего похожую на разбойничий притон, усадил за стол, велел подать сыру и кувшин вина, а сам повернул к двери, показав, мол, сейчас приду. Варя метнулась за ним, не желая оставаться в этом грязном, темном и зловонном вертепе, но Митко сказал, что ему необходимо отлучиться, ну, в общем, по физиологической надобности. Когда Варя не поняла, пояснил жестом, и она, смутившись, вернулась на место.

Физиологическая надобность затянулась дольше всех мыслимых пределов. Варя немного поела соленого невкусного сыра, пригубила кислого вина, а потом, не выдержав внимания, которое начали проявлять к ее персоне жутковатые посетители питейного заведения, вышла во двор.

Вышла и обмерла.

Каруцы и след простыл. А в ней — чемодан с вещами. В чемодане дорожная аптечка. В аптечке, между корпией и бинтами, паспорт и все-все деньги.

Варя хотела выбежать на дорогу, но тут из корчмы выскочил хозяин, в красной рубахе, с багровым носом, с бородавками на щеке, сердито закричал, показал: сначала плати, потом уходи. Варя вернулась, потому что испугалась хозяина, а платить было нечем. Тихо села в угол и попыталась отнестись к случившемуся как к приключению. Не получилось.

В корчме не было ни одной женщины. Грязные, горластые крестьяне вели себя совсем не так, как русские мужики — те смирные и, пока не упьются, переговариваются вполголоса, а эти громко орали, пили кружками красное вино и постоянно заливались хищным (как показалось Варе) хохотом. За дальним длинным столом играли в кости и после каждого броска шумно галдели. Раз забранились громче обычного, и одного, маленького, сильно пьяного ударили глиняной кружкой по голове. Так он и валялся под столом, никто даже не подошел.

Хозяин кивнул головой на Варю и смачно сказал что-то такое, отчего за соседними столами заоборачивались и недобро загоготали. Варя поежилась и надвинула шапку на глаза. Больше в корчме никто в шапке не сидел. Но снять нельзя, волосы рассыпятся. Не такие уж они длинные — как и положено современной женщине, Варя стриглась коротко, — но все же сразу выдадут принадлежность к слабому полу. Гадкое, выдуманное мужчинами обозначение — «слабый пол». Но, увы, правильное.

Теперь на Варю пялились со всех сторон, и взгляды были клейкие, нехорошие. Только игрокам в кости было не до нее, да через стол, ближе к стойке, сидел спиной какой-то понурый, уткнувшись носом в кружку с вином. Видны были только стриженые черные волосы да седоватые виски.

Варе стало очень страшно. Не разнюнивайся, сказала она себе. Ты взрослая, сильная женщина, а не кисейная барышня. Надо сказать, что русская, что к жениху в армию. Мы — освободители Болгарии, нам тут все рады. По-болгарски говорить просто, надо только ко всему прибавлять «та». Русская армията. Невестата. Невестата на русский солдат. Что-нибудь в этом роде.

Она обернулась к окну — а вдруг Митко объявится? Вдруг водил коней на водопой и теперь возвращается? Но ни Митко, ни каруцы на пыльной улице не было, зато Варя увидела такое, на что раньше не обратила внимания. Над домами торчал невысокий облупленный минарет. Ой! Неужто деревня мусульманская? Но ведь болгаре — христиане, православные, все это знают. Опять же, вино пьют, а мусульманам Коран запрещает. Но если деревня христианская, тогда в каком смысле минарет? А если мусульманская, то за кого они — за наших или за турок? Вряд ли за наших. Выходило, что «армията» не поможет.

Что же делать-то, Господи?

В четырнадцать лет на уроке Закона Божия Вареньке Суворовой пришла в голову неопровержимая в своей очевидности мысль — как только раньше никто не догадался. Если Бог сотворил Адама сначала, а Еву потом, то это свидетельствует вовсе не о том, что мужчины главнее, а о том, что женщины совершенней. Мужчина — пробный образец человека, эскиз, в то время как женщина — окончательно утвержденный вариант, исправленный и дополненный. Ведь это яснее ясного! Но вся интересная, настоящая жизнь почему-то принадлежит мужчинам, а женщины только рожают и вышивают, рожают и вышивают. Почему такая несправедливость? Потому что мужчины сильнее. Значит, надо быть сильной.

И Варенька решила, что будет жить иначе. Вот в Американских Штатах уже есть и первая женщина-врач Мери Джейкоби, и первая женщина-священник Антуанетта Блеквелл, а в России все косность и домострой. Но ничего, дайте срок.

По окончании гимназии Варя, подобно Американским Штатам, провела победоносную войну за независимость (мягкотел оказался папенька, адвокат Суворов) и поступила на акушерские курсы, тем самым превратившись из «Божьего наказания» в «полоумную нигилистку».

С курсами не сложилось. Теоретическую часть Варенька одолела без труда, хотя многое в процессе создания человеческого существа показалось ей удивительным и невероятным, но когда довелось присутствовать на настоящих родах, произошел конфуз. Не выдержав истошных воплей роженицы и ужасного вида сплюснутой младенческой головки, что лезла из истерзанной, окровавленной плоти, Варя позорно бухнулась в обморок, и после этого оставалось только уйти на телеграфные курсы. Стать одной из первых русских телеграфисток поначалу было лестно — про Варю даже написали в «Петербургских ведомостях» (номер от 28 ноября 1875 года, статья «Давно пора»), однако служба оказалась невыносимо скучной и без каких-либо видов на будущее.

И Варя, к облегчению родителей, уехала в тамбовское имение — но не бездельничать, а учить и воспитывать крестьянских детей. Там, в новенькой, пахнущей сосновыми опилками школе и познакомилась она с петербургским студентом Петей Яблоковым. Петя преподавал арифметику, географию и основы естественных наук, Варя — все прочие дисциплины. Довольно скоро до крестьян дошло, что ни платы, ни прочих каких удовольствий от хождения в школу не будет, и детей разобрали по домам (нечего лоботрясничать, работать надо), но к тому времени у Вари и Пети уже возник проект дальнейшей жизни — свободной, современной, построенной на взаимоуважении и разумном распределении обязанностей.

С унизительной зависимостью от родительских подачек было покончено. На Выборгской сняли квартиру — с мышами, но зато в три комнаты. Чтобы жить, как Вера Павловна с Лопуховым: у каждого своя территория, а третья комната — для совместных бесед и приема гостей. Хозяевам назвались мужем и женой, но сожительствовали исключительно по-товарищески: вечером читали, пили чай и разговаривали в общей гостиной, потом желали друг другу спокойной ночи и расходились по своим комнатам. Так прожили почти год, и славно прожили, вот уж воистину душа в душу, без пошлости и грязи. Петя ходил в университет и давал уроки, а Варя выучилась на стенографистку и зарабатывала до ста рублей в месяц. Вела протоколы в суде, записывала мемуары выжившего из ума генерала, покорителя Варшавы, а потом по рекомендации друзей попала стенографировать роман к Великому Писателю (обойдемся без имен, потому что закончилось некрасиво). К Великому Писателю Варя относилась с благоговением и брать плату решительно отказалась, ибо и так почитала за счастье, однако властитель дум понял ее отказ превратно. Он был ужасно старый, на шестом десятке, обремененный большим семейством и к тому же совсем некрасивый. Зато говорил красноречиво и убедительно, не поспоришь: действительно, невинность — смешной предрассудок, буржуазная мораль отвратительна, а в человеческом естестве нет ничего стыдного. Варя слушала, потом подолгу, часами советовалась с Петрушей, как быть. Петруша соглашался, что целомудрие и ханжество — оковы, навязанные женщине, но вступать с Великим Писателем в физиологические отношения решительно не советовал.

Горячился, доказывал, что не такой уж он великий, хоть и с былыми заслугами, что многие передовые люди считают его реакционером. Закончилось, как уже было сказано выше, некрасиво. Однажды Великий Писатель, оборвав диктовку невероятной по силе сцены (Варя записывала со слезами на глазах), шумно задышал, зашмыгал носом, неловко обхватил русоволосую стенографистку за плечи и потащил к дивану. Какое-то время она терпела его невразумительные нашептывания и прикосновения трясущихся пальцев, которые совсем запутались в крючках и пуговках, потом вдруг отчетливо поняла — даже не поняла, а почувствовала: все это неправильно и случиться никак не может. Оттолкнула Великого Писателя, выбежала вон и больше не возвращалась.

Эта история плохо подействовала на Петю. Был март, весна началась рано, от Невы пахло простором и ледоходом, и Петя поставил ультиматум: так больше продолжаться не может, они созданы друг для друга, их отношения проверены временем. Оба живые люди, и нечего обманывать законы природы. Он, конечно, согласится на телесную любовь и без венца, но лучше пожениться по-настоящему, ибо это избавит от многих сложностей. И как-то так ловко повернул, что далее дискутировалось лишь одно — в каком браке жить — гражданском или церковном. Споры продолжались до апреля, а в апреле началась долгожданная война за освобождение славянских братьев, и Петя Яблоков как порядочный человек отправился волонтером. Перед отъездом Варя пообещала ему две вещи: что скоро даст окончательный ответ и что воевать они будут непременно вместе — уж она что-нибудь придумает.

И придумала. Не сразу, но придумала. Устроиться сестрой во временно-военный госпиталь или в походный лазарет не удалось — незаконченные акушерские курсы Варе не засчитали. Женщин-телеграфисток в действующую армию не брали. Варя совсем было впала в отчаяние, но тут из Румынии пришло письмо: Петя жаловался, что в пехоту его не пустили по причине плоскостопия, а оставили при штабе главнокомандующего, великого князя Николая Николаевича, ибо вольноопределяющийся Яблоков — математик, а в армии отчаянно не хватает шифровальщиков.

Ну уж пристроиться на какую-нибудь службу при главной квартире или, на худой конец, просто затеряться в тыловой сутолоке будет нетрудно, решила Варя и немедленно составила План, который на первых двух этапах был чудо как хорош, а на третьем завершился катастрофой.

Между тем приближалась развязка. Багровоносый хозяин буркнул что-то угрожающее и, вытирая руки серым полотенцем, вразвалочку направился к Варе, очень похожий в своей красной рубахе на подходящего к плахе палача. Стало сухо во рту и слегка затошнило. Может, прикинуться глухонемой? То есть глухонемым.

Понурый, что сидел спиной, неспешно поднялся, подошел к Вариному столу и молча сел напротив. Она увидела бледное и, несмотря на седоватые виски, очень молодое, почти мальчишеское лицо с холодными голубыми глазами, тонкими усиками, неулыбчивым ртом. Странное было лицо, совсем не такое, как у остальных крестьян, хотя одет незнакомец был так же, как они — разве что куртка поновей да рубаха почище.

На подошедшего хозяина голубоглазый даже не оглянулся, только пренебрежительно махнул, и грозный палач немедленно ретировался за стойку. Но спокойнее от этого Варе не стало. Наоборот, вот сейчас самое страшное и начнется.

Она наморщила лоб, приготовившись услышать чужую речь. Лучше не говорить, а кивать и мотать головой. Только бы не забыть — у болгар все наоборот: когда киваешь, это значит «нет», когда качаешь головой, это значит «да».

Но голубоглазый ни о чем спрашивать не стал. Удрученно вздохнул и, слегка заикаясь, сказал на чистом русском:

— Эх, м-мадемуазель, лучше дожидались бы жениха дома. Тут вам не роман Майн Рида. Скверно могло з-закончиться.

Глава вторая,
в которой появляется
много интересных мужчин

> **«Русский инвалид» (Санкт-Петербург), 2(14) июля 1877 г.**
> «...После заключения перемирия между Портой и Сербией многие патриоты славянского дела, доблестные витязи земли русской, служившие добровольцами под водительством храброго генерала Черняева, устремились на зов Царя-Освободителя и, рискуя жизнью, пробираются через дикие горы и темные леса на болгарскую землю, дабы воссоединиться с православным воинством и завершить долгожданною победою свой святой ратный подвиг».

До Вари смысл сказанного дошел не сразу. По инерции она сначала кивнула, потом покачала головой и лишь после этого остолбенело разинула рот.

— Не удивляйтесь, — скучным голосом промолвил странный крестьянин. — То, что вы д-девица, видно сразу — вон у вас прядь из-под шапки вылезла. Это раз. (Варя воровато подобрала предательский локон.) То, что вы русская, тоже очевидно: вздернутый нос, великорусский рисунок скул, русые волосы, и г-главное — отсутствие загара. Это два. Насчет жениха тоже просто: п-пробираетесь тайком — стало быть, по приватному интересу. А какой у девицы вашего возраста может быть приватный интерес в действующей армии? Только романтический. Это три. Т-теперь четыре: тот усач, что привел вас сюда, а потом исчез, — ваш проводник? И деньги, конечно, были спрятаны среди вещей? Г-глупо. Все важное нужно держать п-при себе. Вас как зовут?

— Суворова Варя. Варвара Андреевна, — испуганно прошептала Варя. — Вы кто? Вы откуда?

— Эраст Петрович Фандорин. Сербский волонтер. Возвращаюсь из т-турецкого плена.

Слава богу, а то уж Варя решила, не галлюцинация ли. Сербский волонтер! Из турецкого плена! Она почтительно взглянула на седые виски и, не удержавшись, спросила, да еще пальцем неделикатно показала:

— Это вас там мучили, да? Я читала про ужасы турецкого плена. И заикание, наверное, тоже от этого.

Эраст Петрович Фандорин насупился, ответил неохотно:

— Никто меня не мучил. С утра до вечера п-поили кофеем и разговаривали исключительно по-французски. Жил на положении гостя у видинского к-каймакама.

— У кого? — не поняла Варя.

— Видин — это город на румынской границе. А каймакам — губернатор. Что же д-до заикания, то это следствие давней контузии.

— Бежали, да? — с завистью спросила она. — Пробираетесь в действующую армию, чтобы повоевать?

— Нет. Повоевал предостаточно.

Должно быть, на лице Вари отразилось крайнее недоумение. Во всяком случае, волонтер счел нужным присовокупить:

— Война, Варвара Андреевна, — ужасная гадость. На ней не б-бывает ни правых, ни виноватых. А хорошие и плохие есть с обеих сторон. Только хороших обычно убивают п-первыми.

— Зачем же вы тогда отправились добровольцем в Сербию? — запальчиво спросила она. — Ведь вас никто не гнал?

— Из эгоистических соображений. Был болен, нуждался в лечении.

Варя удивилась:

— Разве на войне лечат?

— Да. Вид чужой б-боли позволяет легче переносить свою. Я попал на фронт за две недели до разгрома армии Черняева. А потом еще вдосталь набродился по горам, настрелялся. Слава богу, к-кажется, ни в кого не попал.

Не то интересничает, не то просто циник, с некоторым раздражением подумала Варя и язвительно заметила:

— Ну и сидели бы у своего макама до конца войны. Зачем было бежать?

— Я не бежал. Юсуф-паша меня отпустил.

— А что же вас в Болгарию понесло?

— Есть дело, — коротко ответил Фандорин. — Вы, с-собственно, куда направлялись?

— В Царевицы, в штаб главнокомандующего. А вы?

— В Белу. По слухам, там ставка его в-величества. — Волонтер помолчал, недовольно пошевелил тонкими бровями, вздохнул. — Но можно и к главнокомандующему.

— Правда? — обрадовалась Варя. — Ой, давайте вместе, а? Я просто не знаю, что бы делала, если б вас не встретила.

— П-пустяки. Велели бы хозяину отвезти вас в расположение ближайшей русской части, да и дело с концом.

— Велела бы? Хозяину корчмы? — боязливо спросила Варя.

— Это не корчма, а механа.

— Пускай механа. Но деревня ведь мусульманская?

— Мусульманская.

— Так они выдали бы меня туркам!

— Не хочу вас обижать, Варвара Андреевна, но для турок вы не представляете ни малейшего интереса, а вот от вашего жениха хозяину непременно б-была бы награда.

— Я уж лучше с вами, — взмолилась Варя. — Ну пожалуйста!

— У меня одна кляча, причем полудохлая. На такую вдвоем не сядешь. Д-денег три куруша. За вино и сыр расплатиться хватит, но не более... Нужна еще лошадь или хотя бы осел. А это по меньшей мере сотня.

Варин новый знакомый замолчал и, что-то прикидывая, оглянулся на игроков в кости. Снова тяжко вздохнул.

— Посидите тут. Я сейчас.

Он медленно подошел к играющим, минут пять стоял возле стола, наблюдая. Потом сказал что-то такое (Варя не слышала), от чего все разом перестали кидать кости и обернулись к нему. Фандорин показал на Варю, и она заерзала на скамье под устремленными на нее взглядами. Потом грянул дружный хохот — явно скабрезный и для Вари оскорбительный, но Фандорин и не подумал заступиться за честь дамы. Вместо этого он пожал руку какому-то усатому толстяку и уселся на скамью. Прочие дали ему место, а вокруг стола сразу же собралась кучка любопытствующих.

Итак, волонтер, кажется, затеял игру. Но на какие деньги? На три куруша? Долго же ему придется играть, чтобы выиграть лошадь. Варя забеспокоилась, сообразив, что доверилась человеку, которого совсем не знает. Выглядит странно, странно говорит, странно поступает... С другой стороны, разве у нее есть выбор?

В толпе зевак зашумели — это кинул кости толстяк. Потом рассыпчато застучало еще раз, и стены дрогнули от дружного вопля.

— Д-дванадесет, — спокойно объявил Фандорин и встал. — Где магарето?

Толстяк тоже вскочил, схватил волонтера за рукав и быстро заговорил что-то, отчаянно пуча глаза.

Он все повторял:

— Оште ветнаж, оште ветнаж!

Фандорин выслушал и решительно кивнул, но проигравшего его покладистость почему-то не устроила. Он заорал громче прежнего, замахал руками. Фандорин снова кивнул, еще решительней, и тут Варя вспомнила про болгарский парадокс: когда киваешь, это значит «нет».

Тогда неудачник вознамерился перейти от слов к действиям — он широко размахнулся, и зеваки шарахнулись в стороны, однако Эраст Петрович не шелохнулся, лишь его правая рука как бы ненароком нырнула в карман. Жест был почти неприметный, но на толстяка подействовал магически. Он разом сник, всхлипнул и буркнул что-то жалкое. На сей раз Фандорин помотал головой, бросил оказавшемуся тут же хозяину пару монет и направился к выходу. На Варю он даже не взглянул, но она в приглашении не нуждалась — сорвалась с места и моментально оказалась рядом со своим спасителем.

— Второй от к-края, — сосредоточенно прищурился Эраст Петрович, останавливаясь на крыльце.

Варя проследила за направлением его взгляда и увидела у коновязи целую шеренгу лошадей, ослов и мулов, мирно хрупавших сено.

— Вон он, ваш б-буцефал, — показал волонтер на бурого ишачка. — Неказист, зато падать невысоко.

— Вы его что, выиграли? — сообразила Варя.

Фандорин молча кивнул, отвязывая тощую сивую кобылу.

Он помог спутнице сесть в деревянное седло, довольно ловко запрыгнул на свою сивку, и они выехали на деревенскую улицу, ярко освещенную полуденным солнцем.

— Далеко до Царевиц? — спросила Варя, трясясь в такт мелким шажкам своего мохнатоухого транспортного средства.

— Если не з-заплутаем, к ночи доберемся, — величественно ответил сверху всадник.

Совсем отуречился в плену, сердито подумала Варя. Мог бы даму на лошадь посадить. Типично мужской нарциссизм. Павлин! Селезень! Только бы перед серой уточкой покрасоваться. И так бог знает на кого похожа, а тут еще изображай Санчо Пансу при Рыцаре Печального Образа.

— А что у вас в кармане? — вспомнила она. — Пистолет, да?

Фандорин удивился:

— В каком кармане? Ах, в к-кармане. К сожалению, ничего.

— Ну, а вдруг он не испугался бы?

— С тем, кто не испугался бы, я бы не сел играть.

— Но как же вы смогли выиграть осла с одного раза? — полюбопытствовала Варя. — Неужто тот человек поставил осла против трех курушей?

— Нет, конечно.
— На что же вы играли?
— На вас, — невозмутимо ответил Фандорин. — Девушка против осла — это выгодная ставка. Вы уж п-простите великодушно, Варвара Андреевна, но другого выхода не было.

— Простить?! — Варя так качнулась в седле, что едва не съехала на сторону. — А если бы вы проиграли?!

— У меня, Варвара Андреевна, есть одно странное свойство. Я т-терпеть не могу азартных игр, но когда приходится играть, неизменно выигрываю. Les caprices de la f-fortune[1]. Я и свободу у видинского паши в нарды выиграл.

Варя не знала, что сказать на это легкомысленное заявление, и решила смертельно обидеться. Поэтому дальше ехали молча.

Варварское седло, орудие пытки, доставляло Варе массу неудобств, но она терпела, время от времени меняя центр тяжести.

— Жестко? — спросил Фандорин. — Хотите п-подложить мою куртку?

Варя не ответила, потому что, во-первых, предложение показалось ей не вполне приличным, а во-вторых, из принципа.

Дорога долго петляла меж невысоких лесистых холмов, потом спустилась на равнину. За все время путникам никто не встретился, и это начинало тревожить. Варя несколько раз искоса взглядывала на Фандорина, но тот, чурбан, сохранял полнейшую невозмутимость и больше вступать в разговор не пытался.

Однако хорошо же она будет выглядеть, явившись в Царевицы в таком наряде. Ну, Пете, положим, все равно, ему хоть в мешковину нарядись — не заметит, но ведь там штаб, целое общество. Заявишься этаким чучелом... Варя сдернула шапку, провела рукой по волосам и совсем расстроилась. Волосы и так были не особенно

---

[1] Прихоти фортуны (фр.)

— того тусклого, мышиного оттенка, который называют русым, да еще от маскарада спутались, повисли космами. Последний раз вымыты третьего дня, в Бухаресте. Нет, лучше уж в шапке. Зато наряд болгарского крестьянина совсем неплох — практичен и по-своему эффектен. Шальвары чем-то напоминают знаменитые «блумеры», в которых некогда ходили английские суфражистки, сражаясь с нелепыми и унизительными панталонами и нижними юбками. Если б перехватить по талии широким алым поясом, как в «Похищении из сераля» (прошлой осенью слушали с Петей в Мариинке), было бы даже живописно.

Внезапно размышления Варвары Андреевны были прерваны самым бесцеремонным образом. Наклонившись, волонтер схватил ишака под уздцы, глупое животное резко остановилось, и Варя чуть не перелетела через ушастую башку.

— Вы что, с ума сошли?!

— Теперь что бы ни случилось, молчите, — негромко и очень серьезно сказал Фандорин, глядя куда-то вперед.

Варя подняла голову и увидела, что навстречу, окутанный облаком пыли, бесформенной толпой движется отряд всадников — пожалуй, человек двадцать. Видно было мохнатые шапки, солнечные звездочки ярко вспыхивали на газырях, сбруе, оружии. Один из конников ехал впереди, и Варя разглядела зеленый лоскут, обмотанный вокруг папахи.

— Это кто, башибузуки? — звонко спросила Варя, и голос ее дрогнул. — Что же теперь будет? Мы пропали? Они нас убьют?

— Если будете молчать, вряд ли, — как-то не очень уверенно ответил Фандорин. — Ваша неожиданная разговорчивость некстати.

Он совершенно перестал заикаться, и от этого Варе сделалось совсем не по себе.

Эраст Петрович снова взял осла под уздцы, отъехал на обочину и, нахлобучив Варе шапку на самые глаза, шепнул:

— Смотрите под ноги и ни звука.

Но она не удержалась — кинула исподлобья взгляд на знаменитых головорезов, про которых второй год писали все газеты.

Тот, что ехал впереди (наверное, бек), был с рыжей бородой, в драном и грязном бешмете, но с серебряным оружием. Он проехал мимо, даже не взглянув на жалких крестьян. Зато его банда держалась попроще. Несколько конных остановились возле Вари и Фандорина, гортанно о чем-то переговариваясь. Физиономии у башибузуков были такие, что Варваре Андреевне захотелось зажмуриться — она и не подозревала, что у людей могут быть подобные личины. Внезапно среди этих кошмарных рож она увидела самое что ни на есть обыкновенное человеческое лицо. Оно было бледным, с заплывшим от кровоподтека глазом, но зато второй глаз, карий и полный смертельной тоски, смотрел прямо на нее.

Среди разбойников задом наперед сидел в седле русский офицер в пыльном, изодранном мундире. Руки его были скручены за спиной, на шее почему-то висели пустые ножны от шашки, а в углу рта запеклась кровь. Варя закусила губу, чтобы не вскрикнуть, и, не выдержав безнадежности, читавшейся во взгляде пленного, опустила глаза. Но крик, а точнее, истерический всхлип, все-таки вырвался из ее пересохшего от страха горла — у одного из бандитов к луке седла была приторочена светловолосая человеческая голова с длинными усами. Фандорин крепко стиснул Варе локоть и коротко сказал что-то по-турецки — она разобрала слова «Юсуф-паша» и «каймакам», но на разбойников это не подействовало. Один, с острой бородой и огромным кривым носом, задрал фандоринской кобыле верхнюю губу, обнажив длинные гнилые зубы. Пренебрежительно сплюнул и сказал что-то, от чего остальные засмеялись. Потом хлестнул клячу нагайкой по крупу, и та испуганно метнулась в сторону, сразу перейдя на неровную рысь. Варя ударила осла каблуками в раздутые бока и затрусила следом, боясь поверить, что опасность миновала. Все так и плыло вокруг, кошмарная голова со страдальчески закрытыми глазами и запекшейся кровью в углах рта не давала Варе покоя. Головорезы — это те, кто режут головы, вертелась в голове нелепая, полуобморочная фраза.

— Пожалуйста, без обморока, — тихо сказал Фандорин. — Они могут вернуться.

И ведь накаркал. Минуту спустя сзади раздался приближающийся стук копыт.

Эраст Петрович оглянулся и шепнул:

— Не оборачивайтесь, в-вперед.

А Варя взяла и все-таки обернулась, только лучше бы она этого не делала. От башибузуков они успели отъехать шагов на двести, но один из всадников — тот самый, при отрезанной голове, — скакал обратно, быстро нагоняя, и страшный трофей весело колотился по крупу его коня.

Варя в отчаянии взглянула на своего спутника. Тот, похоже, утратил всегдашнее хладнокровие — запрокинув голову, нервно пил воду из большой медной фляги.

Проклятый ишак меланхолично перебирал ногами, никак не желая ускорить шаг. Еще через минуту стремительный всадник поравнялся с безоружными путниками и вздыбил горячащегося гнедого коня. Перегнувшись, башибузук сдернул с Вариной головы шапку и хищно расхохотался, когда рассыпались высвобожденные русые волосы.

— Гого! — крикнул он, сверкнув белыми зубами.

Мрачно-сосредоточенный Эраст Петрович быстрым движением левой руки сдернул с головы разбойника косматую папаху и с размаху ударил его тяжелой флягой по бритому затылку. Раздался тошнотворно-сочный звук, во фляге булькнуло, и башибузук свалился в пыль.

— Осла к черту! Дайте руку. В седло. Гоните во весь дух. Не оборачивайтесь, — рубленой скороговоркой отчеканил Фандорин, опять перестав заикаться.

Он помог онемевшей Варе сесть на гнедого, выдернул из седельного чехла ружье, и они понеслись вскачь.

Разбойничий конь сразу же вырвался вперед, и Варя втянула голову в плечи, боясь, что не удержится. В ушах свистело, левая нога некстати выскочила из слишком длинного стремени, сзади грохотали выстрелы, что-то тяжелое больно стукало по правому бедру.

Варя мельком посмотрела вниз, увидела пляшущую пятнистую голову и, сдавленно вскрикнув, выпустила поводья, чего делать ни в коем случае не следовало.

В следующий миг она вылетела из седла, описала в воздухе дугу, и ухнулась во что-то зеленое, мягкое, хрустящее — в придорожный куст.

Тут бы в самый раз лишиться сознания, но почему-то не получилось. Варя сидела на траве, держась за оцарапанную щеку, а вокруг качались обломанные ветки.

На дороге тем временем происходило вот что. Фандорин лупил прикладом несчастную клячу, которая старалась как могла, выбрасывая вперед мослястые ноги. До куста, где сидела оглушенная падением Варя, оставалось всего ничего, а сзади, в какой-нибудь сотне шагов, громыхая выстрелами, катилась свора преследователей — не меньше десятка. Внезапно сивая кобыла сбилась с аллюра, жалостно мотнула башкой, пошла бочком, бочком и плавно завалилась, придавив всаднику ногу. Варя ахнула. Фандорин кое-как вылез из-под силящейся встать лошади и выпрямился во весь рост. Оглянулся на Варю, вскинул ружье и стал целиться в башибузуков.

Стрелять он не спешил, целился как следует, и его поза выглядела столь внушительно, что никто из разбойников первым лезть под пулю не захотел, — отряд рассыпался с дороги по лугу, охватывая беглецов полукругом. Выстрелы стихли, и Варя догадалась: хотят взять живьем.

Фандорин пятился по дороге, наводя ружье то на одного всадника, то на другого. Расстояние понемногу сокращалось. Когда волонтер почти поравнялся с кустом, Варя крикнула:

— Стреляйте, что же вы!

Не оглядываясь, Эраст Петрович процедил:

— У этого партизана ружье не заряжено.

Варя посмотрела налево (там были башибузуки), направо (там тоже маячили конные в папахах), оглянулась назад — и сквозь негустые заросли увидела нечто примечательное.

По лугу галопом неслись всадники: впереди, на мощном вороном жеребце, по-жокейски оттопырив локти, скакал, а точнее, летел по воздуху некто в широкополой американской шляпе; следом догонял иноходью белый мундир с золотыми плечами; потом дружной стаей поспешал на рысях десяток кубанских казаков, а позади всех, порядочно отстав, подпрыгивал в седле какой-то несусветный господин в котелке и длинном рединготе.

Варя смотрела на диковинную кавалькаду как завороженная, а казаки тем временем засвистали и заулюлюкали. Башибузуки тоже загалдели и сбились в кучку — к ним на выручку торопились остальные во главе с рыжебородым беком. Про Варю и Фандорина эти ужасные люди забыли, им теперь было не до них.

Назревала рубка. Варя вертела головой то туда, то сюда, забыв об опасности, — зрелище было страшным и красивым.

Но бой закончился, едва начавшись. Всадник в американской шляпе (он теперь был совсем близко, и Варя разглядела загорелое лицо, бородку a-la Louis-Napoleon[1] и подкрученные пшеничные усы) натянул поводья, замер на месте, и в руке у него откуда ни возьмись появился длинноствольный пистолет. Пистолет — дах! дах! — выплюнул два сердитых облачка, и бек в драном бешмете закачался в седле, словно пьяный, и стал валиться на сторону. Один из башибузуков подхватил его, перекинул через холку своего коня, и вся орава, не вступая в бой, стала уходить.

Мимо Вари и устало опирающегося на бесполезное ружье Фандорина вереницей пронеслись и волшебный стрелок, и всадник в белоснежном мундире (на плече блеснул золотом генеральский погон), и ощетинившиеся пиками казаки.

— Там пленный офицер! — крикнул им вслед волонтер.

Тем временем неспешно подъехал последний из чудесной кавалькады, цивильный господин, и остановился — погоня его, судя по всему, не привлекала.

---

[1] как у Луи-Наполеона (фр.)

Круглые светлые глаза поверх очков участливо воззрились на спасенных.

— Чэтники? — спросил цивильный с сильным английским акцентом.

— Ноу, сэр, — ответил Фандорин и добавил еще что-то на том же языке, но Варя не поняла, ибо в гимназии учила французский и немецкий.

Она нетерпеливо дернула волонтера за рукав, и тот виновато пояснил:

— Я г-говорю, что мы не четники, а русские и пробираемся к своим.

— Кто такие четники?

— Болгарские повстанцы.

— О-о, ви дама? — на мясистом добродушном лице англичанина отразилось изумление. — Однако какой мэскарад! Я не знал, что русские ползуют дженщин для эспианаж. Ви хироуиня, мэдам. Как вас зовут? Это будет отчен интэрэсно для моих тчитатэлэй.

Он извлек из походной сумки блокнот, и Варя только теперь разглядела у него на рукаве трехцветную повязку с номером 48 и надписью «корреспондентъ».

— Я — Варвара Андреевна Суворова и ни в каком «эспианаже» не участвую. У меня в штабе жених, — с достоинством сказала она. — А это мой спутник, сербский волонтер Эраст Петрович Фандорин.

Корреспондент сконфуженно сдернул котелок и перешел на французский:

— Прошу прощения, мадемуазель. Шеймас Маклафлин, сотрудник лондонской газеты «Дейли пост».

— Тот самый англичанин, который писал про турецкие зверства в Болгарии? — спросила Варя, снимая шапку и кое-как приводя в порядок волосы.

— Ирландец, — строго поправил Маклафлин. — Это совсем не одно и то же.

— А они кто? — Варя кивнула в ту сторону, где клубилось пыльное облако и гремели выстрелы. — В шляпе — кто?

— Этот несравненный ковбой — сам мсье д'Эвре, блестящее перо, любимец французских читателей и козырной туз газеты «Ревю паризьен».

— «Ревю паризьен»?

— Да, это парижская ежедневная газета. Тираж — сто пятьдесят тысяч, что для Франции невероятно много, — пренебрежительно пояснил корреспондент. — Но у моей «Дейли пост» ежедневно продается двести сорок тысяч номеров, так-то.

Варя помотала головой, чтоб волосы легли получше, и принялась рукавом стирать пыль с лица.

— Ах, сударь, вы подоспели как нельзя более кстати. Вас послало само провидение.

— Нас притащил сюда Мишель, — пожал плечами британец, а точнее, ирландец. — Он остался не у дел, приписан к штабу и бесится от безделья. Сегодня утром башибузуки немного пошалили в русском тылу, и Мишель лично кинулся в погоню. А я и д'Эвре при нем вроде болонок — куда он, туда и мы. Во-первых, мы старые приятели, еще с Туркестана, а во-вторых, где Мишель, там обязательно найдется хороший сюжет для статьи... А, вон они возвращаются, и, конечно, как говорят русские, ne solono khlebavshi.

— Почему «конечно»? — спросила Варя.

Корреспондент снисходительно улыбнулся и промолчал, за него ответил Фандорин, до сей поры участия в разговоре почти не принимавший:

— Вы же видели, мадемуазель, что у б-башибузуков кони свежие, а у преследователей заморенные.

— Absolutely so[1], — кивнул Маклафлин.

Варя недобро покосилась на обоих: ишь стакнулись, только бы выставить женщину дурой. Однако Фандорин тут же заслужил прощение — вынул из кармана на удивление чистый платок и приложил к Вариной щеке. Ох, а про царапину-то она и забыла!

---

[1] Абсолютно так (англ.)

Корреспондент ошибся, заявив, что преследователи возвращаются не солоно хлебавши — Варя с радостью увидела, что пленного офицера они все-таки отбили: двое казаков за руки и за ноги везли обмякшее тело в черном мундире. Или, не дай бог, убит?

Впереди на сей раз ехал франт, которого британец назвал Мишелем. Это был молодой генерал с веселыми синими глазами и особенной бородой — холеной, пушистой и расчесанной в стороны на манер крыльев.

— Ушли, мерзавцы! — издали крикнул он и присовокупил выражение, смысл которого Варя не вполне поняла.

— There's a lady here[1], — погрозил пальцем Маклафлин, сняв котелок и вытирая розовую лысину.

Генерал приосанился, взглянул на Варю, но тут же поскучнел, что было и понятно: немытые волосы, царапина, нелепый наряд.

— Свиты его императорского величества генерал-майор Соболев-второй, — представился Мишель и вопросительно взглянул на Фандорина.

Но раздосадованная генераловым равнодушием Варя дерзко спросила:

— Второй? А кто же первый?

Соболев удивился:

— Как кто? Мой батюшка, генерал-лейтенант Дмитрий Иванович Соболев, командир Кавказской казачьей дивизии. Неужто не слыхали?

— Нет. Ни про него, ни про вас, — отрезала Варя и соврала, потому что про Соболева-второго, героя Туркестана, покорителя Хивы и Махрама, знала вся Россия.

Говорили про генерала разное. Одни превозносили его как несравненного храбреца, рыцаря без страха и упрека, называли будущим Суворовым и даже Бонапартом, другие ругали позером и честолюбцем. В газетах писали про то, как Соболев в одиночку отбился от целой орды текинцев, получил семь ран, но не отступил; как с маленьким отрядом пересек мертвую пустыню и

---

[1] Здесь дама (англ.)

разгромил вдесятеро превосходящее войско грозного Абдурахман-бека, а кое-кто из Вариных знакомых пересказывал слухи совсем иного рода — про расстрел заложников и еще что-то такое про похищенную кокандскую казну.

Глядя в ясные глаза красавца-генерала, Варя поняла: про семь ран и Абдурахман-бека — чистая правда, а про заложников и ханскую казну — ерунда и наветы завистников.

Тем более что и Соболев вновь стал приглядываться к Варе и, кажется, на сей раз усмотрел в ней нечто интересное.

— Но какими судьбами, сударыня, вы здесь, где льется кровь? И в этом костюме! Я заинтригован.

Варя назвалась и коротко рассказала о своих приключениях, чувствуя безошибочным инстинктом, что Соболев ее не выдаст и в Букарешт под конвоем не отправит.

— Завидую вашему жениху, Варвара Андреевна, — молвил генерал, лаская Варю взглядом. — Вы незаурядная девица. Однако позвольте представить моих товарищей. С мистером Маклафлином вы, по-моему, уже познакомились, а это мой ординарец Сережа Берещагин, брат того самого Берещагина, художника. (Варе смущенно поклонился худенький миловидный юноша в казачьей черкеске.) Между прочим, и сам отличный рисовальщик. На Дунае во время разведки так турецкие позиции изобразил — просто заглядение. А где д'Эвре? Эй, Эвре, давайте-ка сюда, я представлю вас интересной даме.

Варя с любопытством смотрела на француза, который подъехал последним. Француз (на рукаве повязка «Корреспондентъ № 32») был чудо как хорош, в своем роде не хуже Соболева: тонкий, с горбинкой, нос, подкрученные светлые усы с маленькой рыжеватой эспаньолкой, умные серые глаза. Глаза, впрочем, смотрели сердито.

— Эти негодяи — позор турецкой армии! — горячо воскликнул журналист по-французски. — Только мирных жителей резать хороши, а чуть бой — сразу в кусты. На месте Керим-паши я бы их всех разоружил и перевешал!

— Успокойтесь, храбрый шевалье, здесь дама, — насмешливо прервал его Маклафлин. — Вам повезло — вы предстали перед ней романтическим героем, так не теряйтесь. Вон как она на вас смотрит.

Варя вспыхнула и метнула на ирландца сердитый взгляд, но Маклафлин лишь добродушно расхохотался. Зато Д'Эвре повел себя, как подобает истинному французу, — спешился и поклонился.

— Шарль д'Эвре, к вашим услугам, мадемуазель.

— Варвара Суворова, — приветливо сказала она. — Рада с вами познакомиться. И спасибо всем вам, господа. Вы появились вовремя.

— А позвольте узнать ваше имя — спросил д'Эвре, с любопытством взглянув на Фандорина.

— Эраст Фандорин, — ответил волонтер, впрочем, смотря не на француза, а на Соболева. — Воевал в Сербии, а теперь направляюсь в г-главный штаб с важным сообщением.

Генерал оглядел Фандорина с головы до ног. Уважительно поинтересовался:

— Поди, хлебнули горя? Чем занимались до Сербии?

Поколебавшись, Эраст Петрович сказал:

— Числился по министерству иностранных дел. Титулярный советник.

Это было неожиданно. Дипломат? По правде говоря, новые впечатления несколько ослабили изрядный (что уж скрывать) эффект, произведенный на Варю ее немногословным спутником, однако теперь она вновь им залюбовалась. Дипломат, отправившийся добровольцем на войну, — это, согласитесь, нечасто бывает. Нет, определенно, все трое были замечательно хороши, каждый по-своему: и Фандорин, и Соболев, и д'Эвре.

— Что за сообщение? — нахмурился Соболев.

Фандорин замялся, явно не желая говорить.

— Да бросьте разводить тайны Мадридского двора, — прикрикнул на него генерал. — Это в конце концов невежливо по отношению к вашим спасителям.

Волонтер все же понизил голос, и корреспонденты навострили уши.

— Я пробираюсь из Видина, г-господин генерал. Осман-паша три дня назад выступил с корпусом по направлению к П-плевне.

— Что за Осман? Что за Плевна?

— Осман Нури-паша — лучший полководец турецкой армии, победитель сербов. Ему всего сорок пять, а он уже м-мушир, то есть фельдмаршал. И солдаты у него — не чета тем, что стояли на Дунае. А Плевна — маленький городок в т-тридцати верстах к западу отсюда. Нужно опередить пашу и занять этот стратегически важный п-пункт. Он прикрывает дорогу на Софию.

Соболев хлопнул ладонью по колену — его конь нервно переступил с ноги на ногу.

— Эх, мне бы хоть полк! Но я, Фандорин, не у дел. Вам надо в штаб, к главнокомандующему. Я должен закончить рекогносцировку, а вам выделю конвой до Царевиц. Вечером милости прошу в гости, Варвара Андреевна. В шатре у господ корреспондентов бывает весело.

— С удовольствием, — сказала Варя и боязливо посмотрела в сторону — туда, где положили на траву пленного офицера. Двое казаков присели рядом на корточках и что-то с ним делали.

— Тот офицер мертвый, да? — шепотом спросила Варя.

— Живехонек, — ответил генерал. — Повезло чертяке, теперь сто лет проживет. Когда мы башибузукам на хвост сели, они ему пулю в голову, и наутек. А пуля — она, как известно, дура. Прошла по касательной, только лоскут кожи сорвала. Ну что, братцы, перевязали капитана? — громко крикнул он казакам.

Те помогли офицеру подняться. Он покачнулся, но устоял на ногах, а казаков, хотевших поддержать за локти, упрямо оттолкнул. Сделал несколько дерганых шагов на неверных, того и гляди подломятся, ногах и, вытянув руки по швам, прохрипел:

— Ге... генерального штаба капитан Еремей Перепелкин, ваше превосходительство. Следовал из Зимницы к месту службы, в штаб Западного отряда. Назначен в оперативный отдел к генерал-лейтенанту Криденеру. По дороге был атакован отрядом вражеской иррегулярной кавалерии и захвачен в плен. Виноват... Никак не ожидал в нашем тылу... Даже пистолета при себе не было, одна шашка.

Теперь Варя рассмотрела страдальца получше. Он был невысок ростом, жилист, каштановые растрепавшиеся волосы, узкий, почти безгубый рот, строгие карие глаза. Вернее, один глаз, потому что второго по-прежнему было не видно, но зато во взгляде капитана уже не было ни смертной тоски, ни отчаяния.

— Живы — и славно, — благодушно сказал Соболев. — А без пистолета офицеру нельзя, даже штабному. Это все равно что даме на улицу без шляпки выйти — за гулящую сочтут. — Он хохотнул, но, поймав сердитый Варин взгляд, поперхнулся. — Пардон, мадемуазель.

К генералу подошел лихой урядник и ткнул пальцем куда-то в сторону.

— Ваше превосходительство, кажись, Семенов!

Варя обернулась, и ее замутило: у куста невесть откуда появился бандитский гнедой, на котором давеча она так неудачно скакала. Гнедой как ни в чем не бывало щипал травку, а на боку у него по-прежнему покачивалась тошнотворная подвеска.

Соболев спрыгнул наземь, приблизился к коню, скептически прищурившись, повертел кошмарный шар и так и этак.

— Разве ж это Семенов? — усомнился он. — Врешь, Нечитайло. У Семенова лицо совсем другое.

— Да как же, Михал Дмитрич, — загорячился урядник. — Вон и ухо рваное, и вот, гляньте. — Он раздвинул мертвой голове фиолетовые губы. — И зуба переднего опять же нет. Точно Семенов!

— Пожалуй, — задумчиво кивнул генерал. — Эк его перекорежило. Это, Варвара Андреевна, казак из второй сотни, которого нынче утром похитили месхетинцы Дауд-бека, — пояснил он, оборачиваясь к Варе.

Но Варя не слышала — земля и небо совершили кульбит, поменявшись местами, и д'Эвре с Фандориным едва успели подхватить обмякшую барышню.

Глава третья, почти целиком посвященная восточному коварству

> **«Ревю паризьен» (Париж),
> 15(3) июля 1877 г.**
> «Герб Российской империи, двуглавый орел, превосходным образом отражает всю систему управления в этой стране, где всякое мало-мальски важное дело поручается не одной, а по меньшей мере двум инстанциям, которые мешают друг другу и ни за что не отвечают. То же происходит и в действующей армии. Формально главнокомандующим является великий князь Николай Николаевич, в настоящее время находящийся в деревне Царевицы, однако в непосредственной близости от его штаба, в городке Бела, расквартирована ставка императора Александра II, при котором находятся канцлер, военный министр, шеф жандармов и прочие высшие сановники. Если учесть, что союзная румынская армия подчиняется собственному командующему в лице князя Карла Гогенцоллерна-Зигмарингена, на ум приходит уже не двуглавый царь пернатых, а остроумная русская басня про лебедя, рака и щуку, опрометчиво запряженных в один экипаж...»

— Так все-таки как к вам обращаться, «мадам» или «мадемуазель»? — неприятно скривив губы, спросил черный, как жук, жандармский подполковник. — Мы с вами не на балу, а в штабе армии, и я не комплименты вам говорю, а провожу допрос, так что извольте не финтить.

Звали подполковника Иван Харитонович Казанзаки, в Варино положение входить он решительно не желал, и дело явно шло к принудительной высылке в Россию.

Вчера до Царевиц добрались только к ночи. Фандорин немедленно отправился в штаб, а Варя, хоть и валилась с ног от усталости, занялась необходимым. Милосердные сестры из санитарного отряда баронессы Врейской дали ей одежду, согрели воды, и Варя сначала привела себя в порядок, а уже потом рухнула на лазаретную койку — благо раненых в госпитальных палатках почти не было. Встреча с Петей была отложена на завтра, ибо во время предстоящего важного объяснения следовало быть во всеоружии.

Однако утром выспаться Варе не дали. Явились два жандарма в касках, при карабинах, и препроводили «именующую себя девицей Суворовой» прямиком в особую часть Западного отряда, даже не дав как следует причесаться.

И вот уже который час она пыталась объяснить бритому, бровастому мучителю в синем мундире, какого рода отношения связывают ее с шифровальщиком Петром Яблоковым.

— Господи, да вызовите Петра Афанасьевича, и он вам все подтвердит, — повторяла Варя, а подполковник снова на это отвечал:

— Всему свое время.

Особенно интересовали жандарма подробности ее встречи с «лицом, именующим себя титулярным советником Фандориным». Казанзаки записал и про видинского Юсуф-пашу, и про кофей с французским языком, и про выигранное в нарды освобождение. Больше всего подполковник оживился, когда узнал, что волонтер разговаривал с башибузуками по-турецки, и непременно хотел знать, как именно он говорил — с запинкой или без. На одно выяснение ерунды с запинкой ушло, наверное, не меньше получаса.

А когда Варя уже была на грани сухой, бесслезной истерики, дверь глинобитной хатенки, где располагалась особая часть, внезапно распахнулась, и вошел, даже, ско рее, вбежал, очень важный генерал, с начальственно выпученными глазами и пышными подусниками.

— Генерал-адъютант Мизинов, — зычно объявил он с порога, строго взглянув на подполковника. — Казанзаки?

Застигнутый врасплох жандарм вытянулся в струнку и зашлепал губами, а Варя во все глаза уставилась на главного сатрапа и палача свободы, каковым слыл у передовой молодежи начальник Третьего отделения и шеф жандармского корпуса Лаврентий Аркадьевич Мизинов.

— Так точно, ваше высокопревосходительство, — засипел Варин обидчик. — Жандармского корпуса подполковник Казанзаки. Ранее служил по Кишиневскому управлению, ныне назначен заведовать особой частью при штабе Западного отряда. Провожу допрос задержанной.

— Кто такая? — поднял бровь генерал и неодобрительно взглянул на Варю.

— Варвара Суворова. Утверждает, что прибыла частным порядком для встречи с женихом, шифровальщиком оперативного отдела Яблоковым.

— Суворова? — заинтересовался Мизинов. — Мы с вами не родственники? Мой прадед по материнской линии — Александр Васильевич Суворов-Рымникский.

— Надеюсь, что не родственники, — отрезала Варя.

Сатрап понимающе усмехнулся и больше на задержанную внимания не обращал.

— Вы, Казанзаки, мне всякой чушью голову не морочьте. Где Фандорин? В донесении сказано, что он у вас.

— Так точно, содержится под стражей, — молодцевато отрапортовал подполковник и, понизив голос, добавил. — Имею основания полагать, что он-то и есть наш долгожданный гость Анвар-эфенди. Все один к одному, ваше высокопревосходительство. Про Осман-пашу и Плевну — явная дезинформация. И ведь как ловко завернул...

— Болван! — рявкнул Мизинов, да так грозно, что у подполковника голова уехала в плечи. — Немедленно доставить его сюда! Живо!

Казанзаки опрометью кинулся вон, а Варя вжалась в спинку стула, но взволнованный генерал про нее забыл. Он шумно пыхтел и нервно барабанил пальцами по столу до того самого мгновения, пока подполковник не вернулся с Фандориным.

Вид у волонтера был изможденный, под глазами залегли темные круги — видимо, спать минувшей ночью ему не довелось.

— 3-здравствуйте, Лаврентий Аркадьевич, — вяло сказал он, а Варе слегка поклонился.

— Боже, Фандорин, вы ли это? — ахнул сатрап. — Да вас просто не узнать. Постарели лет на десять! Садитесь, голубчик, я очень рад вас видеть.

Он усадил Эраста Петровича и сел сам, причем Варя оказалась у генерала за спиной, а Казанзаки так и замер у порога, вытянувшись по стойке «смирно».

— В каком вы теперь состоянии? — спросил Мизинов. — Я хотел бы принести вам свои глубочайшие...

— Не стоит об этом, ваше высокопревосходительство, — вежливо, но решительно перебил Фандорин. — Я теперь в совершенном п-порядке. Лучше скажите, передал ли вам этот г-господин (он небрежно кивнул на подполковника) про Плевну. Ведь каждый час дорог.

— Да-да. У меня с собой приказ главнокомандующего, но я прежде желал убедиться, что это действительно вы. Вот, слушайте. — Он достал из кармана листок, вставил в глаз монокль и прочел. — «*Начальнику Западного отряда генерал-лейтенанту барону Криденеру. Приказываю занять Плевну и укрепиться там силами не менее дивизии. Николай*».

Фандорин кивнул.

— Подполковник, немедленно зашифровать и отправить Криденеру по телеграфу, — приказал Мизинов.

Казанзаки почтительно взял листок и, звеня шпорами, побежал исполнять.

— Так стало быть, можете служить? — спросил генерал.

Эраст Петрович поморщился:

— Лаврентий Аркадьевич, ведь я, кажется, д-долг исполнил, про турецкий фланговый маневр сообщил. А воевать с бедной Турцией, которая и без наших доблестных усилий благополучно развалилась бы, — увольте.

— Не уволю, милостивый государь, не уволю! — засердился Мизинов. — Если для вас патриотизм — пустой звук, то позволю себе напомнить, что вы, господин титулярный советник, не в отставке, а всего лишь в бессрочном отпуску, и, хоть числитесь по дипломатическому ведомству, служите по-прежнему у меня, в Третьем отделении!

Варя слабо ахнула. Фандорин, которого она считала порядочным человеком, — полицейский агент? А еще Печорина из себя разыгрывает! Интересная бледность, томный взор, благородная седина. Вот и доверяй после этого людям.

— Ваше в-высокопревосходительство, — тихо сказал Эраст Петрович, видно, и не подозревая, что безвозвратно погиб в Вариных глазах, — я служу не вам, а России. И в войне, которая для России бесполезна и даже губительна, участвовать не желаю.

— А насчет войны не вам решать и не мне. Решает государь император, — отрезал Мизинов.

Повисла неловкая пауза. Когда шеф жандармов снова заговорил, голос его звучал уже совсем по-другому.

— Эраст Петрович, голубчик, — проникновенно начал он. — Ведь сотни тысяч русских людей жизнью рискуют, страна под военной тяжестью в три погибели согнулась... У меня дурное предчувствие. Что-то уж больно все гладко идет. Боюсь, добром не кончится...

Когда ответа не последовало, генерал устало потер глаза и признался:

— Трудно мне, Фандорин, очень трудно. Кругом бестолковщина, бордель. Работников не хватает, особенно дельных. Я ведь не рутину на вас навесить хочу. Есть у меня задачка не из простых, в самый раз для вас.

Тут Эраст Петрович вопросительно наклонил голову, и генерал вкрадчиво произнес:

— Анвара-эфенди помните? Секретарь султана Абдул-Гамида. Ну, тот, что слегка промелькнул в деле «Азазеля»?

Эраст Петрович едва заметно вздрогнул, но промолчал. Мизинов хмыкнул:

— Ведь этот идиот Казанзаки вас за него принял, ей-богу. Имеем сведения, что сей интересный турок лично возглавляет секретную операцию против наших войск. Господин отчаянный, с авантюрной жилкой. Вполне может собственной персоной в нашем расположении объявиться, с него станется. Как, любопытно?

— Я вас с-слушаю, Лаврентий Аркадьевич, — покосившись на Варю, сказал Фандорин.

— Ну вот и отлично, — обрадовался Мизинов и крикнул. — Новгородцев! Папку!

Тихо ступая, вошел немолодой майор с адъютантскими аксельбантами, протянул генералу красный коленкоровый бювар и тут же удалился. Варя увидела в проеме потную физиономию подполковника Казанзаки и скорчила ему презрительно-насмешливую гримасу — так тебе и надо, садист, помаринуйся за дверью.

— Итак, вот то, чем мы располагаем об Анваре, — зашелестел страницами генерал. — Не угодно ли записать?

— Я запомню, — ответил Эраст Петрович.

— О раннем периоде данные крайне скудны. Родился примерно тридцать пять лет назад. По некоторым сведениям, в боснийском мусульманском городишке Хевраис. Родители неизвестны. Воспитывался где-то в Европе, в одном из знаменитых учебных заведений леди Эстер, которую вы, разумеется, помните по истории с «Азазелем».

Второй раз Варя слышала это странное название, и второй раз Фандорин отреагировал странно — дернул подбородком так, словно ему вдруг стал тесен воротник.

— На поверхность Анвар-эфенди выплыл лет десять назад, когда в Европе впервые заговорили о великом турецком реформаторе Мидхат-паше. Наш Анвар, тогда еще никакой не эфенди, служил у него секретарем. Вот послушайте-ка, каков послужной список Мидхата. — Мизинов вынул отдельный лист и откашлялся. — В ту пору он был генерал-губернатором Дунайского вилайета. Под его покровительством Анвар открыл в этих краях дилижансное сообщение, построил железные дороги, а также учредил сеть «ислаххане» — благотворительных учебных заведений для детей-сирот как мусульманского, так и христианского вероисповедания.

— В с-самом деле? — заинтересовался Фандорин.

— Да. Похвальная инициатива, не правда ли? Вообще Мидхат-паша с Анваром наделали здесь таких дел, что возникла серьезная угроза выхода Болгарии из зоны русского влияния. Наш посол в Константинополе Николай Павлович Гнатьев использовал все свое влияние на султана Абдул-Азиса и добился-таки, чтобы не в меру ретивого губернатора отозвали. Далее Мидхат сделался председателем Государственного Совета и провел закон о всеобщем народном образовании — замечательный закон, которого у нас в России, между прочим, до сих пор нет. Угадайте, кто разрабатывал закон? Правильно, Анвар-эфенди. Все это было бы очень трогательно, но кроме просветительства наш оппонент уже тогда вовсю участвовал в придворных интригах, благо врагов у его покровителя было предостаточно. Мидхату подсылали убийц, сыпали в кофе яд, однажды даже подсунули зараженную проказой наложницу, и в обязанности Анвара входило оберегать великого человека от всех этих милых шалостей. В тот раз русская партия при дворе оказалась сильнее, и в 1869 году пашу загнали генерал-губернатором в самую глушь, в дикую и нищую Месопотамию. Когда Мидхат попробовал ввести там реформы, в Багдаде вспыхнуло восстание. Знаете, что он сделал? Созвал городских старейшин и духовенство и произнес перед ними краткую речь следующего содержания. Читаю дословно, ибо искренне восхищен энергией и стилем: «Почтенные муллы и старейшины, если через два часа беспорядки не прекратятся, я велю всех вас повесить, а славный город Багдад запалю с четырех сторон, и пускай потом великий падишах, да хранит его Аллах, меня тоже повесит за такое злодеяние». Естественно, через два часа в городе воцарился мир. — Мизинов хмыкнул, покачал головой. — Теперь можно было и приступить к реформам. Менее чем за три года губернаторства

Мидхата его верный помощник Анвар-эфенди успел провести телеграф, открыть в Багдаде конку, пустить по Евфрату пароходы, учредить первую иракскую газету и набрать учеников в коммерческую школу. Каково? Я уж не говорю о таком пустяке, как создание акционерной «Османо-Османской корабельной компании», чьи суда ходят через Суэцкий канал до самого Лондона. Затем Анвару посредством очень хитрой интриги удалось свалить великого визира Махмуд Недима, который до такой степени зависел от российского посла, что турки прозвали его «Недимов». Мидхат возглавил султанское правительство, но продержался на высоком посту всего два с половиной месяца — наш Гнатьев опять его переиграл. Главный, и с точки зрения прочих пашей, совершенно непростительный порок Мидхата — неподкупность. Он затеял борьбу со взяточничеством и произнес перед европейскими дипломатами фразу, которая его и погубила: «Пора показать Европе, что не все турки — жалкие проститутки». За «проституток» его турнули из Стамбула губернатором в Салоники. Сей греческий городишко немедленно начал процветать, а султанский двор вновь погрузился в сон, негу и казнокрадство.

— Я вижу, вы п-просто влюблены в этого человека, — прервал генерала Эраст Петрович.

— В Мидхата-то? Безусловно, — пожал плечами Мизинов. — И был бы счастлив видеть его главой российского правительства. Но он не русский, а турок. К тому же турок, ориентирующийся на Англию. Наши устремления противоположны, и потому Мидхат нам враг. Опаснейший из врагов. Европа нас не любит и боится, зато Мидхата носит на руках, особенно с тех пор, как он даровал Турции конституцию. А теперь, Эраст Петрович, наберитесь терпения. Я прочту вам пространное письмо, присланное мне еще в прошлом году Николаем Павловичем Гнатьевым. Оно даст вам яркое представление о противнике, с которым нам предстоит иметь дело.

Шеф жандармов извлек из бювара листы, мелко исписанные ровным писарским почерком, и приступил к чтению.

«Милый Лаврентий, события в нашем хранимом Аллахом Стамбуле развиваются столь стремительно, что за ними не поспеваю даже я, а ведь твой покорный слуга, без ложной скромности, держал руку на пульсе Европейского Больного не один год. Пульс этот не без моих тщаний постепенно замирал и вскоре обещал вовсе остановиться, но с мая месяца...»

— Речь идет о прошлом, 1876, годе, — счел нужным вставить Мизинов.

«...но с мая месяца его залихорадило так, что того и гляди Босфор выйдет из берегов, стены Цареграда рухнут, и тебе не на что будет вешать свой щит.

А все дело в том, что в мае в столицу великого и несравненного султана Абдул-Азиса, Тени Всевышнего и Хранителя Веры, триумфально вернулся из ссылки Мидхат-паша и привез с собой своего «серого кардинала», хитроумного Анвара-эфенди.

На сей раз поумневший Анвар действовал наверняка — и по-европейскому, и по-восточному. Начал по-европейски: его агенты зачастили на верфи, в арсенал, на монетный двор — и рабочие, которым давным-давно не выплачивали жалованье, повалили на улицы. Затем последовал чисто восточный трюк. 25 мая Мидхат-паша объявил правоверным, что ему во сне явился Пророк (поди-ка проверь) и поручил своему рабу спасти гибнущую Турцию.

А тем временем мой добрый друг Абдул-Азис, как обычно, сидел у себя в гареме, наслаждаясь обществом любимой жены, прелестной Михри-ханум, которая была на сносях, много капризничала и требовала, чтобы повелитель все время находился рядом. Эта золотоволосая, синеглазая черкешенка помимо неземной красоты прославилась еще и тем, что опустошила султанскую казну до самого донышка. За один последний год она оставила во французских магазинах на Пере более десяти миллионов рублей, и вполне понятно, что константинопольцы, как сказали бы склонные к understatement[1] англичане, ее сильно недолюбливали.

---

[1] чрезмерно сдержанное высказывание (англ.)

Поверь мне, Лаврентий, я был не в силах что-либо изменить. Я заклинал, угрожал, интриговал, как евнух в гареме, но Абдул-Азис был глух и нем. 29 мая вокруг дворца Долма-бахче (преуродливое строение в европейско-восточном стиле) гудела многотысячная толпа, а падишах даже не попытался успокоить подданных — он заперся на женской половине своей резиденции, куда мне хода нет, и слушал, как Михри-ханум играет на фортепиано венские вальсы.

Тем временем Анвар безвылазно сидел у военного министра, склоняя этого осторожного и предусмотрительного господина к перемене политической ориентации. По донесению моего агента, который служил у паши поваром (отсюда специфический оттенок донесения), судьбоносные переговоры происходили так. Анвар приехал к министру ровно в полдень, и было велено подать кофе с чуреками. Четверть часа спустя из кабинета министра раздался возмущенный рев его превосходительства, и адъютанты отвели Анвара на гауптвахту. Затем в течение получаса паша расхаживал по комнате в одиночестве и съел два блюда халвы, до которой был большой охотник. Далее он пожелал допросить изменника лично и отправился на гауптвахту. В половине третьего было велено принести фрукты и сласти. Без четверти четыре — коньяк и шампанское. В пятом часу, выпив кофе, паша с гостем уехали к Мидхату. По слухам, за участие в заговоре министру была обещана должность великого везира и миллион фунтов стерлингов от английских покровителей.

К вечеру два главных заговорщика отлично поладили, и той же ночью произошел государственный переворот. Флот блокировал дворец с моря, начальник столичного гарнизона заменил караул своими людьми, и султана вместе с матерью и беременной Михри-ханум перевезли на лодке во дворец Ферийе.

Четыре дня спустя султан стал подстригать себе бороду маникюрными ножницами, да так неудачно, что перерезал вены на обеих руках и немедленно скончался. Врачи европейских посольств, приглашенные освидетельствовать труп, единогласно признали, что произошло самоубийство.

ибо решительно никаких следов борьбы на теле не обнаружилось. Одним словом, разыграно все было просто и изящно, как в хорошей шахматной партии, — таков уж стиль Анвара-эфенди.

Но то был только дебют, далее последовал миттельшпиль.

Военный министр сделал свое дело и теперь превратился в серьезную помеху, ибо к реформам и конституции ни малейшей склонности не имел, а более всего интересовался, когда же ему передадут обещанный Анваром миллион. Да и вообще военный министр вел себя так, будто он — главное лицо в правительстве, не уставая напоминать, что Абдул-Азиса сверг именно он, а вовсе не Мидхат.

В том же самом Анвар-эфенди убеждал одного бравого офицера, ранее служившего у покойного султана адъютантом. Звали офицера Гасан-бей, красавице Михри-ханум он приходился братом и у придворных прелестниц пользовался невероятной популярностью, ибо был очень недурен собой, отважен и превосходно исполнял итальянские арии. Все называли Гасан-бея просто Черкес.

Через несколько дней после того, как Абдул-Азис так неловко укоротил себе бороду, безутешная Михри-ханум разродилась мертвым ребенком и скончалась в страшных мучениях. Как раз к этому времени Анвар и Черкес стали закадычными приятелями. Как-то раз Гасан-бей зашел в резиденцию Мидхат-паши навестить друга. Анвара на месте не оказалось, зато к паше как раз съехались на совещание министры. К Черкесу в доме привыкли и принимали как своего. Он попил кофе с адъютантами, покурил, поболтал о всякой всячине. Потом лениво прошелся по коридору и внезапно рванулся в зал, где шло заседание. Мидхата и прочих сановников Гасан-бей не тронул, но военному министру всадил в грудь две пули из револьвера, а потом добил старика ятаганом. Те министры, что поблагоразумней, кинулись наутек, но двое вздумали проявить героизм. И совершенно напрасно, ибо одного бешеный Черкес убил наповал, а второго тяжело ранил. Тут вернулся храбрый Мидхат-паша с двумя своими адъютантами. Гасан-

бей застрелил их обоих, а Мидхата опять не тронул. В конце концов убийцу скрутили, но он еще успел прикончить полицейского офицера и ранить семерых солдат. Наш Анвар в это время благочестиво молился в мечети, чему есть многочисленные свидетели.

Ночь Гасан-бей провел под замком в караульном помещении, громко распевая арии из «Лючии де Ламермур», чем, говорят, привел Анвара-эфенди в полнейшее восхищение. Анвар даже пробовал выговорить доблестному злодею помилование, но озлобившиеся министры были непреклонны, и наутро убийцу повесили на дереве. Дамы из гарема, так горячо любившие своего Черкеса, пришли посмотреть на его казнь, горько плакали и посылали ему воздушные поцелуи.

И отныне никто больше Мидхату не мешал — кроме судьбы, которая нанесла ему удар с совершенно неожиданной стороны. Великого политика подвела его марионетка, новый султан Мурад.

Еще утром 31 мая, сразу после переворота, Мидхат-паша нанес визит племяннику свергнутого султана, принцу Мураду, чем несказанно сего последнего напугал. Тут необходимо сделать небольшое отступление, чтобы объяснить, насколько жалка в Османской империи фигура наследника.

Дело в том, что пророк Магомет при наличии пятнадцати жен не имел ни одного сына и никаких инструкций по вопросу престолонаследия не оставил. Посему на протяжении веков каждая из многочисленных султанш мечтала возвести на престол своего сына, а сыновей своих соперниц всячески пыталась истребить. При дворце есть особое кладбище для невинно убиенных принцев, так что мы, русские, с нашими Борисом и Глебом да царевичем Дмитрием по турецким масштабам просто смехотворны.

Трон в Османской империи передается не от отца к сыну, а от старшего брата к младшему. Когда запас братьев иссякает, в права вступает следующее поколение, и дальше опять от старшего брата к младшему. Всякий султан смертельно боится своего младшего брата или старшего племянника, и шансы наследника дожить до воцарения крайне незначительны. Содержат наследного принца в полнейшей изоляции, никого к нему не пускают и даже норовят, мерзавцы, подобрать таких наложниц, которые неспособны к деторождению. По давней традиции прислуживают будущему падишаху рабы с отрезанными языками и проколотыми барабанными перепонками. Можешь себе представить, как при подобном воспитании у их высочеств обстоят дела с душевным здоровьем. Например, Сулейман II тридцать девять лет провел в заточении, переписывая и раскрашивая Коран. А когда наконец сделался султаном, то вскоре запросился обратно и отрекся от престола. Отлично его понимаю — раскрашивать картинки куда как приятней.

Однако вернемся к Мураду. Это был красивый, неглупый и даже весьма начитанный молодец, однако склонный к чрезмерным возлияниям и одержимый вполне оправданной манией преследования. Он с радостью вверил мудрому Мидхату бразды правления, так что все у наших хитрецов шло по плану. Но внезапный взлет и удивительная смерть дяди так подействовали на бедного Мурада, что он стал заговариваться и впадать в буйство. Европейские психиатры, тайно посетившие падишаха, пришли к заключению, что он неизлечим и в дальнейшем его состояние будет только ухудшаться.

Отметь невероятную дальновидность Анвара-эфенди. В первый же день воцарения Мурада, когда все еще выглядело лучезарно, our mutual friend[1] вдруг попросился секретарем к принцу Абдул-Гамиду, брату султана и престолонаследнику. Когда я об этом узнал, мне стало ясно, что Мидхат-паша в Мураде V не уверен. Анвар пригляделся к новому наследнику, видимо, счел его приемлемым, и Мидхат поставил Абдул-Гамиду условие: обещай, что введешь в стране конституцию, — и будешь падишахом. Принц, разумеется, согласился.

Дальнейшее тебе известно. 31 августа на престол вместо безумного Мурада V взошел Абдул-Гамид II, Мидхат

---

[1] наш общий друг (англ.)

стал великим везиром, а Анвар остался при новом султане закулисным манипулятором и негласным шефом тайной полиции — то есть (ха-ха) твоим, Лаврентий, коллегой.

Характерно, что в Турции про Анвара-эфенди почти никто не знает. Он не лезет вперед, на людях не показывается. Я, например, видел его всего однажды, когда представлялся новому падишаху. Анвар сидел сбоку от трона, в тени, с огромной черной бородой (по-моему, фальшивой) и в темных очках, что вообще-то является неслыханным нарушением придворного этикета. Во время аудиенции Абдул-Гамид несколько раз оглядывался на него, словно искал поддержки или совета.

Вот с кем тебе отныне придется иметь дело. Ежели меня не обманывает чутье, Мидхат с Анваром будут и дальше вертеть султаном, как им заблагорассудится, и через годик-другой...»

— Ну, дальше неинтересно, — оборвал затянувшееся чтение Мизинов и вытер платком вспотевший лоб. — Тем более что чутье все-таки обмануло умнейшего Николая Павловича. Мидхат-паша у власти не удержался и отправлен в изгнание.

Эраст Петрович, слушавший очень внимательно и за все время ни разу не пошевелившийся (в отличие от Вари, которая вся извертелась на жестком стуле), коротко спросил:

— Про д-дебют ясно, про миттельшпиль тоже. Но где эндшпиль?

Генерал одобрительно кивнул:

— В том-то и штука. Эндшпиль получился настолько замысловат, что даже многоопытного Гнатьева застал врасплох. 7 февраля сего года Мидхат-пашу вызвали к султану, взяли под стражу и посадили на пароход, который увез опального премьер-министра путешествовать по Европе. А наш Анвар, предав своего благодетеля, стал «серым кардиналом» уже не при главе правительства, а при самом султане. Он сделал все возможное, чтобы отношения между Портой и Россией были разорваны. И вот некоторое время назад, когда Турция повисла на волоске, Анвар-эфенди, по имеющимся у нас агентурным сведениям, отбыл к театру военных действий, чтобы переменить ход событий посредством неких тайных операций, о содержании которых мы можем только гадать.

Тут Фандорин заговорил как-то странно:

— Никаких обязанностей. Это раз. Полная свобода д-действий. Это два. Отчетность только перед вами. Это три.

Варя не поняла, что означают эти слова, но шеф жандармов очень обрадовался и быстро сказал:

— Ну вот и славно! Узнаю прежнего Фандорина. А то вы, голубчик, какой-то замороженный стали. Вы уж не взыщите, я не по службе, а просто как старший по возрасту, по-отечески... Нельзя себя живьем в могилу закапывать. Могилу оставьте для мертвых. В ваши-то годы, мыслимое ли дело! Ведь у вас, как поется в арии, toute la vie devant soi[1].

— Лаврентий Аркадьевич! — бледные щеки волонтера-дипломата-шпика в секунду залились пурпуром, голос скрежетнул железом. — Я, к-кажется, не напрашивался на п-приватные излияния...

Варя сочла это замечание непозволительно грубым и вжала голову в плечи: сейчас оскорбленный в лучших чувствах Мизинов ка-ак разобидится, как-ак закричит!

Но сатрап только вздохнул и суховато молвил:

— Ваши условия приняты. Пускай свобода действий. Я, собственно, это и имел в виду. Просто смотрите, слушайте, и если заметите нечто примечательное... Ну, не мне вас учить.

— Ап-чхи! — чихнула Варя и испуганно вжала голову в плечи.

Однако генерал испугался еще больше. Вздрогнув, он обернулся и ошеломленно уставился на невольную свидетельницу конфиденциальной беседы.

— Сударыня, вы почему здесь? Разве вы не вышли с подполковником? Да как вы посмели!

---

[1] вся жизнь впереди (фр.)

— Смотреть надо было, — с достоинством ответила Варя. — Я вам не комар и не муха, чтобы меня игнорировать. Между прочим, я под арестом, и никто меня не отпускал.

Ей показалось, что губы Фандорина чуть дрогнули. Да нет, померещилось — этот субъект улыбаться не умеет.

— Что ж, хорошо-с. — В голосе Мизинова зазвучала тихая угроза. — Вы, госпожа неродственница, узнали такое, о чем вам знать совершенно ни к чему. В целях государственной безопасности я помещаю вас под временный административный арест. Вас доставят под конвоем в кишиневский гарнизонный карантин и будут содержать там под стражей до окончания кампании. Так что пеняйте на себя.

Варя побледнела.

— Но я даже не повидалась с женихом...

— После войны повидаетесь, — отрезал Малюта Скуратов и повернулся к двери, чтобы кликнуть своих опричников, однако тут в разговор вступил Эраст Петрович.

— Лаврентий Аркадьевич, я думаю, будет совершенно д-достаточно взять с госпожи Суворовой честное слово.

— Я даю честное слово! — сразу же воскликнула Варя, ободренная неожиданным заступничеством.

— Извините, голубчик, но рисковать нельзя, — отрезал генерал, даже не взглянув на нее. — Еще жених этот. Да и можно ли доверять девчонке? Сами знаете — коса длинна, да ум короток.

— Нет у меня никакой косы! А про ум — это низко! — У Вари предательски задрожал голос. — Что мне за дело до ваших Анваров и Мидхатов!

— Под мою ответственность, ваше п-превосходительство. Я за Варвару Андреевну ручаюсь.

Мизинов, недовольно хмурясь, молчал, а Варя подумала, что и среди полицейских агентов, видно, бывают не вовсе пропащие. Все-таки сербский волонтер.

— Глупо, — буркнул генерал. Он обернулся к Варе и неприязненно спросил. — Делать что-нибудь умеете? Почерк хороший?

— Да я курсы стенографии закончила! Я телеграфисткой работала! И акушеркой! — зачем-то приврала напоследок Варя.

— Стенографисткой и телеграфисткой? — удивился Мизинов. — Тогда тем более. Эраст Петрович, я оставлю здесь эту барышню с одним-единственным условием: она будет исполнять обязанности вашего секретаря. Все равно вам понадобится какой-то курьер или связной, не вызывающий лишних подозрений. Однако учтите — вы за нее поручились.

— Ну уж нет! — в один голос вскричали и Варя, и Фандорин. А закончили тоже хором, но уже по-разному. Эраст Петрович сказал:

— Я в секретарях не нуждаюсь.

А Варя:

— В охранке служить не буду!

— Как угодно, — пожал плечами генерал, поднимаясь. — Новгородцев, конвой!

— Я согласна! — крикнула Варя.

Фандорин промолчал.

Глава четвертая, в которой враг наносит первый удар

> «Дейли пост» (Лондон), 15(3) июля 1877 г.
>
> «...Передовой отряд стремительного генерала Гурко взял древнюю столицу болгарского царства город Тырново и рвется к Шипкинскому перевалу, за которым лежат беззащитные равнины, простирающиеся до самого Константинополя. Военный везир Редиф-паша и главнокомандующий Абдул Керим-паша сняты со своих постов и отданы под суд. Теперь Турцию может спасти только чудо».

У крыльца остановились. Надо было как-то объясниться.

Фандорин, кашлянув, сказал:

— Мне очень жаль, Варвара Андреевна, что т-так вышло. Разумеется, вы совершенно свободны и ни к какому сотрудничеству я вас принуждать не собираюсь.

— Благодарю вас, — сухо ответила она. — Очень благородно. А то я, признаться, подумала, что вы нарочно все это устроили. Вы-то ведь меня отлично видели и наверняка предполагали, чем все закончится. Что, очень нужна секретарша?

В глазах Эраста Петровича вновь промелькнула искорка, которую у нормального человека можно было бы счесть признаком веселости.

— Вы с-сообразительны. Но несправедливы. Я действительно поступил так не без задней мысли, но исключительно в ваших интересах. Лаврентий Аркадьевич непременно спровадил бы вас из д-действующей армии. А господин Казанзаки еще и жандарма бы приставил. Теперь же вы остаетесь здесь на совершенно з-законных основаниях.

На это Варе возразить было нечего, но благодарить жалкого шпиона не хотелось.

— Я вижу, вы и в самом деле ловки в своей малопочтенной профессии, — язвительно сказала она. — Главного людоеда, и того перехитрили.

— Людоед — это Лаврентий Аркадьевич? — удивился Фандорин. — По-моему, не похож. И п-потом, что же непочтенного в том, чтобы охранять государственные интересы?

Ну что с таким разговаривать?

Варя демонстративно отвернулась, окинула взглядом лагерь: белостенные домики, ровные ряды палаток, новехонькие телеграфные столбы. По улице бежал солдат, очень знакомо размахивая длинными нескладными руками.

— Варя, Варенька! — издали закричал солдат, сдернул с головы кепи с длинным козырьком и замахал. — Все-таки приехала!

— Петя! — ахнула она и, сразу забыв о Фандорине, кинулась навстречу тому, ради кого преодолела путь в полторы тысячи верст.

Обнялись и поцеловались совершенно естественно, без неловкости, как никогда раньше. Видеть некрасивое, но милое, сияющее счастьем лицо Пети было радостно. Он похудел, загорел, сутулился больше прежнего. Черный с красными погонами мундир сидел мешком, но улыбка была все та же — широкая, обожающая.

— Значит, согласна? — спросил он.

— Да, — просто сказала Варя, хотя собиралась согласиться не сразу, а лишь после долгого и серьезного разговора, выдвинув некоторые принципиальные условия.

Петя несолидно взвизгнул и снова полез обниматься, но Варя уже опомнилась.

— Однако нам нужно подробно все обсудить. Во-первых...

— Обсудим, обязательно обсудим. Только не сейчас, вечером. Встретимся у журналистов в палатке, ладно? У них там вроде клуба. Ты ведь знаешь француза? Ну, д'Эвре? Он славный. Он мне и сказал, что ты приехала. Я сейчас ужасно занят, отлучился на минуту. Хватятся — не сносить головы. Вечером, вечером!

И побежал обратно, пыля тяжелыми сапогами и ежесекундно оглядываясь.

Но вечером свидеться не довелось. Вестовой принес из штаба записку: «Всю ночь служба. Завтра. Люблю. П.». Что ж, служба так служба. И Варя занялась обустройством. Жить ее взяли к себе сестры милосердия — женщины славные и отзывчивые, но пожилые, лет по тридцать пять, и скучноватые. Они же собрали все необходимое взамен багажа, доставшегося предприимчивому Митко, — одежду, обувь, флакон кёльнской воды (а были-то чудесные парижские духи), чулки, белье, гребешок, заколки, душистое мыло, пудру, мазь от солнца, кольдкрем, смягчающее молочко от ветра, ромашковую эссенцию для мытья волос и прочие нужные вещи. Платья, конечно, были ужасные, за исключением разве что одного — голубого, с белым кружевным воротничком. Варя убрала вышедшие из моды манжеты, и получилось довольно мило.

Но с утра ей стало скучно. Сестры ушли в лазарет — из-под Ловчи привезли двоих раненых. Варя попила кофе в одиночестве, сходила отправить родителям телеграмму: во-первых, чтоб не сходили с ума, а во-вторых, чтоб выслали денег (исключительно взаймы — пусть не надеются, что она вернулась в клетку). Погуляла по лагерю, поглазела на диковинный поезд без рельсов: с того берега прибыл обоз на механической тяге. Пыхающие паром железные локомобили с огромными колесами волокли за собой тяжелые пушки и фуры с боеприпасами. Зрелище было впечатляющее, настоящий триумф прогресса.

Потом от нечего делать зашла проведать Фандорина, которому выделили отдельную палатку в штабном секторе. Эраст Петрович тоже бездельничал: валялся в походной койке с турецкой книжкой, выписывал оттуда какие-то слова.

— Охраняете государственные интересы, господин полицейский? — спросила Варя, решив, что уместнее всего будет разговаривать с агентом в тоне насмешливо-небрежном.

Фандорин встал и накинул на плечи военный, без погон, сюртук (тоже, видно, где-то обмундировался). Через расстегнутый ворот рубашки Варя разглядела серебряную цепочку. Крестик? Нет, кажется, медальон. Любопытно бы заглянуть, что там у него. Так господин филер склонен к романтике?

Титулярный советник застегнул ворот, ответил серьезно:

— Если живешь в г-государстве, надобно либо его беречь, либо уж уезжать — иначе получается паразитизм и лакейские пересуды.

— Есть и третья возможность, — парировала Варя, уязвленная «лакейскими пересудами». — Несправедливое государство можно разрушить и построить взамен него другое.

— К сожалению, Варвара Андреевна, государство — это не д-дом, а скорее дерево. Его не строят, оно растет само, подчиняясь закону природы, и дело это долгое. Тут не каменщик, т-тут садовник нужен.

Забыв об уместном тоне, Варя горячо воскликнула:

— Мы живем в такое тяжелое, сложное время! Честные люди стонут под бременем тупости и произвола, а вы рассуждаете как старик, про какого-то садовника толкуете!

Эраст Петрович пожал плечами:

— Милая Варвара Андреевна, я устал слушать нытье п-про «наше тяжелое время». Во времена царя Николая, когда время было потяжелей нынешнего, ваши «честные люди» по с-струнке ходили да неустанно свою счастливую жизнь нахваливали. Если стало можно сетовать на тупость и произвол, значит, время на п-поправку пошло.

— Да вы просто... Вы просто — *слуга престола*! — процедила Варя худшее из оскорблений, а когда Фандорин не содрогнулся, пояснила на доступном ему языке. — Верноподданный раб, без ума и совести!

Брякнула — и испугалась собственной грубости, однако Эраст Петрович ничуть не рассердился, а, вздохнув, сказал:

— Вы не знаете, как со мной д-держаться. Это раз. Благодарной быть не хотите и оттого сердитесь. Это два. Забудьте к черту про благодарность, и мы отлично п-поладим. Это три.

От такой снисходительности Варя разозлилась еще больше, тем более что агент, рыбья кровь, был совершенно прав.

— Я еще давеча заметила, что вы, как учитель танцев: раз-два-три, раз-два-три. Кто вас научил этой глупой манере?

— Были учителя, — туманно ответил Фандорин и невежливо уткнулся в свою турецкую книжку.

Шатер, где собирались аккредитованные при главной квартире журналисты, был виден издалека. У входа на длинном шнуре висели флажки разных стран, вымпелы журналов и газет, а также почему-то красные подтяжки с белыми звездочками.

— Видимо, вчера отмечали успех дела под Ловчей, — предположил Петя. — Кто-то наотмечался до потери подтяжек.

Он отдернул полотняный полог, и Варя заглянула внутрь.

В клубе было неряшливо, но по-своему уютно: деревянные столы, холщовые стулья, стойка с шеренгами бутылок. Пахло табачным дымом, свечным воском и мужским одеколоном. На отдельном длинном столе лежали стопки русских и иностранных газет. Газеты были необычные, сплошь склеенные из телеграфных ленточек. Варя присмотрелась к лондонской «Дейли пост» и удивилась — сегодняшний утренний выпуск. Видимо, присылают из редакции по телеграфу. Здорово!

С особым удовлетворением Варя отметила, что женщин всего две, причем обе в пенсне и не первой молодости. Зато мужчин было множество, меж ними обнаружились и знакомые.

Прежде всего Фандорин, и опять с книжкой. Довольно глупо — читать можно и у себя в палатке.

А в противоположном углу шел сеанс одновременной игры в шахматы. С одной стороны стола прохаживался, дымя сигаркой, снисходительно-благодушный Маклафлин, с другой сидели сосредоточенные Соболев, д'Эвре и еще двое.

— Ба, наш маленький болгарин! — воскликнул генерал Мишель, облегченно поднявшись из-за доски. — Да вас не узнать! Ладно, Шеймас, будем считать, что ничья.

Д'Эвре приветливо улыбнулся вошедшим и (это было приятно) задержал взгляд на Варе, однако продолжил игру. Зато к Соболеву подлетел смуглый офицер в невиданно ослепительном мундире и, тронув нафабренный сверх всякой меры ус, воскликнул по-французски:

— Генерал, умоляю, представьте меня вашей очаровательной знакомой! Гасите свечи, господа! Они больше не понадобятся — взошло солнце!

Обе пожилые дамы взглянули на Варю с крайним неодобрением, да она и сама несколько опешила от такого натиска.

— Это полковник Лукан, личный представитель нашего драгоценного союзника его высочества князя румынского Карла, — усмехнулся Соболев. — Предупреждаю, Варвара Андреевна, полковник для дамских сердец смертоносней анчара.

По его тону стало ясно, что привечать румына не следует, и Варя чопорно ответила, нарочно опершись на Петин локоть:

— Очень рада. Мой жених, вольноопределяющийся Петр Яблоков.

Лукан галантно взял Варю за запястье двумя пальцами (сверкнул перстень с нешуточным бриллиантом) и хотел припасть поцелуем, но получил должный отпор:

— В Петербурге у *современных* женщин рук не целуют.

А впрочем, публика была любопытная, и Варе в корреспондентском клубе понравилось. Только досадно было, что д'Эвре все играет в свои дурацкие шахматы. Но, видно, дело шло к концу — все прочие соперники Маклафлина уже капитулировали, и француз был явно обречен. Однако это, похоже, его не печалило, он частенько поглядывал на Варю, беззаботно улыбался и мелодично насвистывал модную шансонетку.

Соболев встал рядом, взглянул на доску, рассеянно подхватил припев:

— Фолишон-фолишонет... Сдавайтесь, д'Эвре, это же чистое Ватерлоо.

— Гвардия умирает, но не сдается. — Француз дернул себя за узкую острую бородку и сделал ход, от которого ирландец нахмурился и засопел.

Варя вышла наружу полюбоваться закатом и насладиться прохладой, а когда снова вернулась в шатер, шахматы были уже убраны, и разговор шел не более и не менее, как о взаимоотношениях человека с Богом.

— Здесь не может быть никакого взаимоуважения, — горячо говорил Маклафлин, очевидно отвечая на реплику д'Эвре. — Отношения человека со Всевышним построены на заведомом признании неравенства. Не приходит же в голову детям претендовать на равенство с родителями! Ребенок безоговорочно признает превосходство родителя, свою зависимость от него, чувствует к нему благоговение и потому послушен — для своего же блага.

— Позволю себе воспользоваться вашей же метафорой, — улыбнулся француз, затянувшись из турецкого чубука. — Все это справедливо лишь для маленьких детей. Когда же ребенок подрастает, он неминуемо ставит под сомнение авторитет родителя, хотя тот все равно еще неизмеримо мудрее и могущественнее. Это естественно, здорóво, без этого человек навсегда останется малюткой. Тот же период сейчас переживает и подросшее человечество. Потом, когда человечество повзрослеет еще больше, между ним и Богом непременно установятся новые отношения, основанные на равенстве и взаимоуважении. А когда-нибудь дитя повзрослеет настолько, что родитель ему станет и вовсе не нужен.

— Браво, д'Эвре, вы говорите так же гладко, как пишете, — воскликнул Петя. — Да только все дело в том, что никакого Бога нет, а есть материя и еще элементарные принципы порядочности. Вам же советую из вашей концепции сделать фельетон для «Ревю паризьен» — отличная тема.

— Чтобы написать хороший фельетон, тема не нужна, — заявил француз. — Надо просто уметь хорошо писать.

— Ну уж тут вы загнули, — возмутился Маклафлин. — Без темы даже у такого словесного эквилибриста, как вы, ничего путного не выйдет.

— Назовите любой предмет, хоть бы даже самый тривиальный, и я напишу про него статью, которую моя газета с удовольствием напечатает, — протянул руку д'Эвре. — Пари? Мое испанское седло против вашего цейсовского бинокля.

Все необычайно оживились.

— Ставлю двести рублей на д'Эвре! — объявил Соболев.

— На любую тему? — медленно повторил ирландец. — Так-таки на любую?

— Абсолютно. Хоть вон про ту муху, что сидит на усе у полковника Лукана.

Румын поспешно отряхнул усы и сказал:

— Ставлю триста за мсье Маклафлина. Но какой взять предмет?

— Да вот хотя бы ваши старые сапоги. — Маклафлин ткнул пальцем на запыленные юфтевые сапоги француза. — Попробуйте-ка написать про них так, чтобы парижская публика читала и восторгалась.

Соболев вскинул ладони:

— Пока не ударили по рукам, я пас. Старые сапоги — это уж чересчур.

В результате на ирландца поставили тысячу, а желающих поставить на француза не отыскалось. Варе стало жаль бедного д'Эвре, но денег ни у нее, ни у Пети не было. Подойдя к Фандорину, все листавшему страницы с турецкими каракулями, она сердито прошептала:

— Ну что же вы! Поставьте на него. Что вам стоит! Наверняка ведь получили от своего сатрапа какие-нибудь серебреники. Я вам потом отдам.

Эраст Петрович поморщился и скучным голосом сказал:

— Сто рублей на м-мсье д'Эвре. — И снова углубился в чтение.

— Итого, десять к одному, — резюмировал Лукан. — Господа, выигрыш небольшой, но верный.

В этот миг в шатер стремительно вошел Варин знакомец — капитан Перепелкин. Его было не узнать: мундир с иголочки, сапоги сияют, на глазу импозантная черная повязка (видно, синяк еще не прошел), голова обвязана белым бинтом.

— Ваше превосходительство, господа, я только что от барона Криденера! — солидно объявил капитан. — Имею важное сообщение для прессы. Можете записать — генерального штаба капитан Перепелкин, оперативный отдел. Пе-ре-пел-кин. Никополь взят штурмом! Мы захватили в плен двух пашей и шесть тысяч солдат! Наши потери — сущий пустяк. Победа, господа!

— Черт! Опять без меня! — простонал Соболев и бросился вон, даже не попрощавшись.

Капитан проводил генерала несколько растерянным взглядом, но вестника уже со всех сторон обступили журналисты. Перепелкин с видимым удовольствием стал отвечать на их вопросы, щеголяя знанием французского, английского и немецкого.

Варю удивило поведение Эраста Петровича.

Он бросил книгу на стол, решительно растолкал корреспондентов и негромко спросил:

— П-позвольте, капитан, вы не ошиблись? Ведь Криденер получил приказ занять Плевну. Никополь в совершенно п-противоположном направлении.

Было в его голосе что-то такое, отчего капитан насторожился и на журналистов обращать внимание перестал.

— Вовсе нет, милостивый государь. Я лично принял телеграмму из штаба верховного, присутствовал при расшифровке и сам отнес ее господину барону. Отлично помню текст: «Начальнику Западного отряда генерал-лейтенанту барону Криденеру. Приказываю занять Никополь и укрепиться там силами не менее дивизии. Николай».

Фандорин побледнел.

— Никополь? — еще тише спросил он. — А что Плевна?

Капитан пожал плечами:

— Понятия не имею.

У входа раздался стук шагов и звон оружия. Полог резко распахнулся, и в шатер заглянул подполковник Казанзаки, век бы его не видеть. За спиной подполковника блестели штыки конвоя. Жандарм на миг задержал взгляд на Фандорине, посмотрел сквозь Варю, а Пете радостно улыбнулся.

— Ага, вот он, голубчик! Так я и думал. Вольноопределяющийся Яблоков, вы арестованы. Взять его, — приказал он, обернувшись к конвойным. В клуб проворно вошли двое в синих мундирах и подхватили парализованного ужасом Петю под локти.

— Да вы сумасшедший! — крикнула Варя. — Немедленно оставьте его в покое!

Казанзаки не удостоил ее ответом. Он щелкнул пальцами, и арестованного быстро выволокли наружу, а подполковник задержался, поглядывая вокруг с неопределенной улыбкой.

— Эраст Петрович, что же это! — звенящим голосом воззвала Варя к Фандорину. — Скажите же ему!

— Основание? — хмуро спросил Фандорин, глядя жандарму в воротник.

— В шифровке, составленной Яблоковым, заменено одно слово. Вместо Плевны — Никополь, только и всего. А между тем три часа назад авангард Осман-паши занял пустую Плевну и навис над нашим флангом. Так-то, господин наблюдатель.

— Вот и ваше чудо, Маклафлин, которое может спасти Тугцию, — донесся до Вари голос д'Эвре, говорившего по-русски довольно чисто, но с очаровательным грассированием.

— Не чудо, мсье корреспондент, а самая обычная измена, — усмехнулся подполковник, но смотрел при этом на Фандорина. — Просто не представляю, господин волонтер, как вы станете объясняться с его высокопревосходительством.

— Много б-болтаете, подполковник. — Взгляд Эраста Петровича опустился еще ниже, к верхней пуговице жандармского мундира. — Честолюбие не д-должно быть во вред делу.

— Что-с?! — Смуглое лицо Казанзаки задергалось мелким тиком. — Мораль читать? Вы — мне? Однако! Я ведь о вас, господин вундеркинд, успел кое-какие справочки навести. По роду службы-с. Физиогномия у вас получается не больно нравственная. Шустры не по летам-с. Кажется, выгодно жениться изволили, а? Причем с двойной выгодой — и жирное приданое приобрели, и свободу соблюли. Тонко сработано! Поздрав...

Он не договорил, потому что Эраст Петрович очень ловко, как кот лапой, смазал ему ладонью по пухлым губам. Варя ахнула, а кто-то из офицеров схватил Фандорина за руку, но тут же отпустил, потому что никаких признаков буйства ударивший не проявлял.

— Стреляться, — буднично произнес Эраст Петрович и теперь уже глядел подполковнику прямо в глаза. — Сразу, прямо сейчас, пока командование не вмешалось.

Казанзаки был багров. Черные, как сливы, глаза налились кровью. После паузы, сглотнув, сказал:

— Приказом его императорского величества дуэли на период войны строжайше запрещены. И вы, Фандорин, отлично это знаете.

Подполковник вышел, за ним порывисто качнулся полотняный полог. Варя спросила:

— Эраст Петрович, что же делать?

Глава пятая, в которой описывается устройство гарема

«Ревю паризьен» (Париж),
18(6) июля 1877 г.
Шарль д'Эвре

СТАРЫЕ САПОГИ
Фронтовая зарисовка

Кожа на них потрескалась и стала мягче лошадиных губ. В приличном обществе в таких сапогах не появишься. Я этого и не делаю — сапоги предназначены для иного.

Мне сшил их старый софийский еврей десять лет назад. Он содрал с меня десять лир и сказал: «Господин, из меня уже давно репей вырастет, а ты все еще будешь носить эти сапоги и вспоминать Исаака добрым словом».

Не прошло и года, и на раскопках ассирийского города в Междуречье у левого сапога отлетел каблук. Мне пришлось вернуться в лагерь одному. Я хромал по раскаленному песку, ругал старого софийского мошенника последними словами и клялся, что сожгу сапоги на костре.

Мои коллеги, британские археологи, не добрались до раскопок — на них напали всадники Рифат-бека, который считает гяуров детьми Шайтана, и вырезали всех до одного. Я не сжег сапоги, я сменил каблук и заказал серебряные подковки.

> В 1873 году, в мае, когда я направлялся в Хиву, проводник Асаф решил завладеть моими часами, моим ружьем и моим вороным ахалтекинцем Ятаганом. Ночью, когда я спал в палатке, проводник бросил в мой левый сапог эфу, чей укус смертелен. Но сапог просил каши, и эфа уползла в пустыню. Утром Асаф сам рассказал мне об этом, потому что усмотрел в случившемся руку Аллаха.
> Полгода спустя пароход «Адрианополь» напоролся на скалу в Термаикосском заливе. Я плыл до берега два с половиной лье. Сапоги тянули меня ко дну, но я их не сбросил. Я знал, что это будет равносильно капитуляции, и тогда мне не доплыть. Сапоги помогли мне не сдаться. До берега добрался я один, все остальные утонули.
> Сейчас я там, где убивают. Каждый день над нами витает смерть. Но я спокоен. Я надеваю свои сапоги, за десять лет ставшие из черных рыжими, и чувствую себя под огнем, как в бальных туфлях на зеркальном паркете.
> Я никогда не позволяю коню топтать репейник — вдруг он растет из старого Исаака?

Третий день Варя работала с Фандориным. Надо было вызволять Петю, а по словам Эраста Петровича, сделать это можно было одним-единственным способом: найти истинного виновника случившегося. И Варя сама умолила титулярного советника, чтобы он взял ее в помощницы.

Петины дела были плохи. Видеться с ним Варе не позволяли, но от Фандорина она знала: все улики против шифровальщика. Получив от подполковника Казанзаки приказ главнокомандующего, Яблоков немедленно занялся шифровкой, а потом, согласно инструкции, лично отнес депешу на телеграфный пункт. Варя подозревала, что рассеянный Петя вполне мог перепутать города, тем более что про Никопольскую крепость знали все, а про городишко Плевну ранее мало кто слышал. Однако Казанзаки в рассеянность не верил, да и сам Петя упрямился и говорил, что отлично помнит, как кодировал именно Плевну, такое смешное название. Хуже всего было то, что, по словам присутствовавшего на одном из допросов Эраста Петровича, Яблоков явно что-то скрывал и делал это крайне неумело. Врать Петя совсем не умеет — это Варя отлично знала. А между тем все шло к трибуналу.

Истинного виновника Фандорин искал как-то странно. По утрам, вырядившись в дурацкое полосатое трико, подолгу делал английскую гимнастику. Целыми днями лежал на походной кровати, изредка наведывался в оперативный отдел штаба, а вечером непременно сидел в клубе у журналистов. Курил сигары, читал книгу, не пьянея пил вино, в разговоры вступал неохотно. Никаких поручений не давал. Перед тем как пожелать спокойной ночи, говорил только: «З-завтра вечером увидимся в клубе».

Варя бесилась от сознания своей беспомощности. Днем ходила по лагерю, смотрела в оба — не обнаружится ли что-нибудь подозрительное. Подозрительное не обнаруживалось, и, устав, Варя шла в палатку к Эрасту Петровичу, чтобы расшевелить его и побудить к действию. В берлоге титулярного советника царил поистине ужасающий беспорядок: повсюду валялись книги, трехверстные карты, плетеные бутылки из-под болгарского вина, одежда, пушечные ядра, очевидно, использовавшиеся в качестве гирь. Однажды Варя, не заметив, села на тарелку с холодным пловом, которая почему-то оказалась на стуле, страшно рассердилась и потом никак не могла застирать жирное пятно на своем единственном приличном платье.

Вечером 7 июля полковник Лукан устроил в пресс-клубе (так на английский манер стали называть журналистский шатер) вечеринку по поводу дня своего рождения. По этому случаю из Бухареста доставили три ящика шампанского, причем именинник утверждал, что заплатил по тридцать франков за бутылку. Деньги были потрачены впустую — про виновника торжества очень быстро забыли, потому что истинным героем дня нынче был д'Эвре.

Утром, вооружившись выигранным у посрамленного Маклафлина цейсовским биноклем (Фандорин, между прочим, за свою несчастную сотню получил целую тысячу — и все благодаря Варе), француз совершил дерзкую экспедицию: в одиночку съездил в Плевну, под прикрытием корреспондентской повязки проник на передовой рубеж противника и даже умудрился взять интервью у турецкого полковника.

— Мсье Перепелкин любезно объяснил мне, как лучше всего подобраться к городу, не угодив под пулю, — рассказывал окруженный восторженными слушателями д'Эвре. — Это и в самом деле оказалось совсем несложно — турки и дозоров-то толком выставить не удосужились. Первого аскера я повстречал только на окраине. «Что вылупился? — кричу. — Веди меня скорей к самому главному начальнику». На Востоке, господа, самое главное — держаться падишахом. Если орешь и ругаешься, стало быть, имеешь на это право. Приводят меня к полковнику. Звать Али-бей — красная феска, черная бородища, на груди значок Сен-Сира. Отлично, думаю, прекрасная Франция меня выручит. Так и так, говорю. Парижская пресса. Волей судеб заброшен в русский лагерь, а там скучища смертная, никакой экзотики — одно пьянство. Не откажет ли почтенный Али-бей дать интервью для парижской публики? Не отказал. Сидим, пьем прохладный шербет. Мой Али-бей спрашивает: «Сохранилось ли то чудесное кафе на углу бульвара Распай и рю-де-Севр?» Я, честно говоря, понятия не имею, сохранилось оно или нет, ибо давно не был в Париже, однако говорю: «Как же, и процветает лучше прежнего». Поговорили о бульварах, о канкане, о кокотках. Полковник совсем растрогался, борода распушилась — а бородища знатная, просто маршал де Ре — и вздыхает: «Нет, вот закончится эта проклятая война, и в Париж, в Париж». «Скоро ль она закончится, эфенди?» «Скоро, — говорит Али-бей. — Очень скоро. Вот вышибут русские меня с моими несчастными тремя таборами из Плевны, и можно будет ставить точку. Дорога откроется до самой Софии». «Ай-я-яй, — сокрушаюсь я. — Вы смелый человек, Али-бей. С тремя батальонами против всей русской армии! Я непременно напишу об этом в свою газету. Но где же славный Осман Нури-паша со своим корпусом?» Полковник феску снял, рукой махнул: «Обещал завтра быть. Только не поспеет — дороги плохи. Послезавтра к вечеру — самое раннее». В общем, посидели славно. И про Константинополь поговорили, и про Александрию. Насилу вырвался — полковник уж приказал барана резать. По совету monsieur Perepyolkin я ознакомил со своим интервью штаб великого князя. Там мою беседу с почтенным Али-беем сочли интересной, — скромно закончил корреспондент. — Полагаю, завтра же турецкого полковника ожидает небольшой сюрприз.

— Ох, Эвре, отчаянная голова! — налетел на француза Соболев, раскрыв генеральские объятья. — Истинный галл! Дай поцелую!

Лицо д'Эвре скрылось за пышной бородой, а Маклафлин, игравший в шахматы с Перепелкиным (капитан уже снял черную повязку и взирал на доску обоими сосредоточенно прищуренными глазами), сухо заметил:

— Капитан не должен был использовать вас в качестве лазутчика. Не уверен, дорогой Шарль, что ваша выходка вполне безупречна с точки зрения журналистского этоса. Корреспондент нейтрального государства не имеет права принимать в конфликте чью-либо сторону и тем более брать на себя роль шпиона, поскольку...

Однако все, включая и Варю, столь дружно набросились на нудного кельта, что он был вынужден умолкнуть.

— Ого, да здесь весело! — вдруг раздался звучный, уверенный голос.

Обернувшись, Варя увидела у входа статного гусарского офицера, черноволосого, с лихими усами, бесшабашными, чуть навыкате глазами и новеньким «георгием» на ментике. Вошедшего всеобщее внимание нисколько не смутило — напротив, гусар воспринял его как нечто само собой разумеющееся.

— Гродненского гусарского полка ротмистр граф Зуров, — отрекомендовался офицер и отсалютовал Соболеву. — Не припоминаете, ваше превосходительство? Вместе на Коканд ходили, я в штабе у Константина Петровича служил.

— Как же, помню, — кивнул генерал. — Вас, кажется, под суд отдали за картежную игру в походе и дуэль с каким-то интендантом.

— Бог милостив, обошлось, — легкомысленно ответил гусар. — Мне сказали, здесь бывает мой давний приятель Эразм Фандорин. Надеюсь, не соврали?

Варя быстро взглянула на сидевшего в дальнем углу Эраста Петровича. Тот встал, страдальчески вздохнул и уныло произнес:

— Ипполит? К-какими судьбами?

— Вот он, чтоб мне провалиться! — ринулся на Фандорина гусар и стал трясти его за плечи, да так усердно, что голова у Эраста Петровича замоталась взад-вперед. — А говорили, тебя в Сербии турки на кол посадили! Ох, подурнел ты, братец, не узнать. Виски для импозантности подкрашиваешь?

Любопытный, однако, круг знакомств обрисовывался у титулярного советника: видинский паша, шеф жандармов, а теперь еще этот лубочный красавец с бретерскими замашками. Варя как бы ненароком подобралась поближе, чтобы не упустить ни одного слова.

— Побросала нас с тобой судьба, побросала. — Зуров перестал трясти собеседника и вместо этого принялся хлопать его по спине. — Про свои приключения расскажу особо, тет-а-тет, ибо не для дамских ушей. — Он игриво покосился на Варю. — Ну а финал известный: остался без гроша, один-одинешенек и с вдребезги разбитым сердцем (снова взгляд в Варину сторону).

— Кто бы мог п-подумать, — прокомментировал Фандорин, отодвигаясь.

— Заикаешься? Контузия? Ерунда, пройдет. Меня под Кокандом взрывной волной так об угол мечети приложило — месяц зубами клацал, веришь ли — стаканом в рот не попадал. А потом ничего, отпустило.

— А с-сюда откуда?

— Это, брат Эразм, долгая история.

Гусар обвел взглядом завсегдатаев клуба, посматривавших на него с явным любопытством, и сказал:

— Не тушуйтесь, господа, подходите. Я тут Эразму свою шахерезаду рассказываю.

— Одиссею, — вполголоса поправил Эраст Петрович, ретируясь за спину полковника Лукана.

— Одиссея — это когда в Греции, а у меня была именно что шахерезада. — Зуров выдержал аппетитную паузу и приступил к повествованию. — Итак, господа, в результате некоторых обстоятельств, про которые известно только мне и Фандорину, я оказался в Неаполе, на совершеннейшей мели. Занял у русского консула пятьсот рублей — больше, сквалыга, не дал — и поплыл морем в Одессу. Но по дороге бес меня попутал соорудить банчок с капитаном и штурманом. Обчистили, шельмы, до копейки. Я, натурально, заявил протест, нанес некоторый ущерб корабельному имуществу и в Константинополе был выкинут... то есть я хочу сказать, высажен на берег — без денег, без вещей и даже без шляпы. А зима, господа. Хоть и турецкая, но все равно холодно. Делать нечего, отправился в наше посольство. Прорвался через все препоны к самому послу, Николаю Павловичу Гнатьеву. Душевный человек. Денег, говорит, одолжить не могу, ибо принципиальный противник всяческих одалживаний, но если угодно, граф, могу взять к себе адъютантом — мне храбрые офицеры нужны. В этом случае получите подъемные и все прочее. Ну я и стал адъютантом.

— У самого Гнатьева? — покачал головой Соболев. — Видно, хитрая лиса усмотрела в вас что-то особенное.

Зуров скромно развел руками и продолжил:

— В первый же день новой службы я вызвал международный конфликт и обмен дипломатическими нотами. Николай Павлович отправил меня с запросом к известному русоненавистнику и святоше Гасану Хайрулле — это главный турецкий поп, вроде папы римского.

— Шейх-уль-ислам, — уточнил строчивший в блокноте Маклафлин. — Более похож на ваш обер-прокурор Синод.

— Вот-вот, — кивнул Зуров. — Я и говорю. Мы с этим Хайруллой сразу друг другу не понравились. Я ему честь по чести, через переводчика: «Ваше преосвященство, срочный пакет от генерал-адъютанта Гнатьева». А он, пес, глазами зырк и отвечает на французском — нарочно, чтоб драгоман не смягчил: «Сейчас время молитвы. Жди». Сел на корточки, лицом к Мекке, и давай приговаривать: «О великий и всемогущий Аллах, окажи милость Твоему верному рабу, дай ему увидеть при жизни, как горят в аду подлые гяуры, недостойные топтать Твою священную землю». Хорошие дела. С каких это пор Аллаху по-французски молятся? Ладно, думаю, я тоже сейчас новое в православный канон введу. Хайрулла поворачивается ко мне, рожа довольная — как же, гяура на место поставил. «Давай письмо твоего генерала», — говорит. «Pardonnez-moi, éminence[1], — отвечаю. — У нас, русских, сейчас как раз время обедни. Вы уж потерпите минутку». Бух на коленки и молюсь на языке Корнеля и Рокамболя: «Господь всеблагий, порадуй грешного раба твоего болярина, то бишь шевалье Ипполита, дай ему полюбоваться, как жарятся на сковородке мусульманские собаки». В общем, осложнил и без того непростые российско-турецкие отношения. Хайрулла пакета не взял, громко заругался по-своему и выставил нас с драгоманом за дверь. Ну, Николай Павлович меня для вида пожурил, а сам, по-моему, остался доволен. Видно, знал, кого, к кому и зачем посылать.

— Лихо, по-туркестански, — одобрил Соболев.

— Но не слишком дипломатично, — вставил капитан Перепелкин, неодобрительно глядя на развязного гусара.

— А я недолго продержался в дипломатах, — вздохнул Зуров и задумчиво добавил. — Видно, не моя стезя.

Эраст Петрович довольно громко хмыкнул.

— Иду я как-то по Галатскому мосту, демонстрирую русский мундир и на красоток поглядываю. Они хоть и в чадрах, но ткань, чертовки, подбирают наипрозрачней-

---

[1] Прошу извинить, ваше преосвященство (фр.)

шую, так что еще соблазнительней получается. Вдруг вижу — едет в коляске нечто божественное, бархатные глазищи поверх вуалетки так и сверкают. Рядом — жирный евнух-абиссинец, кабан кабаном, сзади еще коляска с прислужницами. Я остановился, поклонился — с достоинством, как подобает дипломату, а она перчаточку сняла и белой ручкой мне (Зуров сложил губы дудочкой) — воздушный поцелуй.

— Сняла пегчатку? — с видом эксперта переспросил д'Эвре. — Да это не шутки, господа. Пгогок считал хогошенькие гучки самой соблазнительной частью женского тела и стгого-настгого запгетил благогодным мусульманкам ходить без пегчаток, чтобы не подвеггать соблазну мужские сегдца. Так что снятие пегчатки — c'est un grand signe[1], как если бы европейская женщина сняла... Впгочем, воздегжусь от пагаллелей, — замялся он, искоса взглянув на Варю.

— Ну вот видите, — подхватил гусар. — Мог ли я после этого обидеть даму невниманием? Беру коренную под уздцы, останавливаю, хочу отрекомендоваться. Тут евнух, сапог смазной, ка-ак хлестнет меня плеткой по щеке. Что прикажете делать? Вынул саблю, проткнул невежу насквозь, вытер клинок об его шелковый кафтан и грустный пошел домой. Не до красотки стало. Чувствовал, добром не кончится. И как в воду смотрел — вышло препаршиво.

— А что такое? — полюбопытствовал Лукан. — Оказалась жена паши?

— Хуже, — вздохнул Зуров. — Самого басурманского величества, Абдул-Гамида II. И евнух, натурально, тоже султанский. Николай Павлович отбивал меня как мог. Самому падишаху сказал: «Если б мой адъютант стерпел от раба удар плеткой, я б с него самолично погоны сорвал за позор званию русского офицера». Но разве они понимают, что такое офицерский мундир? Турнули, в двадцать четыре часа. На пакетбот — и в Одессу.

---

[1] это великий знак (фр.)

Хорошо хоть вскоре война началась. Николай Павлович на прощанье говорил: «Благодари Бога, Зуров, что не старшая жена, а всего лишь «маленькая госпожа», «*кучум-кадинэ*».

— Не «*к-кучум*», а «*кучук*», — поправил Фандорин и вдруг покраснел, что показалось Варе странным.

Зуров присвистнул:

— Ого! А ты-то откуда знаешь?

Эраст Петрович молчал, причем вид имел крайне недовольный.

— Господин Фандорин жил в гостях у турецкого паши, — вкрадчиво сообщила Варя.

— И тебя там опекал весь гарем? — оживился граф. — Ну расскажи, не будь скотиной.

— Не весь г-гарем, а только *кучук-ханум*, — пробурчал титулярный советник, явно не желая углубляться в подробности. — Очень славная, отзывчивая д-девушка. И вполне современная. Знает французский и английский, любит Байрона. Медициной интересуется.

Агент открывался с новой, неожиданной стороны, которая Варе отчего-то совсем не понравилась.

— Современная женщина не станет жить в гареме пятнадцатой женой, — отрезала она. — Это унизительно и вообще варварство.

— Пгошу пгощения, мадемуазель, но это не совсем спгаведливое замечание, — снова заграссировал по-русски д'Эвре, однако сразу же перешел на французский. — Видите ли, за годы странствий по Востоку я неплохо изучил мусульманский быт.

— Да-да, Шарль, расскажите, — попросил Маклафлин. — Я помню вашу серию очерков о гаремной жизни. Она была превосходной. — И ирландец расцвел от собственного великодушия.

— Любой общественный институт, в том числе и многоженство, следует воспринимать в историческом контексте, — профессорским тоном начал д'Эвре, но Зуров скорчил такую физиономию, что француз образумился и заговорил по-человечески. — На самом деле в условиях Востока гарем для женщины — единственно возможный способ выжить. Судите сами: мусульмане с самого начала были народом воинов и пророков. Мужчины жили войной, гибли, и огромное количество женщин оставались вдовами или же вовсе не могли найти себе мужа. Кто бы стал кормить их и их детей? У Магомета было пятнадцать жен, но вовсе не из-за его непомерного сластолюбия, а из человечности. Он брал на себя заботу о вдовах погибших соратников, и в западном смысле эти женщины даже не могли называться его женами. Ведь что такое гарем, господа? Вы представляете себе журчание фонтана, полуголых одалисок, лениво поедающих рахат-лукум, звон монист, пряный аромат духов, и все окутано этакой развратно-пресыщенной дымкой.

— А посредине властелин всего этого курятника, в халате, с кальяном и блаженной улыбкой на красных устах, — мечтательно вставил гусар.

— Должен вас огорчить, мсье ротмистр. Гарем — это кроме жен всякие бедные родственницы, куча детей, в том числе и чужих, многочисленные служанки, доживающие свой век старые рабыни и еще бог знает кто. Всю эту орду должен кормить и содержать кормилец, мужчина. Чем он богаче и могущественней, тем больше у него иждивенцев, тем тяжелей возложенный на него груз ответственности. Система гарема не только гуманна, но и единственно возможна в условиях Востока — иначе многие женщины просто умерли бы от голода.

— Вы прямо описываете какой-то фаланстер, а турецкий муж у вас получается вроде Шарля Фурье, — не выдержала Варя. — Не лучше ли дать женщине возможность самой зарабатывать на жизнь, чем держать ее на положении рабыни?

— Восточное общество медлительно и не склонно к переменам, мадемуазель Барбара́, — почтительно ответил француз, так мило произнеся ее имя, что сердиться на него стало совершенно невозможно. — В нем очень мало рабочих мест, за каждое приходится сражаться, и женщине конкуренции с мужчинами не выдержать. К тому же жена вовсе не рабыня. Если муж ей не по нраву, она всегда может вернуть себе свободу. Для этого достаточно создать своему благоверному такую невыносимую жизнь, чтобы он в сердцах воскликнул при свидетелях: «Ты мне больше не жена!» Согласитесь, что довести мужа до такого состояния совсем нетрудно. После этого можно забирать свои вещи и уходить. Развод на Востоке прост, не то что на Западе. К тому же получается, что муж одинок, а женщины представляют собой целый коллектив. Стоит ли удивляться, что истинная власть принадлежит гарему, а вовсе не его владельцу? Главные лица в Османской империи не султан и великий везир, а мать и любимая жена падишаха. Ну и, разумеется, *кизляр-агази* — главный евнух гарема.

— А сколько все-таки султану дозволено иметь жен? — спросил Перепелкин и виновато покосился на Соболева. — Я только так, для познавательности спрашиваю.

— Как и любому правоверному, четыре. Однако кроме полноправных жен у падишаха есть еще *икбал* — нечто вроде фавориток — и совсем юные *гедикли*, «девы, приятные глазу», претендентки на роль *икбал*.

— Ну, так-то лучше, — удовлетворенно кивнул Лукан и подкрутил ус, когда Варя смерила его презрительным взглядом.

Соболев (тоже хорош) плотоядно спросил:

— Но ведь кроме жен и наложниц есть еще рабыни?

— Все женщины султана — рабыни, но лишь до тех пор, пока не родился ребенок. Тогда мать сразу получает титул принцессы и начинает пользоваться всеми подобающими привилегиями. Например, всесильная султанша Бесма, мать покойного Абдул-Азиса, в свое время была простой банщицей, но так успешно мылила Мехмеда II, что он сначала взял ее в наложницы, а потом сделал любимой женой. У женщин в Турции возможности для карьеры поистине неограниченны.

— Однако, должно быть, чертовски утомительно, когда у тебя на шее висит такой обоз, — задумчиво произнес один из журналистов. — Пожалуй, это уж чересчур.

— Некоторые султаны тоже приходили к такому заключению, — улыбнулся д'Эвре. — Ибрагиму I, например, ужасно надоели все его жены. Ивану Грозному или

Генриху VIII в такой ситуации было проще — старую жену на плаху или в монастырь, и можно брать новую. Но как быть, если у тебя целый гарем?

— Да, в самом деле, — заинтересовались слушатели.

— Турки, господа, перед трудностями не пасуют. Падишах велел запихать всех женщин в мешки и утопить в Босфоре. Наутро его величество оказался холостяком и мог обзавестись новым гаремом.

Мужчины захохотали, а Варя воскликнула:

— Стыдитесь, господа, ведь это ужас что такое!

— Но вот уже без малого сто лет, мадемуазель Варя, как нравы при султанском дворе смягчились, — утешил ее д'Эвре. — И все благодаря одной незаурядной женщине, кстати моей соотечественнице.

— Расскажите, — попросила Варя.

— Дело было так. По Средиземному морю плыл французский корабль, а среди пассажиров была семнадцатилетняя девушка необычайной красоты. Звали ее Эме Дюбюк де Ривери, и родилась она на волшебном острове Мартиника, подарившем миру немало легендарных красавиц, среди которых были мадам де Ментенон и Жозефина Богарне. С последней, которую тогда еще звали просто Жозефиной де Ташери, наша юная Эме была хорошо знакома и даже дружна. История умалчивает, зачем прелестной креолке понадобилось пускаться в плавание по кишащим пиратами морям. Известно лишь, что у берегов Сардинии судно захватили корсары, и француженка попала в Алжир, на невольничий рынок, где ее купил сам алжирский дей — тот самый, у кого по утверждению monsieur Popristchine[1] под носом шишка. Дей был стар, и женская красота его уже не интересовала, зато его очень интересовали хорошие отношения с Блистательной Портой, и бедняжка Эме поплыла в Стамбул, в качестве живого подарка султану Абдул-Гамиду I, прадеду нынешнего Абдул-Гамида II. Падишах отнесся к пленнице бережно, как к бесценному сокровищу: ни

---

[1] Мсье Поприщина

к чему не принуждал и даже не заставил обратиться в магометанство. Мудрый владыка проявил терпение, и за это Эме вознаградила его любовью. В Турции ее знают под именем Нашедил-султан. Она родила принца Мехмеда, который впоследствии стал монархом и вошел в историю как великий реформатор. Мать научила его французскому языку, пристрастила к французской литературе и к французскому вольнодумству. С тех пор Турция повернулась лицом к Западу.

— Вы просто сказочник, д'Эвре, — сварливо произнес Маклафлин. — Должно быть, как всегда, приврали и приукрасили.

Француз озорно улыбнулся и промолчал, а Зуров, с некоторых пор начавший проявлять явственные признаки нетерпения, вдруг с воодушевлением воскликнул:

— А вот кстати, господа, не заложить ли нам банчишко? Что же мы все разговоры да разговоры. Право слово, как-то не по-людски.

Варя услышала, как глухо застонал Фандорин.

— Эразм, тебя не приглашаю, — поспешно сказал граф. — Тебе черт ворожит.

— Ваше превосходительство, — возмутился Перепелкин. — Надеюсь, вы не допустите, чтобы в вашем присутствии шла азартная игра?

Но Соболев отмахнулся от него, как от докучливой мухи:

— Бросьте, капитан. Не будьте занудой. Хорошо вам, вы в своем оперативном отделе какой-никакой работой занимаетесь, а я весь заржавел от безделья. Я, граф, сам не играю — больно натура неуемная, — а посмотреть посмотрю.

Варя увидела, что Перепелкин смотрит на красавца-генерала глазами прибитой собаки.

— Разве что по маленькой? — неуверенно протянул Лукан. — Для укрепления боевого товарищества.

— Конечно, для укрепления и исключительно по маленькой, — кивнул Зуров, высыпая из ташки на стол запечатанные колоды. — Заход по сотенке. Кто еще, господа?

Банк составился в минуту, и вскоре в палатке зазвучало волшебное:

— Шелехвосточка пошла.

— А мы ее султанчиком, господа!

— L'as de carreau¹.

— Ха-ха, бито!

Варя подошла к Эрасту Петровичу, спросила:

— А что это он вас Эразмом называет?

— Так уж п-повелось, — уклонился от ответа скрытный Фандорин.

— Эхе-хе, — шумно вздохнул Соболев. — Криденер, поди, к Плевне подходит, а я все сижу, как фоска в сносе.

Перепелкин торчал рядом со своим кумиром, делая вид, что тоже заинтересован игрой.

Сердитый Маклафлин, сиротливо стоя с шахматной доской подмышкой, пробурчал что-то по-английски и сам себя перевел на русский:

— Был пресс-клаб, а стал какой-то прытон.

— Эй, человечек, шустовский есть? Неси! — крикнул гусар, обернувшись к буфетчику. — Веселиться так веселиться.

Вечер и вправду складывался весело.

Зато назавтра пресс-клуб было не узнать: русские сидели мрачные и подавленные, корреспонденты же были взвинченны, переговаривались вполголоса, и время от времени то один, то другой, узнав новые подробности, бежал на телеграфный пункт — произошла большущая сенсация.

Еще в обед по лагерю поползли какие-то нехорошие слухи, а в шестом часу, когда Варя и Фандорин шли со стрельбища (титулярный советник учил помощницу обращаться с револьвером системы «кольт»), им встретился хмуро-возбужденный Соболев.

— Хорошенькое дело, — сказал он, нервно потирая руки. — Слыхали?

— Плевна? — обреченно спросил Фандорин.

---

¹ Туз бубей (фр.)

— Полный разгром. Генерал Шильдер-Шульднер шел напролом, без разведки, хотел опередить Осман-пашу. Наших было семь тысяч, турок — много больше. Колонны атаковали в лоб и угодили под перекрестный огонь. Убит командир Архангелогородского полка Розенбом, смертельно ранен командир Костромского полка Клейнгауз, генерал-майора Кнорринга принесли на носилках. Треть наших полегла. Прямо мясорубка. Вот вам и три табора. И турки какие-то другие, не те, что раньше. Дрались как черти.

— Что д'Эвре? — быстро спросил Эраст Петрович.

— А ничего. Весь зеленый, лепечет оправдания. Казанзаки его допрашивать увел... Ну, теперь начнется. Может, наконец и мне назначение дадут. Перепелкин намекал, что есть шанс. — И генерал пружинистой походкой зашагал в сторону штаба.

До вечера Варя пробыла в госпитале, помогала стерилизовать хирургические инструменты. Раненых навезли столько, что пришлось поставить еще две временные палатки. Сестры сбивались с ног. Пахло кровью и страданием, раненые кричали и молились.

Лишь к ночи удалось выбраться в корреспондентский шатер, где, как уже было сказано, атмосфера разительно отличалась от вчерашней.

Жизнь кипела лишь за карточным столом, где вторые сутки не прекращаясь шла игра. Бледный Зуров, дымя сигарой, быстро сдавал карты. Он ничего не ел, зато не переставая пил и при этом нисколько не пьянел. Возле его локтя выросла гора банкнот, золотых монет и долговых расписок. Напротив, ероша волосы, сидел обезумевший полковник Лукан. Рядом спал какой-то офицер, его светло-русая голова лежала на скрещенных руках. Поблизости жирным мотыльком порхал буфетчик, ловя на лету пожелания везучего гусара.

Фандорина в клубе не было, д'Эвре тоже, Маклафлин играл в шахматы, а Соболев, окруженный офицерами, колдовал над трехверсткой и на Варю даже не взглянул.

Уже жалея, что пришла, она сказала:

— Граф, вам не стыдно? Столько людей погибло.

— Но мы-то еще живы, мадемуазель, — рассеянно откликнулся Зуров, постукивая по колоде. — Что ж хоронить себя раньше времени? Ой блефуешь, Лука. Поднимаю на две.

Лукан рванул с пальца бриллиантовый перстень:

— Вскрываю. — И дрожащей рукой медленно-медленно потянулся к картам Зурова, небрежно лежавшим на столе рубашкой кверху.

В этот миг Варя увидела, как в шатер бесшумно вплывает подполковник Казанзаки, ужасно похожий на черного ворона, унюхавшего сладкий трупный запах. Она вспомнила, чем закончилось предыдущее появление жандарма, и передернулась.

— Господин Кэзанзаки, где д'Эвре? — обернулся к вошедшему Маклафлин.

Подполковник многозначительно помолчал, выждав, чтобы в клубе стало тихо. Ответил коротко:

— У меня. Пишет объяснение. — Откашлялся, зловеще добавил. — А там будем решать.

Повисшую паузу нарушил развязный басок Зурова:

— Это и есть знаменитый жандарм Козинаки? Приветствую вас, господин битая морда. — И, блестя наглыми глазами, выжидательно посмотрел на залившегося краской подполковника.

— И я про вас наслышан, господин бретер, — неторопливо произнес Казанзаки, тоже глядя на гусара в упор. — Личность известная. Извольте-ка прикусить язык, не то кликну часового да отправлю вас на гауптвахту за азартные игры в лагере. А банк арестую.

— Сразу видать серьезного человека, — ухмыльнулся граф. — Все понял и нем, как могила.

Лукан наконец вскрыл зуровские карты, протяжно застонал и схватился за голову. Граф скептически разглядывал выигранный перстень.

— Да нет, майор, какая к черту измена! — услышала Варя раздраженный голос Соболева. — Прав Перепелкин, штабная голова, — просто Осман прошел форсированным маршем, а наши шапкозакидатели такой прыти от турок не ждали. Теперь шутки кончены. У нас появился грозный противник, и война пойдет всерьез.

Глава шестая, в которой Плевна и Варя выдерживают осаду

> **«Винер Цайтунг» (Вена),
> 30(18) июля 1877 г.**
> «Наш корреспондент сообщает из Шумена, где находится штаб-квартира турецкой Балканской армии.
> После конфуза под Плевной русские оказались в преглупом положении. Их колонны вытянуты на десятки и даже сотни километров с юга на север, коммуникации беззащитны, тылы открыты. Гениальный фланговый маневр Осман-паши позволил туркам выиграть время для перегруппировки, а маленький болгарский город стал для русского медведя славной занозой в мохнатом боку. В кругах, близких к константинопольскому двору, царит атмосфера сдержанного оптимизма».

С одной стороны, дела обстояли скверно, даже, можно сказать, хуже некуда. Бедный Петя все томился за семью замками — после плевненского кровопролития зловредному Казанзаки стало не до шифровальщика, но угроза трибунала никуда не делась. Да и военная фортуна оказалась переменчива — из золотой рыбки обратилась в колючего ерша и ушла в пучину, до крови ободрав ладони.

С другой стороны (Варя стыдилась себе в этом признаться), никогда еще ей не жилось настолько... интересно. Вот именно: интересно, самое точное слово.

А причина, если честно, была непристойно проста. Впервые в жизни за Варей ухаживало сразу столько поклонников, да каких поклонников! Не чета давешним железнодорожным попутчикам или золотушным петербургским студентам. Пошлая бабья натура, сколько ее в себе ни дави, пролезала из глупого, тщеславного сердца сорной травой. Нехорошо.

Вот и утром 18 июля, в день важный и примечательный, о чем позже, Варя проснулась с улыбкой. Даже еще не проснулась — только ощутила сквозь зажмуренные веки солнечный свет, только сладко потянулась, и сразу стало радостно, празднично, весело. Это уже потом, когда вслед за телом проснулся разум, вспомнилось про Петю и про войну. Варя усилием воли заставила себя нахмуриться и думать о грустном, но в непослушную спросонья голову лезло совсем другое, в духе Агафьи Тихоновны: если б к петиной преданности прибавить соболевскую славу, да зуровскую бесшабашность, да таланты Шарля, да фандоринский прищуренный взгляд... Хотя нет, Эраст Петрович сюда не подходил, ибо к поклонникам, даже с натяжкой, причислить его было нельзя.

С титулярным советником выходило как-то неясно. Помощницей Варя по-прежнему числилась у него чисто номинально. В свои секреты Фандорин ее не посвящал, а между тем какие-то дела у него были и, похоже, что не пустяковые. Он то надолго исчезал, то, наоборот, безвылазно сидел в палатке, и к нему наведывались какие-то болгарские мужики в пахучих бараньих шапках. Верно, из Плевны, догадывалась Варя, но из гордости ни о чем не спрашивала. Эка невидаль — плевненские жители в русском лагере появлялись не так уж редко. Даже у Маклафлина был собственный информант, сообщавший корреспонденту уникальные сведения о жизни турецкого гарнизона. Правда, с русским командованием ирландец этими знаниями не делился, напирая на «журналистский этос», зато читатели «Дейли ньюс» знали и про распорядок дня Осман-паши, и про мощные редуты, которыми не по дням, а по часам обрастал осажденный город.

Но и в Западном отряде русской армии на сей раз к битве готовились основательно. Штурм был назначен на сегодня, и все говорили, что теперь «плевненское недоразумение» непременно будет разрешено. Вчера Эраст Петрович начертил для Вари прутиком на земле все турецкие укрепления и объяснил, что по имеющимся у него совершенно достоверным данным, Осман-паша имеет 20 000 аскеров и 58 орудий, а генерал-лейтенант Криденер стянул к городу 32 000 солдат и 176 пушек, да еще румыны должны подойти. Диспозиция разработана хитрая, строго секретная, со скрытным обходным маневром и ложной атакой. Фандорин так хорошо объяснял, что Варя сразу поверила в победу русского оружия и даже не очень слушала — больше смотрела на титулярного советника и гадала, кем ему приходится та блондинка из медальона. Казанзаки что-то странное говорил про женитьбу. Уж не благоверная ли? Больно молода для благоверной, совсем девчонка.

А вышло так. Три дня назад Варя после завтрака заглянула к Эрасту Петровичу в палатку и увидела, что он лежит на кровати одетый, в грязных сапогах и спит беспробудным сном. Весь предыдущий день он отсутствовал и, видно, вернулся только под утро. Она хотела было потихоньку удалиться, но вдруг заметила, что из расстегнутого ворота на грудь спящего свисает серебряный медальон. Искушение было слишком велико. Варя на цыпочках подкралась к кровати, не отрывая взгляда от лица Фандорина. Тот дышал ровно, рот приоткрылся, и похож титулярный советник сейчас был на мальчишку, который из озорства вымазал виски пудрой.

Варя осторожненько, двумя пальцами, приподняла медальон, отщелкнула крышечку и увидела крошечный портрет. Этакая куколка, медхен-гретхен: золотые кудряшки, глазки, ротик, щечки. Ничего особенного. Варя с осуждением покосилась на спящего и залилась краской — из-под длинных ресниц на нее глядели серьезные глаза, ярко-голубые и с очень черными зрачками.

Объясняться было глупо, и Варя просто сбежала, что тоже получилось не очень умно, но, по крайней мере обошлось без неприятной сцены. Как ни странно, впоследствии Фандорин вел себя так, будто этот эпизод вообще места не имел.

Холодный, неприятный человек, в посторонние разговоры вступает редко, а если вступает, то непременно скажет что-нибудь такое, от чего Варю просто на дыбы кидает. Взять хотя бы спор о парламенте и народовластии, разгоревшийся во время пикника (ездили большой компанией на холмы, и Фандорина с собой утянули, хоть он и рвался залечь в свою берлогу).

Д'Эвре стал рассказывать про конституцию, которую в прошлом году ввел в Турции бывший великий визир Мидхат-паша. Было интересно. Вот поди ж ты — дикая, азиатская страна, а при парламенте, не то что Россия.

Потом заспорили, какая парламентская система лучше. Маклафлин был за британскую, д'Эвре, хоть и француз, за американскую, Соболев напирал на какую-то особенную, исконно русскую, дворянско-крестьянскую.

Когда Варя потребовала избирательного права для женщин, ее дружно подняли на смех. Солдафон Соболев стал насмехаться:

— Ох, Варвара Андреевна, вам, женщинам, только дай суфражировать, ведь одних красавчиков, дусек-пусек в парламент навыбираете. Доведись вашей сестре выбирать между Федором Михайловичем Достоевским и нашим ротмистром Зуровым — за кого голоса отдадите, а? То-то.

— Господа, разве в парламент принудительно выбирают? — встревожился гусар, и все развеселились еще пуще.

Тщетно Варя толковала про равные права и американскую территорию Вайоминг, где женщинам дозволено голосовать, и ничего ужасного с Вайомингом от этого не произошло. Никто ее слова всерьез не воспринимал.

— А что же вы-то молчите? — воззвала Варя к Фандорину, и тот отличился, сказал такое, что лучше бы уж помалкивал:

— Я, Варвара Андреевна, вообще противник д-демократии. — (Сказал и покраснел). — Один человек изначально не равен другому, и тут уж ничего не поделаешь.

Демократический принцип ущемляет в правах тех, кто умнее, т-талантливее, работоспособнее, ставит их в зависимость от тупой воли глупых, бездарных и ленивых, п-потому что таковых в обществе всегда больше. Пусть наши с вами соотечественники сначала отучатся от свинства и заслужат право носить звание г-гражданина, а уж тогда можно будет и о парламенте подумать.

От такого неслыханного заявления Варя растерялась, но на выручку пришел д'Эвре.

— И все же, если в стране избирательное право уже введено, — мягко сказал он (разговор, конечно же, шел по-французски), — несправедливо обижать целую половину человечества, да к тому же еще и лучшую.

Вспомнив эти замечательные слова, Варя улыбнулась, повернулась на бок и стала думать про д'Эвре.

Слава богу, Казанзаки наконец оставил человека в покое. Вольно ж было генералу Криденеру на основании какого-то интервью принимать стратегическое решение! Бедняжка д'Эвре весь извелся, приставал к каждому встречному-поперечному с объяснениями и оправданиями. Таким, виноватым и несчастным, он нравился Варе еще больше. Если раньше он казался ей немножко самовлюбленным, слишком уж привыкшим к всеобщему восхищению, и она нарочно держала дистанцию, то теперь нужда в этом отпала, и Варя стала вести себя с французом просто и ласково. Легкий он был человек, веселый, не то что Эраст Петрович, и ужасно много знал — и про Турцию, и про Древний Восток, и про французскую историю. А куда только не бросала его жажда приключений! И как мило рассказывал он свои récits drôles[1] — остроумно, живо, без малейшей рисовки. Варя обожала, когда д'Эвре в ответ на какой-нибудь ее вопрос делал особенную паузу, интригующе улыбался и с таинственным видом говорил: «Oh, c'est toute une histoire, mademoiselle».[2] И, в отличие от темнилы Фандорина, тут же эту историю рассказывал.

---

[1] анекдоты (фр.)
[2] Ну, это целая история, мадемуазель (фр.)

Чаще всего истории были смешные, иногда страшные. Одну Варя запомнила особенно хорошо.

«Вот вы, мадемуазель Варя, ругаете азиатов за пренебрежение к человеческой жизни, и правильно делаете (речь зашла о зверствах башибузуков). Но ведь это дикари, варвары, в своем развитии очень недалеко ушедшие от каких-нибудь тигров или крокодилов. А я опишу вам сцену, которую наблюдал в самой цивилизованной из стран, Англии. О, это целая история... Британцы настолько ценят человеческую жизнь, что худшим из грехов почитают самоубийство — и за попытку наложить на себя руки карают смертной казнью. На Востоке до такого пока не додумались. Несколько лет назад, когда я находился в Лондоне, в тамошней тюрьме должны были повесить заключенного. Он совершил страшное преступление — каким-то образом раздобыл бритву, попытался перерезать себе горло и даже частично в этом преуспел, но был вовремя спасен тюремным врачом. Меня потрясла логика судьи, и я решил, что непременно должен видеть экзекуцию собственными глазами. Использовал свои связи, раздобыл пропуск на казнь и не был разочарован.

Осужденный повредил себе голосовые связки и мог только сипеть, поэтому обошлись без последнего слова. Довольно долго препирались с врачом, который заявил, что вешать этого человека нельзя — разрез разойдется, и повешенный сможет дышать прямо через трахею. Прокурор и начальник тюрьмы посовещались и велели палачу приступать. Но врач оказался прав: под давлением петли рана немедленно раскрылась, и болтающийся на веревке начал со страшным свистом всасывать воздух. Он висел пять, десять, пятнадцать минут и не умирал — только лицо наливалось синим.

Решили вызвать судью, вынесшего приговор. Поскольку казнь происходила на рассвете, судью долго будили. Он приехал через час и принял соломоново решение: снять осужденного с виселицы и повесить снова, но теперь перетянув петлей не выше, а ниже разреза. Так и сделали. На сей раз все прошло успешно. Вот вам плоды цивилизации».

Повешенный со смеющимся горлом потом приснился Варе ночью. «Никакой смерти нет, — сказало горло голосом д'Эвре и засочилось кровью. — Есть только возвращение на старт».

Но про возвращение на старт — это уже от Соболева.

— Ах, Варвара Андреевна, вся моя жизнь — скачки с барьерами, — говорил ей молодой генерал, горько качая коротко стриженной головой. — Только судья без конца снимает меня с дистанции и возвращает к старту. Судите сами. Начинал кавалергардом, отличился в войне с поляками, но попал в глупую историю с паненкой — и назад, на старт. Окончил академию генштаба, получил назначение в Туркестан — а там идиотская дуэль со смертельным исходом, и снова изволь на старт. Женился на княжне, думал, буду счастлив — какое там... Опять один, у разбитого корыта. Снова отпросился в пустыню, не жалел ни себя, ни людей, чудом остался жив — и вот снова ни с чем. Прозябаю в нахлебниках и жду нового старта. Только дождусь ли?

Соболева, в отличие от д'Эвре, было не жалко. Во-первых, насчет старта Мишель прибеднялся, кокетничал — все-таки в тридцать три года свитский генерал, два «Георгия» и золотая шпага. А во-вторых, слишком уж явно давил на жалость. Видно, еще в бытность юнкером объяснили ему старшие товарищи, что любовная виктория достигается двумя путями: либо кавалерийской атакой, либо рытьем апрошей к падкому на сострадание женскому сердцу.

Апроши Соболев рыл довольно неумело, но его ухаживания Варе льстили — все-таки настоящий герой, хоть и с дурацким веником на лице. На деликатные советы изменить форму бороды генерал начинал торговаться: мол, готов принести эту жертву, но лишь взамен на предоставление определенных гарантий. Предоставлять гарантии в Варины намерения не входило.

Пять дней назад Соболев пришел счастливый — наконец получил собственный отряд, два казачьих полка, и будет участвовать в штурме Плевны, прикрывая южный фланг корпуса. Варя пожелала ему удачного старта. Начальником штаба Мишель взял к себе Перепелкина, отозвавшись о скучном капитане следующим образом:

— Ходил, канючил, в глаза заглядывал, ну я и взял. И что вы думаете, Варвара Андреевна? Еремей Ионович хоть и нуден, но толков. Как-никак генерального штаба. В оперативном отделе его знают, полезными сведениями снабжают. Да и потом, вижу, что он мне лично предан — не забыл про спасение от башибузуков. А я, грешный человек, в подчиненных преданность исключительно ценю.

Теперь у Соболева забот хватало, но третьего дня его ординарец Сережа Берещагин доставил от его превосходительства пышный букет алых роз. Розы стояли, как бородинские богатыри, и опадать не собирались. Вся палатка пропахла густым, маслянистым ароматом.

В брешь, образовавшуюся после ретирады генерала, устремился Зуров, убежденный сторонник кавалерийской атаки. Варя прыснула, припомнив, как лихо ротмистр провел предварительную рекогносцировку.

— Экое бельвю, мадемуазель. Природа! — сказал он как-то раз, выйдя из прокуренного пресс-клуба вслед за Варей, которой вздумалось полюбоваться закатом. И, не теряя темпа, сменил тему. — Славный человек Эразм, не правда ли? Душой чист, как простыня. И отличный товарищ, хоть, конечно, и бука.

Тут гусар сделал паузу, выжидательно глядя на барышню красивыми, нахальными глазами. Варя ждала, что последует дальше.

— Хорош собой, опять же брюнет. Его б в гусарский мундир — и был бы совсем молодец, — решительно вел свою линию Зуров. — Это он сейчас ходит мокрой курицей, а видели б вы Эразма прежним! Пламень! Аравийский ураган!

Варя смотрела на враля недоверчиво, ибо представить титулярного советника «аравийским ураганом» было совершенно невозможно.

— Отчего же такая перемена? — спросила она в надежде хоть что-то разузнать о загадочном прошлом Эраста Петровича.

Но Зуров лишь пожал плечами:

— А черт его знает. Мы с ним год не виделись. Не иначе как роковая любовь. Ведь вы нас, мужчин, за бессердечных болванов держите, а душа у нас пылкая, легко ранимая. — Он горько потупился. — С разбитым сердцем можно и в двадцать лет стариком стать.

Варя фыркнула:

— Ну уж в двадцать. Молодиться вам как-то не к лицу.

— Я не про себя, про Фандорина, — объяснил гусар. — Ему ведь двадцать один год всего.

— Кому, Эрасту Петровичу!? — ахнула Варя. — Бросьте, мне и то двадцать два.

— Вот и я о том же, — оживился Зуров. — Вам бы кого-нибудь посолидней, чтоб лет под тридцать.

Но она не слушала, пораженная сообщением. Фандорину только двадцать один? Двадцать один!? Невероятно! То-то Казанзаки его «вундеркиндом» обозвал. То есть, лицо у титулярного советника, конечно, мальчишеское, но манера держаться, но взгляд, но седые виски! Отчего же, Эраст Петрович, вас этак приморозило-то?

Гусар истолковал ее растерянность по-своему и, приосанившись, заявил:

— Я ведь к чему веду. Если шельма Эразм меня опередил, я немедленно ретируюсь. Что бы ни говорили недоброжелатели, мадемуазель, Зуров — человек с принципами. Никогда не посягнет на то, что принадлежит другу.

— Это вы про меня? — дошло до Вари. — Если я — «то, что принадлежит» Фандорину, вы на меня не посягнете, а если «не то», — посягнете? Я правильно вас поняла?

Зуров дипломатично поиграл бровями, ничуть, впрочем, не смутившись.

— Я принадлежу и всегда буду принадлежать только самой себе, но у меня есть жених, — строго сказала нахалу Варя.

— Наслышан. Но мсье арестант к числу моих друзей не принадлежит, — повеселев, ответил ротмистр, и с рекогносцировкой было покончено.

Далее последовала собственно атака.

— Хотите пари, мадемуазель? Ежели я угадаю, кто первым выйдет из шатра, вы мне подарите поцелуй. Не угадаю — обриваю голову наголо, как башибузук. Решайтесь! Право, риск для вас минимальный — там в шатре человек двадцать.

У Вари против воли губы расползлись в улыбку.

— И кто же выйдет?

Зуров сделал вид, что задумался, и отчаянно мотнул головой:

— Эх, прощай мои кудри... Полковник Саблин. Нет. Маклафлин. Нет... Буфетчик Семен, вот кто!

Он громко откашлялся, и через секунду из клуба, вытирая руки о край шелковой поддевки, выкатился буфетчик. Деловито посмотрел на ясное небо, пробормотал: «Ох, не было бы дождя», — и убрался обратно, даже не посмотрев на Зурова.

— Это чудо, знак свыше! — воскликнул граф и, тронув усы, наклонился к хохочущей Варе.

Она думала, что он поцелует ее в щеку, как это всегда делал Петя, но Зуров целил в губы, и поцелуй получился долгим, необычным, с головокружением.

Наконец, чувствуя, что вот-вот задохнется, Варя оттолкнула кавалериста и схватилась за сердце.

— Ой, вот я вам сейчас как влеплю пощечину, — пригрозила она слабым голосом. — Предупреждали ведь добрые люди, что вы играете нечисто.

— За пощечину вызову на поединок. И, несомненно, буду сражен, — тараща глаза, промурлыкал граф.

Сердиться на него было положительно невозможно...

В палатку сунулась круглая физиономия Лушки, заполошной и бестолковой девчонки, исполнявшей при сестрах обязанности горничной, кухарки, а при большом наплыве раненых — и санитарки.

— Барышня, вас военный дожидаются, — выпалила Лушка. — Черный, с усами и при букете. Чего сказать-то?

Легок на помине, бес, подумала Варя и снова улыбнулась. Зуровские методы осады ее изрядно забавляли.

— Пусть ждет. Скоро выйду, — сказала она, отбрасывая одеяло.

Но возле госпитальных палат, где все было готово для приема новых раненых, прогуливался вовсе не гусар, а благоухающий духами полковник Лукан, еще один соискатель.

Варя тяжело вздохнула, но отступать было поздно.

— Ravissante comme l'Aurore[1]! — кинулся было к ручке полковник, но отпрянул, вспомнив о современных женщинах.

Варя качнула головой, отказываясь от букета, взглянула на сверкающий золотыми позументами мундир союзника и сухо спросила:

— Что это вы с утра при таком параде?

— Отбываю в Букарешт, на военный совет к его высочеству, — важно сообщил полковник. — Зашел попрощаться и заодно угостить вас завтраком.

Он хлопнул в ладоши, и из-за угла выехала щегольская коляска. На козлах сидел денщик в застиранной форме, но в белых перчатках.

— Прошу, — поклонился Лукан, и Варя, поневоле заинтригованная, села на пружинящее сиденье.

— Куда это мы? — спросила она. — В офицерскую кантину?

Румын лишь таинственно улыбнулся, словно собирался умчать спутницу по меньшей мере в тридевятое царство.

Полковник вообще в последнее время вел себя загадочно. Он по-прежнему ночи напролет просиживал за картами, но если в первые дни злополучного знакомства с Зуровым вид имел затравленный и несчастный, то теперь совершенно оправился и, хотя продолжал спускать немалые суммы, ничуть не падал духом.

— Что вчерашняя игра? — спросила Варя, приглядываясь к коричневым кругам под глазами Лукана.

— Фортуна ко мне наконец повернулась, — просиял он. — Везенью вашего Зурова конец. Известно ли вам о законе больших чисел? Если день за днем ставить крупные суммы, то рано или поздно непременно отыграешься.

---

[1] Обворожительная, как утренняя заря! (фр.)

Насколько помнила Варя, Петя излагал ей эту теорию несколько иначе, но не спорить же.

— На стороне графа слепая удача, а за мной — математический расчет и огромное состояние. Вот, взгляните-ка. — Он оттопырил мизинец. — Отыграл свой фамильный перстень. Индийский алмаз, одиннадцать каратов. Вывезен предком из крестового похода.

— Разве румыны участвовали в крестовых походах? — опрометчиво удивилась Варя и прослушала целую лекцию о родословной полковника, которая, оказывается, восходила к римскому легату Лукану Маврицию Туллу.

Тем временем коляска выехала за пределы лагеря и остановилась в тенистой роще. Под старым дубом белел накрытый крахмальной скатертью стол, а на нем стояло столько всякого вкусного, что Варя моментально проголодалась. Здесь были и французские сыры, и фрукты, и копченая лососина, и розовая ветчина, и пурпурные раки, а в серебряном ведерке уютно пристроилась бутылка лафита.

Все-таки и за Луканом следовало признать определенные достоинства.

Когда подняли первый бокал, вдали глухо зарокотало, и у Вари сжалось сердце. Как она могла до такой степени отвлечься! Это начался штурм. Там сейчас падают убитые, стонут раненые, а она...

Виновато отодвинув вазу с ранним изумрудным виноградом, Варя сказала:

— Господи, хоть бы все у них прошло по плану.

Полковник выпил залпом, сразу же налил еще. Заметил, жуя:

— План, конечно, хорош. Как личный представитель его высочества ознакомлен и даже в некотором роде участвовал в составлении. Особенно остроумен обходной маневр под прикрытием гряды холмов. Колонны Шаховского и Вельяминова выходят на Плевну с востока. Небольшой отряд Соболева с юга отвлекает на себя внимание Осман-паши. На бумаге выглядит красиво. — Лукан осушил бокал. — Но война, мадемуазель Варвара, это не бумага. И ничегошеньки у ваших компатриотов не выйдет.

— Но почему? — ахнула Варя.

Усмехнувшись, полковник постучал себя пальцем по виску.

— Я стратег, мадемуазель, и гляжу дальше ваших генштабистов. Здесь (он кивнул на свой планшет) копия моего рапорта, еще вчера отправленного князю Карлу. Я предсказываю русским полное фиаско и уверен, что его высочество оценит мою прозорливость по достоинству. Ваши полководцы слишком спесивы и самоуверенны, они переоценивают своих солдат и недооценивают турок. А также и нас, румынских союзников. Ничего, после сегодняшнего урока царь сам попросит нас о помощи, вот увидите.

Полковник отломил изрядный кусок рокфора, а у Вари вконец испортилось настроение.

Черные предсказания Лукана оказались верны.

Вечером Варя и Фандорин стояли у обочины Плевненской дороги, а мимо нескончаемой вереницей следовали повозки с ранеными. Подсчет потерь еще не закончился, но в госпитале сказали, что из строя убыло никак не менее семи тысяч. Говорили, что отличился Соболев, оттянувший на себя турецкую контратаку — если б не его казаки, разгром был бы во сто крат горше. Еще поражались турецким артиллеристам, которые продемонстрировали сатанинскую меткость и расстреляли колонны еще на подходе, прежде чем батальоны успели развернуться для атаки.

Варя все это пересказывала Эрасту Петровичу, а тот молчал — то ли и сам все знал, то ли пребывал в потрясении — не поймешь.

Колонна застряла — у одной из повозок отлетело колесо. Варя, старавшаяся поменьше смотреть на покалеченных, взглянула на охромевшую телегу попристальней и ойкнула — лицо раненого офицера, смутно белевшее в светлых летних сумерках, показалось знакомым. Она подошла поближе — и точно: это был полковник Саблин, один из клубных завсегдатаев. Он лежал без сознания, закрытый окровавленной шинелью. Его тело выглядело странно коротким.

— Знакомый? — спросил сопровождавший полковника фельдшер. — Ноги снарядом по самое никуда оторвало. Не повезло-с.

Варя попятилась назад, к Фандорину, и судорожно завсхлипывала.

Плакала долго, потом слезы высохли, потом стало прохладно, а раненых все везли и везли.

— Вот в клубе Лукана за дурака держат, а он поумнее Криденера оказался, — сказала Варя, потому что молчать больше не было сил.

Фандорин посмотрел вопросительно, и она пояснила:

— Он мне еще утром сказал, что из штурма ничего не выйдет. Мол, диспозиция хороша, а полководцы плохи. И солдаты тоже не очень...

— Он так сказал? — переспросил Эраст Петрович. — Ах, вот оно что. Это меняет...

И не договорил, сдвинул брови.

— Что меняет?

Молчание.

— Что меняет? А?

Варя начала злиться.

— Дурацкая манера! Сказать «а» и не говорить «б»! Что это такое, в конце концов?

Ей ужасно хотелось схватить титулярного советника за плечи и как следует потрясти. Надутый, невоспитанный молокосос! Изображает из себя индейского вождя Чингачгука.

— Это, Варвара Андреевна, измена, — внезапно разомкнул уста Эраст Петрович.

— Измена? Какая измена?

— А вот это мы выясним. Итак. — Фандорин потер лоб. — Полковник Лукан, не самого большого ума мужчина, один из всех предсказывает русской армии поражение. Это раз. С диспозицией он был ознакомлен и даже как представитель князя Карла получил копию. Это два. Успех операции зависел от скрытного маневра под прикрытием холмов. Это три. Наши колонны были расстреляны турецкой артиллерией по квадратам, вне прямой видимости. Это четыре. Вывод?

— Турки заранее знали, когда и куда стрелять, — прошептала Варя.

— А Лукан заранее знал, что приступ окажется неудачным. Кстати, и пять: в последние дни у этого человека откуда-то появилось много денег.

— Он богат. Какие-то родовые сокровища, имения. Он рассказывал, но я не очень слушала.

— Варвара Андреевна, не так давно полковник пытался занять у меня триста рублей, а затем в считанные дни, если верить Зурову, спустил до пятнадцати тысяч. Конечно, Ипполит мог и приврать...

— Еще как мог, — согласилась Варя. — Но Лукан и в самом деле проиграл очень много. Он сам мне сегодня говорил, перед тем как уехать в Букарешт.

— Он уехал?

Эраст Петрович отвернулся и задумался, время от времени покачивая головой. Варя зашла сбоку, чтобы видеть его лицо, но ничего особенно примечательного не разглядела: Фандорин, прищурившись, смотрел на звезду Марс.

— Вот что, м-милая Варвара Андреевна, — медленно заговорил он, и у Вари потеплело на душе — во-первых, потому что «милая», а во-вторых, оттого что он снова начал заикаться. — Придется мне все-таки просить вас о п-помощи, хоть я и обещал...

— Да я что угодно! — слишком поспешно воскликнула она и прибавила. — Ради Петиного спасения.

— И отлично. — Фандорин испытующе посмотрел ей в глаза. — Но з-задание очень трудное и не из приятных. Я хочу, чтобы вы тоже отправились в Букарешт, разыскали там Лукана и п-попытались в нем разобраться. Допустим, попробуйте выяснить, действительно ли он так богат. Сыграйте на его тщеславии, хвастливости, г-глуповатости. Ведь он один раз уже сболтнул вам лишнее. Он непременно распустит п-перед вами перья. — Эраст Петрович замялся. — Вы ведь молодая, п-привлекательная особа...

Тут он закашлялся и сбился, потому что Варя от неожиданности присвистнула. Дождалась-таки комплимента от статуи командора. Конечно, комплимент довольно тщедушный — «молодая привлекательная особа», но все же, все же...

Однако Фандорин немедленно все испортил.

— Разумеется, одной вам ехать ни к чему, д-да и странно будет. Я знаю, что в Букарешт собирается д'Эвре. Он, конечно, не откажет взять вас с собой.

Нет, положительно, это не человек, а кусок льда, подумала Варя. Попробуй-ка такого разморозь! Неужто не видит, что француз кругами ходит? Да нет, все видит, просто ему, как говорит Лушка, плюнуть и размазать.

Эраст Петрович, кажется, истолковал ее недовольную мину по-своему.

— О деньгах не беспокойтесь. Вам ведь жалование п-полагается, разъездные и прочее. Я выдам. Купите там что-нибудь, развлечетесь.

— Да уж с Шарлем скучать не придется, — мстительно сказала Варя.

Глава седьмая, в которой Варя утрачивает звание порядочной женщины

> «Московские губернские ведомости»,
> 22 июля (3 августа) 1877 г.
> Воскресный фельетон.
>
> «Когда ваш покорный слуга узнал, что сей город, столь хорошо освоенный за минувшие месяцы нашими тыловыми завсегдатаями, во время оно был основан князем Владом по прозванию Наколсажатель, известным также под именем Дракулы, многое разъяснилось. Теперь понятно, почему в Бухаресте за рубль дают в лучшем случае три франка, почему паршивенький обед в трактире стоит, как банкет в «Славянском базаре», а за гостиничный номер платишь, как за аренду Букингемского дворца. Сосут, сосут проклятые вурдалаки русскую кровушку, преаппетитно облизываются, да еще поплевывают. Всего неприятней то, что после избрания третьеразрядного немецкого принца румынским властителем сия дунайская провинция, самой своей автономией обязанная исключительно России, стала попахивать вурстом да зельцем. Заглядываются бояре-господаре на герра Бисмарка, а наш брат русак здесь наподобие двоюродной козы: за вымя тянут, а нос воротят. Можно подумать, что не за румынскую свободу проливают на плевненских полях свою святую кровь...»

Ошиблась Варя, сильно ошиблась. Поездка в Букарешт получилась прескучной.

На отдых в столицу румынского княжества кроме француза нацелились еще несколько корреспондентов. Всем было ясно, что в ближайшие дни, а то и недели ничего интересного на театре военных действий не произойдет — не скоро оправятся русские от плевненского кровопускания, вот и потянулась журналистская братия к тыловым соблазнам.

Собирались долго, и выехали только на третий день. Варю как даму посадили в бричку к Маклафлину, остальные поехали верхом, и на француза, восседавшего на тоскующем от медленной езды Ятагане, смотреть пришлось издали, а беседу вести с ирландцем. Тот всесторонне обсудил с Варей климатические условия на Балканах, в Лондоне и Средней Азии, рассказал об устройстве рессор своего экипажа и подробно описал несколько остроумнейших шахматных этюдов. От всего этого настроение у Вари испортилось, и на привалах она смотрела на оживленных попутчиков, в том числе и на разрумянившегося от моциона д'Эвре, мизантропически.

На второй день пути — уже проехали Александрию — стало полегче, потому что кавалькаду догнал Зуров. Он отличился в сражении, за лихость был взят к Соболеву в адъютанты, и генерал вроде бы даже хотел представить его к «анне», но взамен гусар выторговал себе недельный отпуск — по его выражению, чтобы размять косточки.

Сначала ротмистр развлекал Варю джигитовкой — срывал на скаку синие колокольчики, жонглировал золотыми империалами и вставал в седле на ноги. Потом предпринял попытку поменяться с Маклафлином местами, а когда получил флегматичный, но решительный отпор, пересадил на свою рыжую кобылу безответного кучера, сам же уселся на козлы и, поминутно вертя головой, смешил Варю враками о своем героизме и происках ревнивого Жеромки Перепелкина, с которым новоиспеченный адъютант был на ножах. Так и доехали.

Найти Лукана, как и предсказывал Эраст Петрович, оказалось нетрудно. Следуя инструкциям, Варя остановилась в самой дорогой гостинице «Руайяль», спросила про полковника у портье, и выяснилось, что son excellence¹ здесь хорошо известен — и вчера, и позавчера кутил в ресторане. Наверняка будет и сегодня.

Времени до вечера оставалось много, и Варя отправилась прогуляться по фешенебельной Каля-Могошоаей, которая после палаточной жизни казалась просто Невским проспектом: щегольские экипажи, полосатые маркизы над окнами лавок, ослепительные южные красавицы, картинные брюнеты в голубых, белых и даже розовых сюртуках, и мундиры, мундиры, мундиры. Русская и французская речь явно заглушали румынскую. Варя выпила в настоящем кафе две чашки какао, съела четыре пирожных и совсем было растаяла от неги, но возле шляпного магазина заглянула ненароком в зеркальную витрину и ахнула. То-то встречные мужчины смотрят сквозь и мимо!

Замарашка в линялом голубом платье и пожухлой соломеной шляпке позорила имя русской женщины. А по тротуарам фланировали такие мессалины, разодетые по самой что ни на есть последней парижской моде!

В ресторан Варя ужасно опоздала. Условилась с Маклафлином на семь, а появилась в девятом. Корреспондент «Дейли пост», будучи истинным джентльменом, на рандеву безропотно согласился (не идти же в ресторан одной — еще сочтут за кокотку), да и за опоздание не упрекнул ни единым словом, но вид имел глубоко несчастный. Ничего, долг платежом красен. Мучил всю дорогу своими метеорологическими познаниями, теперь пускай пользу приносит.

Лукана пока в зале не было, и Варя из человеколюбия попросила еще раз объяснить, как играется староперсидская защита. Ирландец, совершенно не заметив-

---

¹ его превосходительство (фр.)

ший произошедшей в Варе перемены (а потрачено было шесть часов времени и почти все разъездные — шестьсот восемьдесят пять франков) сухо заметил, что такая защита ему неизвестна. Пришлось поинтересоваться, всегда ли в этих широтах так жарко в конце июля. Оказалось, что всегда, но это сущие пустяки по сравнению с влажной жарой Бангалора.

Когда в половине одиннадцатого позолоченные двери распахнулись и в зал вошел пьяноватый потомок римского легата, Варя обрадовалась ему как родному, вскочила и с неподдельной сердечностью замахала рукой.

Правда, возникло непредвиденное осложнение в виде пухлой шатенки, висевшей у полковника на локте. Осложнение взглянуло на Варю с неприкрытой злобой, и Варя смутилась — как-то не приходило в голову, что Лукан может быть и женат.

Но полковник решил проблему с истинно военной решительностью — легонько шлепнул свою спутницу ладонью пониже пышного шлейфа, и шатенка, прошипев что-то ядовитое, возмущенно удалилась. Видимо, не жена, подумала Варя и смутилась еще больше.

— Наш полевой цветок распустил лепестки и оказался прекрасной розой! — возопил Лукан, бросаясь к Варе через весь зал. — Какое платье! Какая шляпка! Боже, неужто я на Шанзелизе!

Фат и пошляк, конечно, но все равно приятно. Варя даже позволила ему приложиться к руке, поступилась принципами ради пользы дела. Ирландцу полковник кивнул с небрежной благосклонностью (не соперник) и, не дожидаясь приглашения, уселся за стол. Варе показалось, что Маклафлин румыну тоже рад. Неужели устал разговаривать о климате? Да нет, вряд ли.

Официанты уже уносили кофейник и кекс, заказанный экономным корреспондентом, и тащили вина, сладости, фрукты, сыры.

— Вы запомните Букарешт! — пообещал Лукан. — В этом городе все принадлежит мне!

— В каком смысле? — спросил ирландец. — Владеете в городе значительной недвижимостью?

Румын не удостоил его ответом.

— Поздравьте меня, мадемуазель. Мой рапорт оценен по заслугам, в самом скором времени могу ждать повышения!

— Что за рапорт? — снова поинтересовался Маклафлин. — Что за повышение?

— Повышение ожидает всю Румынию, — с важным видом заявил полковник. — Теперь абсолютно ясно, что русский император переоценил силы своей армии. Мне известно из достоверных источников, — он картинно понизил голос и наклонился, щекоча Варе щеку завитым усом, — что генерал Криденер от командования Западным отрядом будет отстранен, и войска, осаждающие Плевну, возглавит наш князь Карл.

Маклафлин достал из кармана блокнот и стал записывать.

— Не угодно ли прокатиться по ночному Букарешту, мадемуазель Варвара? — прошептал на ухо Лукан, воспользовавшись паузой. — Я покажу вам такое, чего в вашей скучной северной столице вы не видели. Клянусь, будет что вспомнить.

— Это решение русского императора или просто пожелание князя Карла? — спросил дотошный журналист.

— Желания его высочества вполне достаточно, — отрезал полковник. — Без Румынии и ее доблестной пятидесятитысячной армии русские беспомощны. О, господин корреспондент, мою страну ожидает великое будущее. Скоро, скоро князь Карл станет королем. А ваш покорный слуга, — добавил он, обращаясь к Варе, — сделается весьма важной персоной. Возможно, даже сенатором. Проявленная мною проницательность оценена по заслугам. Так как насчет романтической прогулки? Я настаиваю.

— Я подумаю, — туманно пообещала она, соображая, как бы повернуть разговор в нужное русло.

В этот миг в ресторан вошли Зуров и д'Эвре — с точки зрения дела, очень некстати, но Варя все равно была рада: при них у Лукана прыти поубавится.

Проследив за направлением ее взгляда, полковник

недовольно пробормотал:

— Однако «Руайяль» положительно превращается в проходной двор. Надо было перейти в отдельный кабинет.

— Добрый вечер, господа, — весело приветствовала знакомых Варя. — Букарешт — маленький город, не правда ли? Полковник как раз хвастался нам своей прозорливостью. Он заранее предсказал, что штурм Плевны закончится поражением.

— В самом деле? — спросил д'Эвре, внимательно посмотрев на Лукана.

— Превосходно выглядите, Варвара Андреевна, — сказал Зуров. — Это что у вас, мартель? Человек, бокалов сюда!

Румын выпил коньяку и смерил обоих мрачным взглядом.

— Кому предсказал? Когда? — прищурился Маклафлин.

— В рапорте на имя своего государя, — пояснила Варя. — И теперь проницательность полковника оценена по заслугам.

— Угощайтесь, господа, пейте, — широким жестом пригласил Лукан и порывисто поднялся. — Все пойдет на мой счет. А мы с госпожой Суворовой едем кататься. Она мне обещала.

Д'Эвре удивленно приподнял брови, а Зуров недоверчиво воскликнул:

— Что я слышу, Варвара Андреевна? Вы едете с Лукой?

Варя была близка к панике. Уехать с Луканом — навсегда погубить свою репутацию, да еще не известно, чем кончится. Отказать — сорвать полученное задание.

— Я сейчас вернусь, господа, — произнесла она упавшим голосом и быстро-быстро зашагала к выходу. Надо было собраться с мыслями.

В фойе у высокого, с бронзовыми завитушками зеркала остановилась, приложила руку к пылающему лбу. Как поступить? Подняться к себе в номер, запереться и на стук не отвечать. Прости, Петя, не велите казнить, господин титулярный советник, не годится Варя Суворова в шпионки.

Дверь предостерегающе заскрипела, и в зеркале, прямо за спиной, возникла красная, сердитая физиономия полковника.

— Виноват, мадемуазель, но с Михаем Луканом так не поступают. Вы мне в некотором роде делали авансы, а теперь вздумали публично позорить?! Не на того напали! Здесь вам не пресс-клуб, здесь я у себя дома!

От галантности будущего сенатора не осталось и следа. Карие с желтизной глаза метали молнии.

— Идемте, мадемуазель, экипаж ждет. — И на Варино плечо легла смуглая, поросшая шерстью рука с неожиданно сильными, будто выкованными из железа пальцами.

— Вы с ума сошли, полковник! Я вам не куртизанка! — вскрикнула Варя, оглядываясь по сторонам.

Людей в фойе было довольно много, все больше господа в летних пиджаках и румынские офицеры. Они с любопытством наблюдали за пикантной сценой, но заступаться за даму (да и даму ли?), кажется, не собирались.

Лукан сказал что-то по-румынски, и зрители понимающе засмеялись.

— Много пила, Маруся? — спросил один по-русски, и все захохотали еще пуще.

Полковник властно обхватил Варю за талию и повел к выходу, да так ловко, что сопротивляться не было никакой возможности.

— Вы наглец! — воскликнула Варя и хотела ударить Лукана по щеке, но он успел схватить ее за запястье. От придвинувшегося вплотную лица пахнуло смесью перегара и одеколона. Сейчас меня вытошнит, испуганно подумала Варя.

Однако в следующую секунду руки полковника разжались сами собой. Сначала звонко хлопнуло, потом сочно хряпнуло, и Варин обидчик отлетел к стене. Одна его щека была багровой от пощечины, а другая белой от увесистого удара кулаком. В двух шагах плечом к плечу стояли Д'Эвре и Зуров. Корреспондент потряхивал пальцами правой руки, гусар потирал кулак левой.

— Между союзниками пробежала черная кошка, — констатировал Ипполит. — И это только начало. Мордобоем, Лука, не отделаешься. За такое обхождение с дамой шкуру дырявят.

Д'Эвре же ничего не сказал — молча стянул белую перчатку и швырнул полковнику в лицо.

Тряхнув головой, Лукан распрямился, потер скулу. Посмотрел на одного, на другого. Варю больше всего поразило то, что о ее существовании все трое, казалось, совершенно забыли.

— Меня вызывают на дуэль? — Румын сипло, словно через силу, цедил французские слова. — Сразу оба? Или все-таки по одному?

— Выбирайте того, кто вам больше нравится, — сухо обронил д'Эвре. — А если повезет с первым, будете иметь дело со вторым.

— Э-э нет, — возмутился граф. — Так не пойдет. Я первым сказал про шкуру, со мной и стреляться.

— Стреляться? — неприятно засмеялся Лукан. — Нет уж, господин шулер, выбор оружия за мной. Мне отлично известно, что вы с мсье писакой записные стрелки. Но здесь Румыния, и драться мы будем по-нашему, по-валашски.

Он крикнул что-то, обратившись к зрителям, и несколько румынских офицеров охотно вынули из ножен сабли, протягивая их эфесами вперед.

— Я выбираю мсье журналиста, — хрустнул пальцами полковник и положил руку на рукоять своей шашки. Он трезвел и веселел прямо на глазах. — Возьмите любой из этих клинков и пожалуйте во двор. Сначала я проткну вас, а потом отрежу уши господину бретеру.

В толпе одобрительно зашумели и кто-то даже крикнул: «Браво!».

Д'Эвре пожал плечами и взял ту саблю, что была ближе. Зевак растолкал Маклафлин:

— Остановитесь! Шарль, не сходите с ума! Это же дикость! Он вас убьет! Рубиться на саблях — это балканский спорт, вы им не владеете!

— Меня учили фехтовать на эспадронах, а это почти одно и то же, — невозмутимо ответил француз, взвешивая в руке клинок.

— Господа, не надо! — наконец обрела голос Варя. — Это все из-за меня. Полковник немного выпил, но он не хотел меня оскорбить, я знаю. Ну перестаньте же, это в конце концов нелепо! В какое положение вы меня ставите? — Ее голос жалобно дрогнул, но мольба так и не была услышана.

Даже не взглянув на даму, из-за чести которой, собственно, произошла вся история, свора мужчин, оживленно переговариваясь, двинулась по коридору в сторону внутреннего дворика. С Варей остался один Маклафлин.

— Глупо, — сердито сказал он. — Какие еще эспадроны? Я-то видел, как румыны управляются с саблеи. Тут в третью позицию не встают и «гарде» не говорят. Рубят ломтями, как кровяную колбасу. Ах, какое перо погибает, и как по-идиотски! Все французская спесь. Индюку Лукану тоже не поздоровится. Засадят в тюрьму, и просидит до самой амнистии по случаю победы. Вот у нас в Британии...

— Боже, боже, что делать, — потерянно бормотала Варя, не слушая. — Я одна во всем виновата.

— Кокетство, сударыня, — большой грех, — неожиданно легко согласился ирландец. — Еще со времен Троянской войны...

Из двора донесся дружный вопль множества мужских голосов.

— Что там? Неужели кончено? — Варя схватилась за сердце. — Как быстро! Сходите, Шеймас, посмотрите. Умоляю!

Маклафлин замолчал, прислушиваясь. На его добродушном лице застыла тревога. Выходить во двор корреспонденту явно не хотелось.

— Ну что же вы медлите, — поторопила его Варя. — Может быть, ему нужна медицинская помощь. Ах, какой вы!

Она метнулась в коридор, но навстречу, бренча шпорами, шел Зуров.

— Какая жалость, Варвара Андреевна! — еще издали крикнул он. — Какая непоправимая утрата!

Она обреченно припала плечом к стене, подбородок задрожал.

— Как могли мы, русские, утратить традицию сабельной дуэли! — продолжал сокрушаться Ипполит. — Красиво, зрелищно, эффектно! Не то что пиф-паф, и готово! А тут балет, поэма, бахчисарайский фонтан!

— Перестаньте нести чушь, Зуров! — всхлипнула Варя. — Скажите же толком, что там?

— О, это надо было видеть. — Ротмистр возбужденно посмотрел на нее и на Маклафлина. — Все свершилось в десять секунд. Значит, так. Маленький, тенистый двор. Каменные плиты, свет фонарей. Мы, зрители, на галерее, внизу только двое — Эвре и Лука. Союзник вольтижирует — помахивает шашкой, чертит в воздухе восьмерки, подбросил и разрубил пополам дубовый листок. Публика в восторге, хлопает в ладоши. Француз просто стоит, ждет, пока наш павлин кончит красоваться. Потом Лука скок вперед и делает клинком этакий скрипичный ключ на фоне атмосферы, а Эвре, не трогаясь с места, только подался туловищем назад, ушел от удара и молниеносно, я и не заметил как, чиркнул сабелькой — прямо румыну по горлу, самым острием. Тот забулькал, повалился ничком, ногами подергал и всё, в отставку без пенсиона. Конец дуэли.

— Проверили? Мертв? — быстро спросил ирландец.

— Мертвее не бывает, — уверил его гусар. — Кровищи натекло с Ладожское озеро. Варвара Андреевна, да вы расстроились! На вас лица нет! Обопритесь-ка на меня. — И охотно обнял Варю за бок, что в данной ситуации было кстати.

— Д'Эвре? — пролепетала она.

Зуров словно ненароком подобрался рукой повыше и беспечно сообщил:

— А что ему? Пошел сдаваться в комендатуру. Известное дело, по головке не погладят. Не юнкеришку освежевал — полковника. Турнут обратно во Францию, и это в лучшем случае. Вот я вам пуговку расстегну, легче дышать будет.

Варя ничего не видела и не слышала. Опозорена, думала она. Навеки утратила звание порядочной женщины. Доигралась с огнем, дошпионилась. Легкомысленная дура, а мужчины — звери. Из-за нее убит человек. И д'Эвре она больше не увидит. А самое ужасное — оборвана нить, что вела к вражеской паутине.

Что скажет Эраст Петрович?

Глава восьмая,
в которой Варя
видит ангела смерти

> «Правительственный вестник»
> (Санкт-Петербург),
> 30 июля (11 августа) 1877 г.
> «Невзирая на мучительные приступы эпидемического катара и кровавого поноса, Государь провел последние дни, посещая госпитали, переполненные тифозными больными и ранеными. Его императорское величество относится с такою искреннею сердечностью к страдальцам, что невольно становится тепло при этих сценах. Солдатики, как дети, бросаются на подарки и радуются чрезвычайно наивно. Автору сих строк не раз приходилось видеть, как прекрасные синие глаза Государя овлажнялись слезою. Невозможно наблюдать эти сцены без особого чувства благоговейного умиления».

Эраст Петрович сказал вот что:
— Долгонько д-добирались, Варвара Андреевна. Много интересного пропустили. Сразу же по получении вашей т-телеграммы я распорядился провести тщательный осмотр палатки и личных вещей убитого. Ничего особенно любопытного не нашли. А позавчера из Бухареста доставили находившиеся при Лукане бумаги. И что вы д-думаете?

Варя боязливо подняла глаза, впервые посмотрев титулярному советнику в лицо. Жалости или, того хуже, презрения в фандоринском взгляде не прочла — лишь сосредоточенность и, пожалуй, азарт. Облегчение тут же сменилось стыдом: тянула время, страшась возвращения в лагерь, нюни распускала из-за своего драгоценного реноме, а о деле и думать забыла, эгоистка.

— Говорите же! — поторопила она Фандорина, с интересом наблюдавшего за слезинкой, что медленно катилась по Вариной щеке.

— Вы уж п-простите великодушно, что втравил вас в этакую историю, — виновато произнес Эраст Петрович. — Всякого ожидал, но т-такого...

— Что вы обнаружили в бумагах Лукана? — сердито перебила его Варя, чувствуя, что если разговор не свернет в деловое русло, она непременно разревется.

Собеседник то ли догадался о подобной возможности, то ли просто счел тему исчерпанной, но углубляться в букарештский эпизод не стал.

— Интереснейшие пометки в записной книжке. Вот, взгляните-ка.

Он достал из кармана кокетливую книжечку в парчовом переплете и открыл заложенную страничку. Варя пробежала глазами колонку цифр и букв:

$19 = Z — 1500$
$20 = Z — 3400 — i$
$21 = J + 5000\ Z — 800$
$22 = Z — 2900$
$23 = J + 5000\ Z — 700$
$24 = Z — 1100$
$25 = J + 5000\ Z — 1000$
$26 = Z — 300$
$27 = J + 5000\ Z — 2200$
$28 = Z — 1900$
$29 = J + 15000\ Z + i$

Прочла еще раз медленней, потом снова. Ужасно хотелось проявить остроту ума.

— Это шифр? Нет, нумерация идет подряд... Список? Номера полков? Количество солдат? Может быть, потери и пополнения? — зачастила Варя, наморщив лоб. — Значит, Лукан все-таки был шпион? Но что означают буквы — Z, J, i? А может, это формулы или уравнения?

— Вы льстите покойнику, Варвара Андреевна. Все гораздо проще. Если это и уравнения, то весьма незамысловатые. Правда, с одним неизвестным.

— Только с одним? — поразилась Варя.

— Посмотрите внимательней. В первой к-колонке, разумеется, числа, Лукан ставит после них двойную черточку. С 19 по 29 июля по западному стилю. Чем занимался полковник в эти дни?

— Откуда мне знать? Я же за ним не следила. — Варя подумала. — Ну, в штабе, наверно, был, на позиции ездил.

— Ни разу не видел, чтобы Лукан ездил на п-позиции. В основном встречал его т-только в одном месте.

— В клубе?

— Вот именно. И чем он там занимался?

— Да ничем, в карты резался.

— Б-браво, Варвара Андреевна.

Она взглянула на листок еще раз.

— Так это он карточные расчеты записывал! После Z минус, после J всегда плюс. Значит буквой Z он помечал проигрыши, а буквой J выигрыши? Только и всего? — Варя разочарованно пожала плечами. — Но где ж здесь шпионаж?

— А никакого шпионажа не было. Шпионаж — высокое искусство, здесь же мы имеем дело с элементарным п-подкупом и предательством. 19 июля, накануне первой Плевны, в клубе появился бретер Зуров, и Лукан втянулся в игру.

— Выходит, Z — это Зуров? — воскликнула Варя. — Погодите-ка... — Она зашептала, глядя на цифры. — Сорок девять... семь в уме...Сто четыре... — И подытожила. — Всего он проиграл Зурову 15800. Вроде бы сходится, Ипполит ведь тоже говорил про пятнадцать тысяч. Однако что такое i?

— П-полагаю, пресловутый перстень, по-румынски inel. 20 июля Лукан его проиграл, 29-го отыграл обратно

— Однако кто такой J? — потерла лоб Варя. — Среди игроков на J вроде бы никого не было. У этого человека Лукан выиграл... м-м... Ого! Тридцать пять тысяч! Что-то не припоминаю за полковником таких крупных выигрышей. Он бы непременно похвастался.

— Тут хвастаться было нечем. Это не выигрыш, а гонорар за измену. П-первый раз загадочный J вручил полковнику деньги 21 июля, когда Лукан проигрался Зурову в пух и прах. Далее покойный получал от своего неведомого покровителя по пять т-тысяч 23-го, 25-го и 27-го, то есть через день. Это и позволяло ему вести игру с Ипполитом. 29-го июля Лукан получил сразу пятнадцать тысяч. Спрашивается, почему так м-много и почему именно 29-го?

— Он продал диспозицию второй Плевны! — ахнула Варя. — Роковой штурм произошел 30 июля, на следующий день!

— Еще раз браво. Вот вам секрет и лукановской п-прозорливости, и поразительной т-точности турецких артиллеристов, расстрелявших наши колонны еще на подходе, по площадям.

— Но кто таков это J? Неужто вы никого не подозреваете?

— Отчего же, — невнятно пробурчал Фандорин. — П-подозреваю... Однако пока не складывается.

— Значит, нужно просто найти этого самого J, и тогда Петю освободят, Плевну возьмут и война закончится?

Эраст Петрович подумал, наморщил гладкий лоб и очень серьезно ответил:

— Ваша логическая цепочка не вполне к-корректна, но в принципе верна.

В пресс-клубе Варя появиться в тот вечер не осмелилась. Наверняка все винят ее и в смерти Лукана (они же не знают об измене), и в изгнании всеобщего любимца д'Эвре. Француз из Букарешта в лагерь так и не вернулся. По словам Эраста Петровича, дуэлянта подержали по арестом и велели в двадцать четыре часа покинуть территорию Румынского княжества.

В надежде повстречать Зурова или хотя бы Маклафлина и выведать у них, насколько сурово к преступнице общественное мнение, бедная Варя прогуливалась кругами вокруг пестревшего разноцветными флажками шатра, держа дистанцию в сто шагов. Податься было решительно некуда, а идти к себе в палатку очень уж не хотелось. Милосердные сестры, славные, но ограниченные создания, снова станут обсуждать, кто из врачей душка, а кто злюка, и всерьез ли однорукий поручик Штрумпф из шестнадцатой палаты сделал предложение Насте Прянишниковой.

Полог шатра колыхнулся, Варя увидела приземистую фигуру в синем жандармском мундире и поспешно отвернулась, сделав вид, что любуется осточертевшим видом деревеньки Богот, приютившей штаб главнокомандующего. Где, спрашивается, справедливость? Подлый интриган и опричник Казанзаки ходит в клуб запросто, а она, в сущности, невинная жертва обстоятельств, топчется на пыльной дороге, словно какая-то дворняжка! Варя возмущенно тряхнула головой и твердо решила убраться восвояси, но сзади раздался вкрадчивый голос ненавистного грека:

— Госпожа Суворова! Какая приятная встреча.

Варя обернулась и скорчила гримасу, уверенная, что за непривычной любезностью подполковника немедленно последует какой-нибудь змеиный укус.

Казанзаки смотрел на нее, растянув толстые губы в улыбке, а взгляд у него был непонятный, чуть ли не искательный.

— Все в клубе только о вас и говорят. Ждут с нетерпением. Не каждый день, знаете ли, из-за прекрасных дам клинки скрещивают, да еще с летальным исходом.

Настороженно нахмурившись, Варя ждала подвоха, но жандарм заулыбался еще слаще.

— Граф Зуров еще давеча расписал всю эскападу в сочнейших красках, а сегодня еще и эта статья...

— Какая статья? — не на шутку перепугалась Варя.

— Ну как же, наш опальный д'Эвре разразился в «Ревю паризьен» целой полосой, в которой описывает поединок. Романтично. Вас именует исключительно «la belle m-lle S».[1]

— И что же, — Варин голос чуть-чуть дрогнул, — никто меня не винит?

Казанзаки приподнял густейшие брови:

— Разве что Маклафлин и Еремей Ионович. Но первый — известный брюзга, а второй редко наезжает, только если с Соболевым. Кстати, Перепелкину за последний бой «георгий» вышел. С каких таких заслуг? Вот что значит — оказаться в правильном месте и в правильное время.

Подполковник завистливо причмокнул и осторожно перешел к главному:

— Все гадают, куда запропастилась наша героиня, а героиня, оказывается, занята важными государственными делами. Ну-с, что там на уме у хитроумного господина Фандорина? Какие гипотезы по поводу таинственных записей Лукана? Не удивляйтесь, Варвара Андреевна, я в курсе событий. Как-никак заведую особой частью.

Вон оно что, подумала Варя, исподлобья глядя на подполковника. Так я тебе и сказала. Ишь какой резвый, на готовенькое.

— Эраст Петрович что-такое объяснял, да я не очень поняла, — сообщила она, наивно похлопав ресницами. — Какой-то «Зэ», какой-то «Жэ». Вы лучше спросите у господина титулярного советника сами. Во всяком случае, Петр Афанасьевич Яблоков ни в чем не виноват, теперь это ясно.

— В измене, возможно, и не виноват, но в преступной неосторожности наверняка повинен. — Голос жандарма лязгнул знакомой сталью. — Пусть пока посидит ваш жених, ничего с ним не сделается. — Однако Казанзаки сразу же сменил тон, очевидно, вспомнив, что сегодня выступает в ином амплуа. — Все образуется. Ведь я, Варвара Андреевна, не амбициозен и всегда готов признать свою ошибку. Взять хотя бы несравненного мсье д'Эвре. Да, признаю: допрашивал, подозревал — были основания. Из-за его пресловутого интервью с турецким

---

[1] прекрасная мадемуазель С. (фр.)

полковником наше командование совершило ошибку, погибли люди. Я имел гипотезу, что полковник Али-бей — персонаж мифический, придуманный французом то ли из репортерского тщеславия, то ли из иных, менее невинных соображений. Теперь вижу, что был несправедлив. — Он доверительно понизил голос. — Получены агентурные сведения из Плевны. При Осман-паше, действительно, состоит не то помощником, не то советником некий Али-бей. На людях почти не показывается. Наш человек видел его издалека, разглядел только пышную черную бороду и темные очки. Эвре, кстати, тоже про бороду поминал.

— Борода, очки? — Варя тоже понизила голос. — Неужто тот самый, как его, Анвар-эфенди?

— Тс-с. — Казанзаки нервно оглянулся и заговорил еще тише. — Уверен, что он. Очень ловкий господин. Лихо обвел нашего корреспондента вокруг пальца. Всего три табора, говорит, главные силы подойдут нескоро. Разработка незатейливая, но элегантная. Вот мы, болваны, наживку и заглотили.

— Однако, раз в неудаче первого штурма д'Эвре не виноват, а убитый им Лукан — предатель, получается, что журналиста выдворили неправильно? — спросила Варя.

— Получается, что так. Бедняге просто не повезло, — махнул рукой подполковник и придвинулся поближе. — Видите, Варвара Андреевна, как я с вами откровенен. Между прочим, секретной информацией поделился. А вы не хотите мне поведать сущий пустяк. Я переписал себе тот листок из книжечки, бьюсь третий день, и все попусту. Сначала думал, шифр. Непохоже. Перечень или передвижение частей? Потери и пополнения? Ну скажите же, до чего додумался Фандорин?

— Скажу только одно. Все гораздо проще, — снисходительно обронила Варя и, поправив шляпку, легкой походкой направилась к пресс-клубу.

К третьему и окончательному штурму плевненской твердыни готовились весь знойный август. Хотя приготовления были окружены строжайшей секретностью, лагере открыто говорили, что сражение произойдет не иначе как 30-го, в день высочайшего тезоименитства. С утра до вечера по окрестным долинам и холмам пехота и конница отрабатывали совместные маневры, по дорогам денно и нощно подтягивались полевые и осадные орудия. Жалко было смотреть на измученных солдатиков в потных гимнастерках и серых от пыли кепи с солнцезащитными платками, но общее настроение было мстительно-радостным: всё, мол, кончилось наше терпение, русские медленно запрягают да быстро едут, прихлопнем назойливую плевненскую муху всей мощью медвежьей десницы.

И в клубе, и в офицерской кантине, где столовалась Варя, все разом превратились в стратегов — рисовали схемы, сыпали именами турецких пашей, гадали, откуда будет нанесен главный удар. Несколько раз заезжал Соболев, но держался загадочно и важно, в шахматы больше не играл, на Варю посматривал с достоинством и на злодейку-судьбу уже не жаловался. Знакомый штабист шепнул, что генерал-майору в грядущем приступе отводится хоть и не ключевая, но очень важная роль, и под началом у него теперь целых две бригады и один полк. Оценили, наконец, Михаила Дмитриевича по заслугам.

Вокруг царило оживление, и Варя изо всех сил старалась проникнуться всеобщим подъемом, но как-то не получалось. По правде говоря, ей до смерти наскучили разговоры о резервах, дислокациях и коммуникациях. К Пете по-прежнему не пускали, Фандорин ходил мрачнее ночи и на вопросы отвечал невразумительным мычанием, Зуров появлялся только сопровождая своего патрона, косился на Варю взглядом плененного волка, строил жалостные рожи буфетчику Семену, но в карты не играл и вина не просил — в отряде Соболева царила железная дисциплина. Гусар пожаловался шепотом, что «Жеромка» прибрал к рукам «все хозяйство» и никому вздохнуть не дает. А Михаил Дмитриевич его оберегает и не дает закатить хорошую взбучку. Скорей бы уж штурм.

За все последние дни единственным отрадным событием было возвращение Д'Эвре, который, оказывается, пересидел бурю в Кишиневе, а узнав о своей полной реабилитации, поспешил к театру военных действий. Но и француза, которому Варя очень обрадовалась, словно подменили. Он больше не развлекал ее занимательными историями, о букарештском инциденте говорить избегал, а все носился по лагерю, наверстывая месяц отсутствия, да строчил статейки в свое «Ревю». В общем, Варя чувствовала себя примерно так же, как в ресторане гостиницы «Руайяль», когда мужчины, унюхав запах крови, словно с цепи сорвались и начисто забыли о ее существовании. Лишнее подтверждение того, что мужчина по самому своему естеству близок к животному миру, звериное начало выражено в нем очевидней, чем в женщине, и потому полноценной разновидностью homo sapiens является именно женщина, существо более развитое, тонкое и сложное. Жаль только поделиться своими мыслями было не с кем. Милосердные сестры на такие слова только прыскали в ладошку, а Фандорин рассеянно кивал, думая о чем-то другом.

Одним словом, безвременье и скука.

А на рассвете 30 августа Варю разбудил чудовищный грохот. Это началась первая канонада. Накануне Эраст Петрович объяснил, что помимо обычной артиллерийской подготовки турок подвергнут психологическому воздействию — это новое слово в военном искусстве. С первым лучом солнца, когда правоверным пора совершать намаз, триста русских и румынских орудий откроют ураганный огонь по турецким укреплениям, а ровно в девять канонада прекратится. Осман-паша, ожидая атаки, пошлет на передовые позиции свежие войска, но не тут-то было: союзники не двинутся с места, и над плевненскими просторами воцарится тишина. В одиннадцать ноль ноль на недоумевающих турок обрушится новый шквал огня, который продлится до часа дня. Далее — опять затишье. Противник уносит раненых и убитых, наскоро латает разрушения, подкатывает новые пушки взамен разбитых, а штурма все нет. У турков, которые крепкими нервами не отличаются и, как известно, способны на минутный порыв, но пасуют перед любым продолжительным усилием, натурально начинается замешательство, а возможно, и паника. На передовую наверняка съезжается все басурманское начальство, смотрит в бинокли, ничего не понимает. И тут, в четырнадцать тридцать, противника накрывает третья волна канонады, а еще через полчаса на измученных ожиданием турок устремляются штурмовые колонны.

Варя поежилась, представив себя на месте несчастных защитников Плевны. Ведь это ужасно — ждать решительных событий и час, и два, и три, а всё попусту. Она бы точно не выдержала. Задумано хитро, этого у штабных гениев не отнимешь.

Бу-бух! Бу-бух! — ухали тяжелые осадные орудия. Бух-бух— бух! — пожиже вторили полевые пушки. Это надолго, подумала Варя. Надо бы позавтракать.

Журналисты, не извещенные о хитроумном плане артиллерийской подготовки, выехали на позицию еще затемно. Местонахождение корреспондентского пункта следовало обговорить с командованием заранее, и после долгих дискуссий большинством голосов решили проситься на высотку, расположенную между Гривицей, где находился центр позиции, и Ловчинским шоссе, за которым располагался левый фланг. Поначалу большинство журналистов хотели обосноваться ближе к правому флангу, потому что главный удар явно намечался именно с той стороны, но Маклафлин и д'Эвре переубедили коллег. Главный аргумент у них был такой: пусть левый фланг даже окажется второстепенным, но там Соболев, а значит, без сенсации не обойдется.

Позавтракав вместе с бледными, вздрагивающими от выстрелов сестрами, Варя отправилась разыскивать Эраста Петровича. В штабе титулярного советника не оказалось, в особой части тоже. На всякий случай Варя заглянула к нему в палатку и увидела, что Фандорин преспокойно сидит в складном кресле с книгой в руке и, покачивая сафьяновой туфлей с загнутым носком, пьет кофе.

— Вы когда на позицию? — спросила Варя, усаживаясь на койку, потому что больше было некуда.

Эраст Петрович пожал плечами. Лицо его так и светилось свежим румянцем. Лагерная жизнь явно шла бывшему волонтеру на пользу.

— Неужто будете сидеть здесь весь день? Д'Эвре сказал, что сегодняшнее сражение — крупнейший штурм укрепленной позиции за всю мировую историю. Грандиозней, чем взятие Малахова кургана.

— Ваш д'Эвре любит п-приврать, — ответил титулярный советник. — Ватерлоо и Бородино были помасштабней, не говоря уж о лейпцигской Битве народов.

— Вы просто чудовище! Решается судьба России, гибнут тысячи людей, а он сидит, книжку читает! Это в конце концов безнравственно!

— А смотреть с безопасного расстояния, как люди убивают друг д-друга, нравственно? — В голосе Эраста Петровича, о чудо, прозвучало человеческое чувство — раздражение. — Благодарю п-покорно, я этот спектакль уже наблюдал и даже в нем участвовал. Мне не п-понравилось. Я уж лучше в обществе Т-тацита. — И демонстративно уткнулся в книгу.

Варя вскочила, топнула ногой и направилась к выходу, но Фандорин сказал ей в спину:

— Вы уж там поосторожней, ладно? С к-корреспондентского пункта ни ногой. Мало ли что.

Она остановилась и удивленно оглянулась на Эраста Петровича.

— Заботу проявляете?

— П-право слово, Варвара Андреевна, ну что вы там потеряли? Сначала будут долго стрелять из пушек, потом побегут вперед и п-поднимутся клубы дыма, вы ничего не увидите, только услышите, как одни кричат «ура», а другие кричат от боли. Очень интересно. Наша с вами работа не там, а здесь, в т-тылу.

— Тыловая крыса, — вспомнила Варя подходящий к случаю термин и оставила мизантропа наедине с его Тацитом.

Высотку, на которой расположились корреспонденты и военные наблюдатели нейтральных стран, найти оказалось просто — еще с дороги, сплошь запруженной повозками с боеприпасами, Варя увидела вдали белое полотнище. Оно вяло покачивалось на ветру, под ним темнело изрядное скопление людей — пожалуй, человек сто, если не больше. Дорожный распорядитель, осипший от крика капитан с красной повязкой на рукаве, распределявший, куда подвозить снаряды в первую очередь, мельком улыбнулся миловидной барышне в кружевной шляпке и махнул рукой:

— Туда, туда, мадемуазель. Да смотрите никуда не сворачивайте. По белому флагу вражеская артиллерия не бьет, а в прочие места нет-нет да и залетит снарядик-другой. Куда, куда попер, дубина стоеросовая?! Я же сказал, четырехфунтовые на шестую!

Варя тронула поводья смирного каурого конька, позаимствованного в лазаретной конюшне, и поехала на флаг, с любопытством озираясь вокруг.

Вся долина перед грядой невысоких холмов, за которыми начинались подступы к Плевне, были испещрена странными островками. Это, разбившись поротно, лежала на траве пехота, дожидаясь приказа об атаке. Солдаты вполголоса переговаривались, время от времени то отсюда, то оттуда доносился неестественно громкий хохот. Офицеры, собравшись группками по несколько человек, дымили папиросами. На Варю, ехавшую амазонкой, смотрели удивленно и недоверчиво, словно на существо из иного, ненастоящего мира. От вида этой шевелящейся, жужжащей долины стало не по себе. Варя отчетливо увидела, как над пыльной травой кружит ангел смерти, вглядываясь и помечая лица своей незримой печатью.

Она ударила конька каблуком, чтоб поскорее проехать этот жуткий зал ожидания.

Зато на наблюдательном пункте все были оживлены и полны радостного предвкушения. Тут царила атмосфера пикника, а кое-кто прямо расположился у разложенных на земле белых скатертей и с аппетитом закусывал.

— А я уж думал, не приедете! — приветствовал вновь прибывшую д'Эвре, такой же взбудораженный, как все остальные. Варя обратила внимание, что он надел свои знаменитые рыжие опорки.

— Мы тут, как идиоты, торчим с самого рассвета, а русские офицеры начали подтягиваться только к полудню. Господин Казанзаки пожаловал четверть часа назад, от него мы и узнали, что штурм начнется лишь в три часа, — весело зачастил журналист. — Я вижу, вы тоже заранее знали диспозицию. Нехорошо, мадемуазель Барбара, могли бы и предупредить по-приятельски. Ведь я в четыре утра поднялся, а для меня это хуже смерти.

Француз помог барышне спешиться и, усадив ее на складной стул, принялся объяснять:

— Вон там, на противостоящих высотах, укрепленные позиции турок. Видите, где фонтанами вздымаются разрывы? Это самый центр их позиции. Русско-румынская армия вытянулась параллельной линией километров на пятнадцать, нам отсюда можно обозреть только часть этого огромного пространства. Обратите внимание на круглый холм. Да нет, не этот, а вон тот, где белый шатер. Это командный пункт, временная ставка. Там и начальствующий Западным отрядом князь Карл Румынский, и главнокомандующий гран-дюк Николай, и сам император Александр. О, ракеты, ракеты пошли! Живописное зрелище, не правда ли?

Над пустым полем, разделявшим враждующие стороны, крутыми дугами прочертились дымные полосы — словно кто-то нарезал небесную сферу ломтями, как арбуз или каравай. Варя задрала голову и увидела высоко вверху три цветных мяча — один близко, другой подальше, над императорской ставкой, третий и вовсе над самым горизонтом.

— Это, Варвара Андреевна, воздушные шары, — сообщил подошедший Казанзаки. — С них при помощи сигнальных флажков ведется корректировка артиллерийского огня.

Смотреть на жандарма было еще неприятней, чем всегда. Он возбужденно похрустывал пальцами, ноздри нервно раздувались. Учуял запах человеческой кровушки, упырь. Варя демонстративно переставила стул подальше, но подполковник словно и не заметил ее маневра. Подошел снова, ткнул пальцем в сторону, туда, где за невысокой грядой грохотало особенно сильно.

— Наш общий знакомый Соболев, как всегда, выкинул фортель. По диспозиции, его роль — демонстрировать против Кришинского редута, в то время как главные силы наносят удар в центре. Но наш честолюбец не утерпел. Вопреки плану прямо с утра полез в лобовую атаку. Мало того, что оторвался от главных сил и отрезан турецкой конницей, так еще поставил под угрозу всю операцию! Ну, будет ему на орехи!

Казанзаки вынул из кармана золотые часы, взволнованно сдернул кепи, перекрестился.

— Три часа! Сейчас пойдут!

Варя оглянулась и увидела, что вся долина пришла в движение: островки белых гимнастерок заколыхались, быстро стягиваясь к передовой. Мимо высотки бежали бледные люди, впереди ходко прихрамывал пожилой офицер с длинными усами.

— Не отставай, штыки выше! — тонко и пронзительно крикнул он, оглядываясь. — Семенцов, смотри там! Башку оторву!

Мимо уже шли другие ротные колонны, но Варя все провожала взглядом ту, первую, с пожилым командиром и неведомым Семенцовым.

Рота развернулась в линию и медленно побежала к далекому редуту, над которым еще пуще завздыбились земляные фонтаны.

— Ну, сейчас он им даст, — сказал кто-то рядом.

Вдали на поле уже вовсю рвались снаряды, стало плохо видно из-за стелющегося по земле дыма, но Варина рота пока бежала исправно, и по ней никто, кажется, не стрелял.

— Давай, Семенцов, давай, — шептала Варя, сжав кулаки.

Вскоре за спинами развернувшихся колонн разглядеть «своих» стало уже невозможно. Когда открытое пространство перед редутом наполнилось белыми гимнастерками до середины, прямо по людской массе аккуратными кустами встали разрывы: первый, второй, третий, четвертый. Потом, чуть ближе — еще раз: первый, второй, третий, четвертый. И еще. И еще.

— Густо чешет, — услышала Варя. — Вот тебе и артподготовка. Не форсить надо было с этой дурацкой психологией, а лупить без передыха.

— Побежали! Бегут! — Казанзаки схватил Варю за плечо и сильно сжал.

Она возмущенно взглянула на него снизу вверх, но поняла, что человек не в себе. Кое-как высвободилась, посмотрела на поле.

Оно скрылось за пеленой дыма, в котором мелькало белое и летали черные комья земли.

На холме притихли. Из сизого тумана молча бежала толпа, обтекая наблюдательный пункт с обеих сторон. Варя увидела красные пятна на гимнастерках и вжала голову в плечи.

Дым понемногу редел. Обнажилась долина, вся в черных кругах воронок и белых точках гимнастерок. Приглядевшись, Варя заметила, что точки шевелятся, и услышала глухое, словно идущее из самой земли подвывание — как раз и пушки стрелять перестали.

— Первая проба сил закончена, — сказал знакомый майор, приставленный к журналистам от главного штаба. — Крепко засел Осман, придется повозиться. Сейчас еще артподготовочка, а потом снова «ура-ура».

Варю замутило.

Глава девятая, в которой Фандорин получает нагоняй от начальства

> «Русские ведомости» (Санкт-Петербург),
> 31 августа (12 сентября) 1877 г.
> «...Отважный юноша, помня отеческое напутствие горячо любимого командира, воскликнул: «Умру, Михал Дмитрич, но донесение доставлю!» Девятнадцатилетний герой вскочил на своего донца и понесся по овеваемой свинцовыми ветрами долине, туда, где за притаившимися башибузуками располагались главные силы армии. Пули свистели над головой всадника, но он лишь пришпоривал горячего коня, шепча: «Быстрей! Быстрей! От меня зависит судьба сражения!»
> Однако злой рок сильнее отваги. Грянули выстрелы из засады, и доблестный ординарец рухнул наземь. Обливаясь кровью, он вскочил и с клинком в руке ринулся на басурман, но уж налетели на него черными коршунами жестокие враги, повалили и долго рубили шашками безжизненное тело.
> Так погиб Сергей Берещагин, брат знаменитого художника.
> Так увял многообещающий талант, которому не суждено было расцвести в полную силу.
> Так пал третий из гонцов, отправленных Соболевым к Государю...»

В восьмом часу вечера она вновь оказалась на знакомой развилке, но вместо хриплого капитана там распоряжался такой же осипший поручик, которому приходилось еще горше, чем предшественнику, потому что теперь приходилось управлять двумя встречными потоками: на передовую по-прежнему тянулись повозки с боеприпасами, а с поля боя вывозили раненых.

После первой атаки Варя смалодушничала, поняв, что второй раз подобного зрелища не вынесет. Уехала в тыл, а по дороге еще и поплакала — благо никого из знакомых рядом не было. Но до лагеря не добралась, потому что стало стыдно.

Мимоза, кисейная барышня, слабый пол, ругала она себя. Знала ведь, что на войну едешь, а не в Павловское на гуляние. И еще очень уж не хотелось доставлять удовольствие титулярному советнику, который, выходит, опять оказался прав.

В общем, повернула обратно.

Ехала шагом, сердце тоскливо замирало от приближающихся звуков боя. В центре ружейная пальба почти стихла и грохотали только пушки, зато с Ловчинского шоссе, где сражался отрезанный отряд Соболева, беспрерывно доносились залпы и неумолчный рев множества голосов, едва слышный на таком расстоянии. Кажется, генералу Мишелю приходилось несладко.

Варя встрепенулась — из кустов на дорогу выехал забрызганный грязью Маклафлин. Шляпа съехала на бок, лицо красное, по лбу стекает пот.

— Ну что там? Как идет дело? — спросила Варя, схватив лошадь ирландца под уздцы.

— Кажется, хорошо, — ответил он, вытирая щеки платком. — Уф, заехал в какие-то заросли, насилу выбрался.

— Хорошо? Что, редуты взяты?

— Нет, в центре турки устояли, но двадцать минут назад мимо нашего наблюдательного пунтка пронесся галопом граф Зуров. Он очень торопился в ставку и крикнул только: *«Pobeda! My v Plevne! Nekogda, gospoda, srochnoye doneseniye!»* Мсье Казанзаки пустился за ним вдогонку. Этот господин — большой честолюбец и, верно, хочет быть рядом с носителем счастливой вести — вдруг и ему что-нибудь перепадет. — Маклафлин неодобрительно покачал головой. — Ну, а господа журналисты немедленно бросились врассыпную — ведь у каждого на такой случай есть свой человечек среди телеграфистов. Уверяю вас, в эту самую минуту в редакции газет уже летят телеграммы о взятии Плевны.

— А вы что же?

Корреспондент с достоинством ответил:

— Я никогда не суечусь, мадемуазель Суворова. Сначала надо всесторонне выяснить подробности. Вместо коротенького сообщения я пришлю целую статью, и она попадет в тот же утренний выпуск, что и их куцые телеграммы.

— Значит, можно возвращаться в лагерь? — облегченно спросила Варя.

— Полагаю, да. В штабе мы узнаем больше, чем в этой саванне. Да и стемнеет скоро.

Однако в штабе ничего толком не знали, поскольку из ставки никаких сообщений о взятии Плевны не поступало — наоборот, выходило, что наступление отбито по всем главным пунктам и потери какие-то астрономические, не менее двадцати тысяч человек. Говорили, что государь совсем пал духом, а на вопросы об успехе Соболева только махали рукой: как мог Соболев с его двумя бригадами взять Плевну, если 60 батальонов центра и правого фланга не сумели занять даже первой линии редутов?

Получалась какая-то ерунда. Маклафлин торжествовал, довольный своей осмотрительностью, а Варя злилась на Зурова: хвастун, враль, наплел невесть что, только всех запутал.

Наступила ночь, в штаб вернулись угрюмые генералы. Варя видела, как в домик оперативного отдела прошел окруженный адъютантами Николай Николаевич. Его лошадиное, обрамленное густыми бакенбардами лицо дергалось от тика.

Все перешёптывались об огромных потерях — выходило, что полегла четверть армии, но вслух говорили о проявленном солдатами и офицерами героизме. Героизма было проявлено много, особенно офицерами.

В первом часу Варю разыскал хмурый Фандорин.

— Идемте, Варвара Андреевна. Нас вызывает высокое н-начальство.

— Нас? — удивилась она.

— Да. Всю особую часть в полном составе, и нас с вами тоже.

Быстрым шагом они дошли до мазанки, где располагалось ведомство подполковника Казанзаки.

В знакомой комнате собрались офицеры, сотрудники особой части Западного отряда, однако начальника среди них не было.

Зато за столом, грозно насупившись, сидел сам Лаврентий Аркадьевич Мизинов.

— А-а, господин титулярный советник с госпожой секретаршей пожаловали, — ядовито произнес он. — Ну чудненько, теперь осталось только его высокоблагородие господина подполковника дождаться, и можно начинать. Где Казанзаки?! — рявкнул генерал.

— Ивана Харитоновича вечером никто не видел, — робко ответил старший из офицеров.

— Славно. Хороши защитники секретов.

Мизинов вскочил, громко топая, прошёлся по комнате.

— Не армия, а представление искейпистов. Цирк шапито! Кого ни хватишься, нету, говорят. Исчезли! Бесследно!

— Ваше высокопревосходительство, вы г-говорите загадками. В чём дело? — негромко спросил Фандорин.

— Не знаю, Эраст Петрович, не знаю! — вскричал Мизинов. — Надеялся, что вы с господином Казанзаки мне объясните. — Он помолчал и, сделав над собой усилие, продолжил уже спокойнее. — Хорошо-с. Больше никого не ждём. Я только что от государя. Присутствовал при интереснейшей сцене: генерал-майор свиты его императорского величества Соболев-второй орал и на его императорское величество, и на его императорское высочество, а государь и главнокомандующий перед ним оправдывались.

— Невозможно! — ахнул кто-то из жандармов.

— Молчать! — взвизгнул генерал. — Молчать и слушать! Выясняется, что в четвертом часу пополудни отряд Соболева, захватив лобовым ударом Кришинский редут, прорвался на южную окраину Плевны, зайдя в тыл основным силам турецкой армии, однако был вынужден остановиться за недостаточностью штыков и артиллерии. Соболев неоднократно посылал гонцов с требованием немедленно прислать подкреплений, однако башибузуки перехватывали их. Наконец в шесть часов адъютант Зуров в сопровождении полусотни казаков сумел пробиться к расположению центральной группы. Казаки вернулись обратно к Соболеву, потому что там каждый человек был на счету, а Зуров поскакал в ставку один. Подкреплений ждали с минуты на минуту, но тщетно. И неудивительно, потому что в ставку Зуров не прибыл и об успехе левого фланга мы не узнали. Вечером турки провели передислокацию, обрушились на Соболева всей мощью, и перед полуночью, потеряв большинство людей, он отступил на исходные позиции. А ведь Плевна была у нас в кармане! Вопрос к присутствующим: куда мог подеваться адъютант Зуров — среди бела дня, в самом центре нашего расположения? Кто может ответить?

— Видимо, подполковник Казанзаки, — сказала Варя, и все обернулись к ней.

Волнуясь, она пересказала то, что услышала от Маклафлина.

После продолжительной паузы шеф жандармов обратился к Фандорину:

— Ваши выводы, Эраст Петрович?

— Сражение п-проиграно, рвать волосы поздно — это эмоции, мешающие расследованию, — сухо ответил титулярный советник. — А сделать надо вот что. Разбить территорию между корреспондентским наблюдательным пунктом и ставкой на квадраты. Это п-первое. С первым же лучом солнца к-каждый квадрат прочесать. Это второе. В случае обнаружения т-трупов Зурова или Казанзаки ничего руками не трогать и землю вокруг не топтать — это третье. На всякий случай поискать того и другого по лазаретам среди тяжело раненых — это четвертое. Пока, Лаврентий Аркадьевич, б-больше сделать ничего нельзя.

— Какие предположения? Что доложить государю? Измена?

Эраст Петрович вздохнул.

— Скорее, д-диверсия. Впрочем, утром узнаем.

Ночью не спали. Было много работы: сотрудники особой части делили по карте район на полуверстовые квадраты, определяли состав поисковых команд, а Варя объехала все шесть госпиталей и лазаретов — проверяла офицеров, привезенных в бессознательном состоянии. Такого насмотрелась, что к рассвету впала в странную, бесчувственную одурь, но ни Зурова, ни Казанзаки не обнаружила. Зато увидала среди раненых немало знакомых, в том числе Перепелкина. Капитан тоже пытался прорваться за подмогой, но получил удар кривой саблей поперек ключицы — не везло ему с башибузуками. Лежал на койке бледный, несчастный, и запавшие карие глаза смотрели почти так же тоскливо, как в незабываемый день первой встречи. Варя к нему бросилась, а он отвернулся и ничего не сказал. За что такая нелюбовь?

Первый луч солнца застал Варю на скамейке возле особой части. Фандорин усадил чуть не насильно, велел отдыхать, и Варя привалилась к стене тяжелым, онемевшим телом, погрузилась в мутную, тягостную полудрему. Ломило кости, подташнивало — нервы и бессонная ночь, ничего удивительного.

Поисковые команды еще затемно разошлись по квадратам. В четверть восьмого прискакал нарочный с 14 участка, вбежал в хату, и сразу же, застегивая на ходу китель, вышел Фандорин.

— Едемте, Варвара Андреевна, Зурова нашли, — коротко бросил он.

— Убит? — всхлипнула она.

Эраст Петрович не ответил.

Гусар лежал ничком, вывернув голову вбок. Еще издали Варя заметила серебряную рукоятку кавказского кинжала, намертво засевшего в левой лопатке. Спешившись, увидела профиль: удивленно открытый глаз отливал красивым стеклянным блеском, развороченный выстрелом висок чернел окаемом порохового ожога.

Варя снова бесслезно всхлипнула и отвернулась, чтобы не видеть этой картины.

— Ничего не трогали, господин Фандорин, как приказано, — докладывал жандарм, руководивший командой. — Всего версту до командного пункта не доскакал. Тут ложбина, вот никто и не увидел. А выстрел что — такая пальба стояла... Картина ясная: ударили кинжалом в спину, врасплох, неожиданно. Потом добили пулей в левый висок — выстрел-то в упор.

— Ну-ну, — неопределенно ответил Эраст Петрович, склонившись над трупом.

Офицер понизил голос:

— Кинжал Ивана Харитоновича, я сразу признал. Он показывал, говорил, подарок грузинского князя...

На это Эраст Петрович сказал:

— Славно.

А Варе стало еще хуже, она зажмурилась, чтобы отогнать дурноту.

— Что следы к-копыт? — спросил Фандорин, присев на корточки.

— Увы. Сами видите, вдоль ручья сплошная галька, а повыше все истоптано — видно, вчера эскадроны прошли.

Титулярный советник выпрямился, с минуту постоял подле распростертого тела. Лицо его было неподвижным, серым — в тон седоватым вискам. А ему едва за двадцать лет, подумала Варя и вздрогнула.

— Хорошо, поручик. П-перевезите убитого в лагерь. Едемте, Варвара Андреевна.

По дороге она спросила:

— Неужто Казанзаки — турецкий агент? Невероятно! Конечно, он противный, но все же...

— Не до такой степени? — невесело хмыкнул Фандорин.

Перед самым полуднем нашелся и подполковник — после того, как Эраст Петрович велел еще раз, потщательней, прочесать рощицу и кустарник, расположенные неподалеку от места гибели бедного Ипполита.

Судя по рассказам (сама Варя не ездила), Казанзаки полусидел-полулежал за густым кустом, привалившись спиной к валуну. В правой руке револьвер, во лбу дырка.

Совещание по итогам расследования проводил сам Мизинов.

— Прежде всего должен сказать, что крайне недоволен результатами работы титулярного советника Фандорина, — начал генерал голосом, не предвещавшим ничего хорошего. — Эраст Петрович, у вас под самым носом орудовал опасный, изощренный враг, нанесший нашему делу тяжкий вред и поставивший под угрозу судьбу всей кампании, а вы его так и не распознали. Разумеется, задача была нелегкой, но ведь и вы, кажется, не новичок. Какой спрос с рядовых сотрудников особой части? Они набраны из разных губернских управлений, прежде в основном занимались рядовой следовательской работой, но уж вам-то с вашими способностями непростительно.

Варя, прижимая ладонь к ноющему виску, искоса посмотрела на Фандорина. Тот имел вид совершенно невозмутимый, однако скулы едва заметно (кроме Вари никто, пожалуй, и не разглядел бы) порозовели — видно, слова шефа задели его за живое.

— Итак, господа, что мы имеем? Мы имеем беспрецедентный в мировой истории конфуз. Секретной частью Западного отряда, главного из соединений всей Дунайской армии, руководил изменник.

— Это можно считать установленным, ваше высокопревосходительство? — робко спросил старший из жандармских офицеров.

— Судите сами, майор. Ну, то что Казанзаки по происхождению грек, а среди греков много турецких агентов, это еще, разумеется, не доказательство. Но вспомните, что в записях Лукана фигурирует загадочный J. Теперь понятно, что это за J такой — «жандарм».

— Но слово «жандарм» пишется через G — gendarme, — не унимался седоусый майор.

— Это по-французски gendarme, а по-румынски пишется jandarm, — снисходительно разъяснило высокое начальство. — Казанзаки — вот кто дергал румынского полковника за ниточки. Далее. Кто кинулся сопровождать Зурова, следовавшего с донесением, от которого зависела судьба сражения, а возможно, и всей войны? Казанзаки. Далее. Чьим кинжалом убит Зуров? Вашего начальника. Далее. А что, собственно, далее? Не сумев извлечь застрявший в лопаточной кости клинок, убийца понял, что ему не удастся снять с себя подозрение, и застрелился. Между прочим, в барабане его револьвера не хватает как раз двух пуль.

— Но вражеский шпион не стал бы себя убивать, а попытался бы скрыться, — все так же несмело вставил майор.

— Куда, позвольте узнать? Линию огня ему было не пересечь, а в наших тылах на него с сегодняшнего дня объявили бы розыск. У болгар ему бы не спрятаться, до турок не добраться. Лучше пуля, чем виселица — тут он рассудил верно. Кроме того, Казанзаки не шпион, а именно изменник. Новгородцев, — обернулся генерал к адъютанту, — где письмо?

Тот достал из папки сложенный вчетверо белоснежный листок.

— Обнаружено в кармане у самоубийцы, — пояснил Мизинов. — Читайте вслух, Новгородцев.

Адъютант с сомнением покосился на Варю.

— Читайте, читайте, — поторопил его генерал. — У нас тут не институт благородных девиц, а госпожа Суворова — член следственной группы.

Новгородцев откашлялся и, залившись краской, стал читать.

«*Милый Ванчик-Харитончик серцо мое...*» Тут такая орфография, господа, — вставил от себя адъютант. — Читаю, как написано. Жуткие каракули. Хм. «*...серцо мое. Жизне бэз тебя будет такая что руки на себя паложить ито луче чем такое жизне. Цаловал-милавал ты мине а я тибе а судба подлец сматрел-завидавал и нож за спину* прятал. Бэз тибе я пыл, граз земной. *Очен прошу вернис скорей. А если кто другой вместо Бесо в твой паршивый Кышынов найдош — приеду и клянус мамой кышки вон. Твой на тыща лет Шалунишка».*

— В смысле «твоя»? — спросил майор.

— Нет, не «твоя», а именно «твой», — криво усмехнулся Мизинов. — В том-то вся и штука. Перед тем, как попасть в Кишиневское жандармское управление, Казанзаки служил в Тифлисе. Мы немедленно послали запрос, и ответ уже получен. Прочтите телеграмму, Новгородцев.

Новый документ Новгородцев читал с явно бо́льшим удовольствием, чем любовное послание.

— «*Его высокопревосходительству генерал-адъютанту Л.А.Мизинову в ответ на запрос от августа 31 дня, полученный в 1 час 52 минуты пополудни. Сверхсрочно. Сверхсекретно.*

Докладываю, что за время службы в Тифлисском жандармском управлении с января 1872 г. по сентябрь 1876 г. подполковник Иван Казанзаки проявил себя дельным, энергичным работником и официальных взысканий не имел. Напротив, получил по выслуге орден Св. Станислава 3 степени и две благодарности от Е.И.Высочества кавказского наместника. Однако, согласно поступившей летом 1876 г. агентурной информации, имел странные пристрастия и якобы даже состоял в противоестественной связи с известным тифлисским педерастом князем Виссарионом Шаликовым, по прозвищу Шалун Бесо. Я бы не придал значения подобным сплетням, не подтвержденным доказательствами, однако с учетом того, что, невзирая на зрелый возраст подполковник Казанзаки холост и в связях с женщинами не замечался, решил провести секретное внутреннее расследование. Удалось установить, что с Шалуном подполковник Казанзаки, действительно, знаком, однако факт интимных отношений не подтвержден. Все же я почел за благо ходатайствовать о переводе подполковника Казанзаки в другое управление без каких-либо последствий для его послужного списка.

Начальник Тифлисского жандармского управления полковник Панчулидзев».

— Вот так, — горько резюмировал Мизинов. — Сплавил другим сомнительного сотрудника, да еще и причину от начальства утаил. А результат расхлебывает вся армия. Из-за измены Казанзаки мы два месяца торчим под этой чертовой Плевной и неизвестно, сколько провозимся с ней еще! Высочайшее тезоименитство испорчено! Государь сегодня говорил про отступление, представляете!? — Он судорожно сглотнул. — Три неудачных штурма, господа! Три! Вы помните, Эраст Петрович, что первый приказ о занятии Плевны в шифровальный отдел относил Казанзаки? Уж не знаю, каким образом ему удалось поменять «Плевну» на «Никополь», но без этого иуды тут явно не обошлось!

Встрепенувшись, Варя подумала, что в Петрушиной судьбе, кажется, наметился просвет. А генерал, пожевав губами, продолжил:

— Полковника Панчулидзева в назидание прочим молчальникам я, разумеется, отдам под суд и буду добиваться полного разжалования, однако его телеграмма позволяет нам дедуктивно восстановить всю цепочку. Здесь все достаточно просто. Про тайный порок Ивана Казанзаки наверняка узнала турецкая агентура, которой кишит весь Кавказ, и подполковник был завербован посредством шантажа. История вечная, как мир. «Ванчик-Харитончик»! Тьфу, пакость! Добро б еще из-за денег!

Варя открыла было рот, чтобы заступиться за приверженцев однополой любви, которые, в конце концов, не виноваты, что природа сотворила их не такими, как все, но тут поднялся Фандорин.

— Позвольте взглянуть на письмо, — попросил он, повертел листок в руках, зачем-то провел пальцем по сгибу и спросил: — А где к-конверт?

— Эраст Петрович, вы меня удивляете, — развел руками генерал. — Какой может быть конверт? Не по почте же подобные послания шлют.

— П-просто лежало во внутреннем кармане? Ну-ну. — И Фандорин сел.

Лаврентий Аркадьевич пожал плечами.

— Вы лучше вот чем займитесь, Эраст Петрович. Не исключаю, что кроме полковника Лукана предатель успел завербовать кого-то еще. Ваша задача — выискать, не осталось ли в штабе или вокруг штаба драконьих зубов. Майор, — обратился он к старшему из офицеров, тот вскочил и вытянулся. — Вас назначаю временно заведовать особой частью. Задача та же. Титулярному советнику оказывать всемерное содействие.

— Слушаюсь!

В дверь постучали.

— Разрешите, ваше высокопревосходительство? — просунулась в щель голова в синих очках.

Варя знала, что это секретарь Мизинова, тихий чиновничек с труднозапоминающейся фамилией, которого почему-то не любят и опасаются.

— Что такое? — насторожился шеф жандармов.

— Чрезвычайное происшествие на гауптвахте. Явился комендант. Говорит, у него арестант повесился.

— Вы что, Пшебышевский, с ума сошли! У меня важное совещание, а вы лезете со всякой дребеденью!

Варя схватилась за сердце, и в следующую секунду секретарь произнес те самые слова, которые она так боялась услышать:

— Так ведь это шифровальщик Яблоков повесился, тот самый. Оставил записку, имеющую прямое касательство... Вот я и осмелился... Однако если не ко времени, прошу извинить и удаляюсь. — Чиновник обиженно шмыгнул носом и сделал вид, что хочет исчезнуть за дверью.

— Сюда письмо! — рыкнул генерал. — И коменданта сюда!

У Вари все плыло перед глазами. Она силилась встать, но не могла, скованная диковинным оцепенением. Увидела склонившегося Фандорина, хотела ему что-то сказать, но лишь жалко зашлепала губами.

— Теперь ясно, как Казанзаки подправил приказ! — воскликнул Мизинов, пробежав глазами записку. — Слушайте. «Снова тысячи убитых, и все из-за моей оплошности. Да, я смертельно виноват и больше запираться не стану. Я совершил непоправимую ошибку — оставил на столе шифровку о занятии Плевны, а сам отлучился по личному делу. В мое отсутствие кто-то заменил в депеше одно слово, а я отнес шифровку, даже не проверив! Ха-ха, истинный спаситель Турции вовсе не Осман-паша, а я, Петр Яблоков. Не трудитесь разбирать мое дело, господа судьи, я вынес себе приговор сам». Ах, как все элементарно! Пока мальчишка бегал по своим делам, Казанзаки быстренько подправил депешу. Минутное дело!

Генерал скомкал записку и швырнул на пол, под ноги вытянувшемуся в струнку коменданту гауптвахты.

— Эр...Эраст Пет...рович, что же... это? — с трудом пролепетала Варя. — Петя!

— Капитан, что с Яблоковым? Мертв? — спросил Фандорин, обернувшись к коменданту.

— Какой там мертв, петли толком затянуть не умеют, — гаркнул тот. — Вынули Яблокова, откачивают!

Варя оттолкнула Фандорина и бросилась к двери. Ударилась о косяк, выбежала на крыльцо и ослепла от яркого солнца. Пришлось остановиться. Рядом опять возник Фандорин.

— Варвара Андреевна, успокойтесь, все обошлось. Сейчас сходим туда вместе, только отдышитесь, на вас лица нет.

Он осторожно взял ее за локоть, но это вполне деликатное прикосновение почему-то вызвало у Вари приступ непереносимого отвращения. Она согнулась пополам, и ее обильно вырвало прямо Эрасту Петровичу на сапоги. После этого Варя села на ступеньку и попыталась понять, отчего земля стоит диагонально, но никто с нее не скатывается.

На лоб ей легло что-то приятное, ледяное, и Варя даже замычала от удовольствия.

— Хорошие дела, — раздался гулкий голос Фандорина. — Да ведь это тиф.

Глава десятая,
в которой государю преподносят золотую саблю

> «Дейли пост» (Лондон),
> 9 декабря (27 ноября) 1877 г.
> «Последние два месяца осадой Плевны фактически руководит старый и опытный генерал Тотлебен, хорошо памятный британцам по Севастопольской кампании. Будучи не столько полководцем, сколько инженером, Тотлебен отказался от тактики лобовых атак и подверг армию Османа-паши правильной блокаде. Русские потратили массу драгоценного времени, за что Тотлебена подвергали резкой критике, однако ныне приходится признать, что осторожный инженер прав. С тех пор, как месяц назад турок окончательно отрезали от Софии, в Плевне начался голод и нехватка боеприпасов. Тотлебена все чаще называют вторым Кутузовым (русский фельдмаршал, измотавший силы Наполеона бесконечным отступлением в 1812 году — прим. редакции). Со дня на день ожидается капитуляция Османа со всем его 50-тысячным войском».

Холодным, противным днем (серое небо, ледяная морось, чавкающая грязь) Варя возвращалась на специально нанятом извозчике в расположение армии. Целый месяц провалялась в Тырновском эпидемическом госпитале на больничной койке и даже вполне могла умереть, потому что от тифа умирали многие, но ничего, обошлось. Потом еще два месяца изнывала от скуки, дожидаясь, пока отрастут волосы — не ехать же стриженой под татарина. Проклятые волосы отрастали медленно, они и теперь не столько лежали, сколько стояли бобриком. Вид был жутко нелепый, но терпение кончилось — еще неделя безделья, и Варя просто сошла бы с ума от вида горбатых улочек опостылевшего городишки.

Один раз вырвался проведать Петя. Он все еще числился под следствием, но уже не сидел на гауптвахте, а ходил на службу — армия разрослась, и шифровальщиков не хватало. Петя сильно изменился: оброс жидкой, ужасно ему не шедшей бороденкой, отощал и через слово поминал то Бога, то служение народу. Больше всего Варю потрясло то, что при встрече жених поцеловал ее в лоб. Что это он, как покойницу в гробу? Неужто до такой степени подурнела?

Тырновское шоссе было запружено обозами, и коляска еле ползла, поэтому Варя на правах знатока здешних мест велела извозчику свернуть на проселок, что вел к югу, в объезд лагеря. Так хоть и дальше, но доедешь быстрей.

По пустой дороге лошадка затрусила живей, да и дождь почти прекратился. Еще часок-другой и дома. Варя фыркнула. Ничего себе «дома». Это в сырой-то палатке, под семью ветрами!

За Ловчей стали встречаться одиночные всадники — все больше фуражиры да деловитые ординарцы, а вскоре Варя увидела и первого знакомого.

Долговязая фигура в котелке и рединготе, нескладно сидевшая на понурой рыжей кобыле, — обознаться невозможно. Маклафлин! У Вари возникло ощущение deja vu: во время третьей Плевны она точно так же возвращалась к расположению армии, и точно так же на дороге ей повстречался ирландец. Только тогда было жарко, а теперь холодно, да и выглядела она, наверно, получше.

И очень даже удачно, что первым ее увидит именно Маклафлин. Он человек прямой, бесхитростный, по его реакции сразу поймешь, можно ли показываться в обществе с такими волосами или лучше повернуть обратно. Да и новости опять же узнать...

Варя мужественно сдернула шляпку, обнажив свой постыдный бобрик. Проверка так проверка.

— Мистер Маклафлин! — приподнявшись на сиденье, звонко крикнула она, когда коляска догнала корреспондента. — А это я! Куда направляетесь?

Ирландец оглянулся и приподнял котелок.

— О, мадемуазель Варя, очень рад видеть вас в добром здравии. Это вас из гигиенических соображений так обстригли? Прямо не узнать.

У Вари внутри все так и оборвалось.

— Что, ужасно? — упавшим голосом спросила она.

— Вовсе нет, — поспешил уверить ее Маклафлин. — Но сейчас вы гораздо больше похожи на мальчика, чем во время нашей первой встречи.

— Нам по пути? — спросила она. — Так садитесь ко мне, поболтаем. Лошадь-то у вас не очень.

— Ужасная кляча. Моя Бесси умудрилась нагулять брюхо от драгунского жеребца, и ее разнесло, как бочку. А штабной конюх Frolka меня не любит, потому что я никогда из принципиальных соображений не даю ему взяток (то что у вас называется na chai), и подсовывает таких одров! Где он их только берет! А ведь я спешу по крайне важному, секретному делу.

Маклафлин многозначительно умолк, но было видно, что его всего распирает от важности и секретности.

При всегдашней сдержанности альбионца это выглядело необычно — похоже, журналист и в самом деле разузнал нечто из ряда вон выходящее.

— Да присядьте на минутку, — вкрадчиво произнесла Варя. — Дайте отдохнуть несчастному животному. У меня тут и пирожки с вареньем, и термостатическая фляга. А в ней кофе с ромом...

Маклафлин достал из кармана часы на серебряной цепочке.

— Half past seven... Another forty minutes to get there... All right, an hour. It'll be half past eight..., — пробормотал он на своем невразумительном наречии и вздохнул. — Ну хорошо, разве что на минутку. Доеду с вами до развилки, а там сверну на Петырницы.

Привязав поводья к коляске, он уселся рядом с Варей, один пирожок проглотил целиком, от второго откусил половину и с удовольствием отхлебнул из крышечки горячего кофе.

— В Петырницу-то зачем? — небрежно спросила Варя. — Снова встречаетесь со своим плевненским осведомителем, да?

Маклафлин испытующе посмотрел на нее, поправил запотевшие от пара очки.

— Дайте слово, что никому не расскажете — по крайней мере до десяти часов, — потребовал он.

— Честное слово, — сразу же сказала Варя. — Да что за новость такая?

Поколебленный легкостью, с которой было дано обещание, Маклафлин запыхтел, но отступать было поздно, да и, похоже, очень уж хотелось поделиться.

— Сегодня, 10 декабря, а по вашему стилю 28 ноября 1877 года — исторический день, — торжественно начал он и перешел на шепот. — Но об этом во всем русском лагере пока знает только один человек — ваш покорный слуга. О, Маклафлин не дает na chai за то, что человек выполняет свои прямые служебные обязанности, но за хорошую работу Маклафлин платит хорошо, можете мне поверить. Всё-всё, об этом больше ни слова! — вскинул он ладонь, предупреждая вопрос, уже готовый сорваться с Вариных губ. — Источник информации я вам не назову. Скажу только, что он неоднократно проверен и ни разу меня не подводил.

Варя вспомнила, как кто-то из журналистов с завистью говорил, что сведениями о плевненской жизни корреспондента «Дейли пост» снабжает не какой-нибудь там болгарин, а чуть ли даже не турецкий офицер. Впрочем, в это мало кто верил. А вдруг правда?

— Ну говорите же, не томите.

— Помните, до десяти часов вечера никому ни слова. Вы дали честное слово.

Варя нетерпеливо кивнула. Ох уж эти мужчины со своими дурацкими ритуалами. Ну конечно, она никому не скажет.

Маклафлин наклонился к самому ее уху.

— Сегодня вечером Осман-паша сдастся.

— Да что вы! — вскричала Варя.

— Тише! Ровно в 10 часов вечера к командиру гренадерского корпуса генерал-лейтенанту Ганецкому, чьи войска занимают позицию по левому берегу Вида, явятся парламентеры. Я буду единственным из журналистов, кто окажется свидетелем этого великого события. А заодно предупрежу генерала — в половине десятого, не ранее, — чтобы дозоры по ошибке не открыли по парламентерам огонь. Представляете, какая получится статья?

— Представляю, — восхищенно кивнула Варя. — И что, никому-никому нельзя рассказать?

— Вы меня погубите! — в панике воскликнул Маклафлин. — Вы дали слово!

— Хорошо-хорошо, — успокоила его она. — До десяти буду молчать, как рыба.

— А вот и развилка. Стой! — корреспондент ткнул извозчика в спину. — Вам направо, мадемуазель Варя, а мне налево. Предвкушаю эффект. Сидим с генералом, пьем чай, болтаем о всякой ерунде, а в половине десятого я достаю часы и как бы между прочим: «Кстати, Ivan Stepanovich, через полчаса к вам приедут от Осман-паши». А, каково?

Маклафлин возбужденно расхохотался и сунул ногу в стремя.

Через минуту Варя его уже не видела — скрылся за серым пологом набиравшего силу дождя.

Лагерь за три месяца изменился до неузнаваемости. Палаток не осталось — ровными шеренгами выстроились дощатые бараки. Повсюду мощеные дороги, телеграфные столбы, аккуратные указатели. Все-таки хорошо, когда армией командует инженер, подумала Варя.

В особой части, которая теперь занимала целых три дома, сказали, что господину Фандорину выделен отдельный коттэдж (дежурный произнес новое слово с явным удовольствием) и показали, как пройти.

«Коттэдж» нумер 158 оказался сборной щитовой избушкой в одну комнату и находился на самой окраине штабного городка. Хозяин был дома, дверь открыл сам и посмотрел на Варю так, что внутри у нее потеплело.

— Здравствуйте, Эраст Петрович, вот я и вернулась, — сказала она, отчего-то ужасно волнуясь.

— Рад, — коротко произнес Фандорин и посторонился, давая пройти. Комната была самая простая, но с шведской стенкой и целым арсеналом гимнастических снарядов. На стене висела трехверстная карта.

Варя объяснила:

— Вещи оставила у милосердных сестер. Петя занят на службе, так я сразу к вам.

— Вижу, здоровы. — Эраст Петрович осмотрел ее с головы до ног, кивнул. — П-прическа новая. Это теперь такая мода?

— Да. Очень практично. А что тут у вас?

— Ничего. Сидим, осаждаем турку. — В голосе титулярного советника прозвучало ожесточение. — Месяц сидим, два сидим, т-три сидим. Офицеры спиваются от скуки, интенданты воруют, казна пустеет. В общем, все нормально. Война по-русски. Европа вздохнула с облегчением, наблюдает, к-как из России уходят жизненные соки. Если Осман-паша продержится еще две недели, война будет п-проиграна.

Тон у Эраста Петровича был такой брюзгливый, что Варя сжалилась, шепнула:

— Не продержится.

Фандорин встрепенулся, пытливо заглянул в глаза.

— Что-то знаете? Что? Откуда?

Ну, она и рассказала. Уж Эрасту Петровичу можно, этот не побежит рассказывать всякому встречному-поперечному.

— К Ганецкому? П-почему к Ганецкому? — нахмурился титулярный советник, дослушав до конца.

Он подошел к карте и забормотал под нос:

— Д-далеко к Ганецкому. Самый фланг. Почему не в ставку? Стоп. Стоп.

С исказившимся лицом титулярный советник рванул с крючка шинель и кинулся к двери.

— Что? Что такое? — истошно закричала Варя, бросаясь за ним.

— Провокация, — сквозь зубы, на ходу бросал Фандорин. — У Ганецкого оборона тоньше. И за ним Софийское шоссе. Это не капитуляция. Это прорыв. Ганецкому зубы заговорить. Чтоб не стрелял.

— Ой! — поняла она. — А это будут никакие не парламентеры? Вы куда? В штаб?

Эраст Петрович остановился.

— Без двадцати девять. В штабе долго. От начальника к начальнику. Время уйдет. К Ганецкому не поспеть. К Соболеву! Полчаса галопом. Соболев не станет командование запрашивать. Да, он рискнет. Ударит первым. Завяжет бой. Не поможет Ганецкому, так хоть во фланг зайдет. Трифон, коня!

Надо же, денщик у него, растерянно подумала Варя.

Всю ночь вдали громыхало, а к рассвету стало известно, что раненый в бою Осман капитулировал со всей своей армией: десять пашей и сорок две тысячи войска сложили оружие.

Всё, кончилось плевненское сидение.

Убитых было много, корпус Ганецкого, захваченный врасплох нежданной атакой, полег чуть не целиком. И у всех на устах было имя Белого Генерала, неуязвимого Ахиллеса — Соболева-второго, который в решительный момент, на свой страх и риск, ударил через оставленную турками Плевну, прямо Осману в неприкрытый бок.

Пять дней спустя, 3 декабря, государь, отбывавший с театра военных действий, устроил в Парадиме прощальный смотр для гвардии. На церемонию были приглашены доверенные лица и особо отличившиеся герои последнего сражения. За Варей прислал свою коляску сам генерал-лейтенант Соболев, чья звезда взмыла прямо к зениту. Не забыл, оказывается, старую знакомую блистательный Ахиллес.

Никогда еще Варя не оказывалась в столь изысканном обществе. От сияния эполетов и орденов можно было просто ослепнуть. Честно говоря, она и не подозревала, что в русской армии такое количество генералов. В первом ряду, ожидая выхода высочайших лиц, стояли старшие военачальники, и среди них неприлично молодой Мишель в неизменном белом мундире и без шинели, невзирая на то, что день выдался хоть и солнечным, но морозным. Все взгляды были устремлены на спасителя отечества, который, как показалось Варе, стал гораздо выше ростом, шире в плечах и значительнее лицом, чем ранее. Видно, правду говорят французы, лучшие дрожжи — слава.

Рядом вполголоса переговаривались два румяных флигель-адъютанта. Один все косился черным, маслянистым глазом на Варю, и это было приятно.

— ...А государь ему: «В знак уважения к вашей доблести, мушир, возвращаю вам вашу саблю, которую вы можете носить и у нас в России, где, надеюсь, вы не будете иметь причины к какому-либо недовольству». Такая сцена — жалко тебя не было.

— Зато я дежурил на совете 29-го, — ревниво откликнулся собеседник. — Собственными ушами слышал, как государь сказал Милютину: «Дмитрий Александрович, испрашиваю у вас как у старшего из присутствующих георгиевских кавалеров разрешения надеть георгиевский темляк на саблю. Кажется, я заслужил...» «Испрашиваю»! Каково?

— Да, нехорошо, — согласился черноглазый. — Могли бы и сами догадаться. Не министр, а фельдфебель какой-то. Уж государь проявил такую щедрость! Тотлебену и Непокойчицкому — «георгия» 2-й степени, Ганецкому — «георгия» 3-й степени. А тут темляк.

— А что Соболеву? — живо спросила Варя, хотя с этими господами была незнакома. Ну да ничего, военные условия, да и случай особенный.

— Уж верно что-нибудь особенное получит наш Ак-паша, — охотно ответил черноглазый. — Если уж его начальник штаба Перепелкин сразу через звание скакнул! Оно и понятно — не может же капитанишка на такой должности состоять. А перед Соболевым нынче такие горизонты открываются, что дух захватывает. Везуч, ничего не скажешь. Если б его не портили страсть к вульгару и дешевой эффектности...

— Тсс! — прошипел второй. — Идут!

На крыльцо неказистого дома, гордо именуемого «походным дворцом», вышли четверо военных: император, главнокомандующий, цесаревич и румынский князь. Александр Николаевич был в зимнем форменном пальто, на эфесе сабли Варя углядела яркое оранжевое пятнышко — не иначе как пресловутый темляк.

Оркестр грянул торжественный Преображенский марш.

Вперед лихо выкатился гвардейский полковник, отсалютовал и звонким, подрагивающим от волнения басом зачеканил:

— Ваше им-ператорское велиичество! Па-азвольте от офицеров вашего личчного конвоя пре-паднести ззззлатую саблю с надписью «За храбрость»! В оз-наменование са-авместной рратной службы! Куплена на личные средства офицеров!

Один из флигель-адъютантов шепнул Варе:

— Вот это ловко. Молодцы!

Государь принял подарок, вытер перчаткой слезу.

— Благодарю, господа, благодарю. Тронут. Всем вышлю от себя по сабле. Полгода, так сказать, из одного котелка...

Он не договорил, только махнул рукой.

Вокруг растроганно засморкались, кто-то даже всхлипнул, а Варя внезапно увидела в чиновной толпе, стоявшей подле самого крыльца, Фандорина. Этот-то как сюда попал? Невелика фигура — титулярный советник. Однако тут же разглядела рядом с Эрастом Петровичем шефа жандармов, и все разъяснилось. В конце концов, истинный-то герой пленения турецкой армии — Фандорин. Если б не он, здесь бы сейчас парадов не устраивали. Тоже, наверно, награду получит.

Эраст Петрович поймал Варин взгляд и состроил ипохондрическую гримасу. Всеобщего воодушевления он явно не разделял.

После парада, когда она весело отбивалась от черноглазого флигель-адъютанта, все пытавшегося найти общих петербургских знакомых, Фандорин подошел и, слегка поклонившись, сказал:

— Прошу извинить, господин п-полковник. Варвара Андреевна, нас с вами хочет видеть император.

Глава одиннадцатая, в которой Варя проникает в высшие сферы политики

> «Таймс» (Лондон), 16(4) декабря 1877 г.
> **Дерби и Карнарвон грозят отставкой**
> Вчера на заседании кабинета министров граф Биконсфильд предложил потребовать от Парламента чрезвычайного кредита в 6 миллионов фунтов стерлингов на снаряжение экспедиционного корпуса, который в скором времени может быть отправлен на Балканы, дабы защитить интересы империи от непомерных притязаний царя Александра. Решение было принято, несмотря на противодействие министра иностранных дел лорда Дерби и министра колоний лорда Карнарвона, выступающих против прямой конфронтации с Россией. Оба министра, оказавшиеся в меньшинстве, подали ее величеству прошения об отставке. Реакция королевы пока неизвестна.

Для парада в высочайшем присутствии Варя надела все самое лучшее, поэтому краснеть перед государем за свой наряд (да еще со скидкой на походные условия) ей не придется — вот первое, что пришло в голову. Бледно-лиловая шляпа с муаровой лентой и вуалью, фиолетовое дорожное платье с вышивкой по корсету и умеренным шлейфом, черные ботики на перламутровых пуговках. Скромно, без аффектации, но прилично — спасибо букарештским магазинам.

— Нас будут награждать? — спросила она по дороге у Эраста Петровича.

Он тоже был при параде: брюки со складочкой, сапоги начищены до зеркального блеска, в петлице отутюженного сюртука какой-то орденок. Ничего не скажешь, смотрелся титулярный советник совсем неплохо, только больно уж молод.

— Вряд ли.

— Почему? — изумилась Варя.

— Слишком много чести, — задумчиво ответил Фандорин. — Еще г-генералов не всех наградили, а наш номер шестнадцатый.

— Но ведь если бы не мы с вами... То есть, я хочу сказать, если бы не вы, Осман-паша непременно бы прорвался! Представляете, что бы тогда было?

— П-представляю. Но после победы о таком обычно не думают. Нет, здесь пахнет политикой, уж поверьте опыту.

В «походном дворце» было всего шесть комнат, поэтому функцию приемной выполняло крыльцо, где уже топтались с десяток генералов и старших офицеров, дожидавшихся приглашения предстать пред высочайшие очи. Вид у всех был глуповато-радостный — пахло орденами и повышениями. На Варю ожидавшие уставились с понятным любопытством. Она надменно взглянула поверх голов на низкое зимнее солнце. Пусть поломают голову, кто такая эта юная дама под вуалью и зачем явилась на аудиенцию.

Ожидание затягивалось, но было совсем не скучно.

— Кто это там так долго, генерал? — величественно спросила Варя у высокого старика в косматых подусниках.

— Соболев, — со значительной миной сказал генерал. — Уж полчаса как вошел. — Он приосанился, тронул на груди новенький орден с черно-оранжевым бантом. — Простите, сударыня, не представился. Иван Степанович Ганецкий, командующий гренадерским корпусом. — И выжидательно замолчал.

— Варвара Андреевна Суворова, — кивнула Варя. — Рада познакомиться.

Но тут Фандорин с не свойственной ему в обычных обстоятельствах бесцеремонностью вылез вперед, не дал договорить:

— Скажите, генерал, был ли у вас п-перед самым штурмом корреспондент газеты «Дейли пост» Маклафлин?

Ганецкий с неудовольствием взглянул на штатского молокососа, однако, должно быть, рассудил, что к государю черт-те кого не вызовут, и учтиво ответил:

— Как же, был. Из-за него все и произошло.

— Что именно? — с туповатым видом спросил Эраст Петрович.

— Ну как же, вы разве не слыхали? — Генерал, видно, уже не в первый раз принялся объяснять. — Я Маклафлина знаю еще по Петербургу. Серьезный человек и России друг, хоть подданный королевы Виктории. Когда он сказал, что с минуты на минуту ко мне сам Осман сдаваться пожалует, я погнал на передний край вестовых, чтоб упаси Боже пальбу не открыли. А сам, старый дурак, кинулся парадный китель надевать. — Генерал конфузливо улыбнулся, и Варя решила, что он ужасно симпатичный. — Вот турки и сняли дозоры без единого выстрела. Хорошо хоть, мои молодцы-гренадеры не подвели, продержались, пока Михал Дмитрич в тыл Осману не ударил.

— Куда делся Маклафлин? — спросил титулярный советник, глядя на Ганецкого в упор холодными голубыми глазами.

— Не видел, — пожал плечами генерал. — Не до того было. Такое началось — не приведи Господь. Башибузуки до самого штаба добрались, насилу я от них ноги унес в своем парадном кителе.

Дверь распахнулась, и на крыльцо вышел раскрасневшийся Соболев, глаза его горели каким-то особенным блеском.

— С чем поздравить, Михаил Дмитриевич? — спросил кавказского вида генерал в черкеске с золочеными газырями.

Все затаили дыхание, а Соболев не торопился с ответом, держал эффектную паузу. Обвел всех взглядом, Варе весело подмигнул.

Но она так и не узнала, как именно одарил император героя Плевны, потому что за плечом небожителя возникла будничная физиономия Лаврентия Аркадьевича Мизинова. Главный жандарм империи поманил Фандорина и Варю пальцем. Сердце забилось часто-часто.

Когда она проходила мимо Соболева, тот тихонько шепнул:

— Варвара Андреевна, я непременно дождусь.

Из сеней попали сразу в адъютантскую, где за столами сидели дежурный генерал и двое офицеров. Направо были личные покои государя, налево — рабочий кабинет.

— На вопросы отвечать громко, отчетливо, обстоятельно, — инструктировал на ходу Мизинов. — Подробно, но не уклоняясь в сторону.

В простом кабинете, обставленном походной, карельской березы мебелью, находились двое: один сидел в кресле, другой стоял спиной к окну. Варя, конечно, сначала взглянула на сидевшего, но то был не Александр, а сухонький старичок, в золотых очках, с умным, тонкогубым личиком и ледяными, не пускающими внутрь глазами. Государственный канцлер князь Корчаков собственной персоной — точно такой же, как на портретах, разве только посубтильней. Личность в некотором роде легендарная. Кажется, был министром иностранных дел, когда Варя еще и на свет не родилась. А главное — учился в лицее с Поэтом. Это про него: «Питомец мод, большого света друг, обычаев блестящий наблюдатель». Однако в восемьдесят лет «питомец мод», скорее, заставлял вспомнить другое стихотворение, включенное в гимназическую программу.

>...Кому ж из вас под старость день Лицея
>Торжествовать придется одному?
>Несчастный друг! средь новых поколений
>Докучный гость и лишний, и чужой,
>Он вспомнит нас и дни соединений,
>Закрыв глаза дрожащею рукой...

Рука у канцлера и впрямь подрагивала. Он достал из кармана батистовый платочек и высморкался, что отнюдь не помешало ему въедливейшим образом рассмотреть сначала Варю, а потом Эраста Петровича, причем на последнем взгляд легендарной личности застрял надолго.

Однако, завороженная видом царскосельского лицеиста, Варя совсем забыла про главное из присутствующих лиц. Она смущенно обернулась к окну, немного подумала и сделала книксен — как в гимназии при входе в класс директрисы.

Государь, в отличие от Корчакова, проявил к ее особе больше интереса, чем к Фандорину. Знаменитые романовские глаза — пристальные, месмеризующие и заметно навыкате — смотрели строго и требовательно. Проникают в самую душу — это так называется, подумала Варя и немножко рассердилась. Рабская психология и предрассудки. Просто имитирует «взгляд василиска», которым так гордился его папенька, чтоб ему в гробу перевернуться. И она тоже принялась демонстративно рассматривать того, чьей волей жила вся восьмидесятимиллионная держава.

Наблюдение первое: да он совсем старик! Набрякшие веки, бакенбарды и подкрученные усы с сильной проседью, пальцы узловатые, подагрические. Да ведь и то — в следующем году шестьдесят. Почти бабушкин ровесник.

Наблюдение второе: не такой добрый, как пишут в газетах. Скорее, равнодушный, усталый. Все на свете повидал, ничему не удивится, ничему особенно не обрадуется.

Наблюдение третье, самое интересное: несмотря на возраст и порфироносность, неравнодушен к женскому полу. А иначе зачем, ваше величество, по груди и талии взглядом рыскать? Видно, правду говорят про него и княжну Долгорукову, которая вдвое моложе. И Варя окончательно перестала бояться Царя-Освободителя.

— Ваше величество, это титулярный советник Фандорин. Тот самый. С ним его помощница девица Суворова. — Так их представил шеф жандармов.

Царь не сказал «здравствуйте» и даже не кивнул. Не спеша закончил осмотр Вариной фигуры, потом повернул голову к Эрасту Петровичу и негромко молвил по-актерски поставленным голосом:

— Помню, Азазель. И Соболев только что говорил.

Он сел за письменный стол и кивнул Мизинову:

— Приступай. А мы с Михайлой Александровичем послушаем.

Мог бы предложить даме стул, хоть и император, не одобрила Варя, окончательно и бесповоротно разуверившись в монархическом принципе.

— Сколько у меня времени? — почтительно спросил генерал. — Я знаю, государь, как вы сегодня заняты. Да и плевненские герои ждут.

— Времени столько, сколько понадобится. Тут вопрос не только стратегический, но и дипломатический, — прокотал император и с ласковой улыбкой взглянул на Корчакова. — Вон Михайла Александрович специально из Букарешта приехал. Тряс в карете старые косточки.

Князь привычно растянул рот в лишенной малейших признаков веселья улыбке, и Варя вспомнила, что у канцлера в прошлом году была какая-то личная трагедия. Кто-то там у него умер — не то сын, не то внук.

— Да уж не обессудьте, Лаврентий Аркадьевич, — унылым голосом сказал канцлер. — Испытываю сомнения. Слишком авантюрно получается, даже и для господина Дизраэли. А герои подождут. Ожидание награды — приятнейшее из времяпрепровождений. Так что излагайте, а мы послушаем.

Мизинов молодцевато расправил плечи и, вопреки ожиданиям, обратился не к Фандорину, а к Варе:

— Госпожа Суворова, расскажите подробно про обе ваши встречи с корреспондентом газеты «Дейли пост» Шеймасом Маклафлином — во время третьего плевненского штурма и накануне прорыва Османа-паши.

Что ж — Варя рассказала.

Оказалось, что и царь, и канцлер хорошо умеют слушать. Корчаков перебил только два раза. Сначала спросил:

— Это какой же граф Зуров? Не Александра Платоновича сын?

А во второй раз:

— Так, значит, Маклафлин с Ганецким хорошо знаком, если назвал по имени-отчеству?

Государь же раздраженно ударил ладонью по столу, когда Варя объясняла про информаторов, которыми обзавелись в Плевне многие из журналистов:

— Ты мне еще не объяснил, Мизинов, как вышло, что Осман всю армию для прорыва в кулак стянул, а твои лазутчики вовремя не донесли!

Шеф жандармов заволновался, готовясь оправдываться, но Александр махнул рукой:

— Потом. Продолжай, Суворова.

«Продолжай». Каково? В первом классе, и то на «вы» называли. Варя демонстративно выдержала паузу, но все-таки довела рассказ до конца.

— По-моему, картина ясная, — сказал царь, взглянув на Корчакова. — Пускай Шувалов готовит ноту.

— А я не убежден, — ответил канцлер. — Послушаем выводы почтеннейшего Лаврентия Аркадьевича.

Тщетно Варя силилась понять, из-за чего у императора и его главного дипломатического советника возникли разногласия. Ясность внес Мизинов.

Он достал из-за обшлага несколько листков и, откашлявшись, заговорил, очень похожий на зубрилу-отличника:

— Если позволите, я от частного к общему. Итак. Прежде всего должен повиниться. Все время, пока армия осаждала Плевну, против нас действовал хитрый, жестокий враг, которого моя служба не сумела вовремя выявить. Именно из-за козней этого тщательно законспирированного врага мы потеряли столько времени и людей, а 30 ноября чуть и вовсе не лишились плодов всех наших многомесячных усилий.

При этих словах император осенил себя крестным знамением:

— Уберег Господь Россию.

— После третьего штурма мы — а точнее, я, ибо выводы были мои — совершили серьезную ошибку. Сочли за главного турецкого агента жандармского подполковника Казанзаки, и тем самым предоставили истинному виновнику полную свободу действий. Ныне не вызывает сомнений, что нам с самого начала вредил британский подданный Маклафлин. Это несомненно агент высшего класса, незаурядный актер, готовившийся к своей миссии долго и обстоятельно.

— Как этот субъект вообще попал в действующую армию? — недовольно спросил государь. — У вас что, давали корреспондентам визу безо всякой проверки?

— Разумеется, проверка была, и претщательная, — развел руками шеф жандармов. — На каждого из иностранных журналистов запрашивали в редакциях список публикаций, согласовывали с нашими посольствами. Каждый из корреспондентов — человек известный, с именем, в враждебности к России не замечен. А уж Маклафлин особенно. Я же говорю, очень обстоятельный господин. Он сумел завязать дружеские отношения со многими русскими генералами и офицерами еще во время среднеазиатской кампании. А прошлогодние репортажи о турецких зверствах в Болгарии составили Маклафлину репутацию друга славян и искреннего приверженца России. Между тем, все это время он наверняка действовал по тайной инструкции своего правительства, которое, как известно, относится к нашей восточной политике с неприкрытой враждебностью.

До поры до времени Маклафлин ограничивался чисто шпионской деятельностью. Он, конечно же, передавал в Плевну сведения о нашей армии, для чего сполна воспользовался свободой, которая была опрометчиво предоставлена иностранным журналистам. Да, многие из них имели не контролируемые нами контакты с осажденным городом, и это не вызывало у наших контрразведовательных органов никаких подозрений. Впредь сделаем соответствующие выводы. Тут опять моя вина... Пока мог, Маклафлин действовал чужими руками. Ваше величество, конечно, помнит инцидент с румынским полковником Луканом, в книжке которого фигурировал загадочный J. Я опрометчиво решил, что речь идет о жандарме Казанзаки. Увы, я ошибся. J означало «журналист», то есть тот же британец.

Однако, когда в ходе третьего штурма судьба Плевны и всей войны повисла на волоске, Маклафлин перешел к прямой диверсии. Уверен, что действовал он не на свой страх и риск, а имел на сей счет инструкции от начальства. Сожалею, что с самого начала не установил негласное наблюдение за британским дипломатическим агентом полковником Веллсли. Я уже докладывал вашему величеству об антироссийских маневрах этого господина, которому турецкий интерес явно ближе нашего.

Теперь восстановим события 30 августа. Генерал Соболев, действуя по собственной инициативе, прорвал турецкую оборону и вышел на южную окраину Плевны. Это и понятно — ведь предупрежденный своим агентом о плане нашего наступления, Осман стянул все силы в центр. Удар Соболева застал его врасплох. Но и наше командование вовремя об успехе не узнало, а Соболев имел недостаточно сил, чтобы двигаться дальше. Маклафлин с прочими журналистами и иностранными наблюдателями, среди которых, замечу мимоходом, находился и полковник Веллсли, случайно оказались в самой ключевой точке нашего фронта — между центром и левым флангом. В шесть часов через турецкие заслоны прорывается граф Зуров, адъютант Соболева. Проезжая мимо журналистов, которые ему хорошо знакомы, он кричит об успехе своего отряда. Что происходит дальше? Все корреспонденты бросаются в тыл, чтобы поскорее сообщить по телеграфу о том, что русская армия побеждает. Все — но только не Маклафлин. Суворова встречает его примерно полчаса спустя — одного, забрызганного грязью и почему-то выезжающего из зарослей. Безусловно, у журналиста было и время и возможность догнать гонца и убить его, а заодно и подполковника Казанзаки, на свою беду увязавшегося за Зуровым. Ведь оба они хорошо знали Маклафлина и вероломства от него ожидать никак не могли. Ну, а инсценировать самоубийство подполковника было несложно — оттащил тело в кусты, пальнул два раза в воздух из жандармова револьвера, и довольно. Вот я на эту удочку и попался.

Мизинов сокрушенно потупился, однако, не дождавшись от его величества очередного упрека, двинулся дальше:

— Что же касается недавнего прорыва, то здесь Маклафлин действовал по согласованию с турецким командованием. Он был, можно сказать, козырной картой Османа. Расчет у них был прост и верен: Ганецкий — генерал заслуженный, но, прошу извинения за прямоту, не семи пядей во лбу. Он, как мы знаем, и не подумал усомниться в информации, переданной журналистом. Надо благодарить решительность генерал-лейтенанта Соболева...

— Да это Эраста Петровича надо благодарить! — не сдержавшись воскликнула Варя, смертельно обидевшаяся за Фандорина. Стоит, молчит, за себя постоять не может. Что его сюда, в качестве мебели привели? — Это Фандорин поскакал к Соболеву и убедил его атаковать!

Император изумленно уставился на дерзкую нарушительницу этикета, а старенький Корчаков укоризненно покачал головой. Даже Фандорин, и тот, кажется, смутился — переступил с ноги на ногу. В общем, всем Варя не угодила.

— Продолжай, Мизинов, — кивнул император.

— С позволения вашего величества, — поднял сморщенный палец канцлер. — Если Маклафлин затеял столь ответственную диверсию, зачем ему понадобилось извещать о своем намерении сию девицу? — Палец качнулся в сторону Вари.

— Но это же очевидно! — Мизинов вытер вспотевший лоб. — Расчет был на то, что Суворова немедленно разнесет такую сногсшибательную новость по всему лагерю. Сразу же дойдет до штаба. Ликование, сумбур. Дальнюю канонаду сочтут салютом. Возможно даже, на радостях первому донесению от атакованного Ганецкого не поверят — станут перепроверять. Мелкий штрих, импровизация ловкого интригана.

— Пожалуй, — согласился князь.

— Но куда делся этот Маклафлин? — спросил царь. — Вот кого бы допросить, да очную ставку с Веллсли устроить. Ох, не отвертелся бы полковник!

Корчаков мечтательно вздохнул:

— Да-а, такой, как говорят в Замоскворечье, *компрометаж* позволил бы нам полностью нейтрализовать британскую дипломатию.

— Ни среди пленных, ни среди убитых Маклафлин, к сожалению, не обнаружен, — тоже вздохнул, но в другой тональности Мизинов. — Сумел уйти. Уж не ведаю, каким образом. Ловок, змей. Нет среди пленных и советника Осман-паши пресловутого Али-бея. Того самого бородача, который сорвал нам первый штурм и который, как мы предполагаем, является alter ego самого Анвара-эфенди. О сем последнем я представлял вашему величеству докладную записку.

Государь кивнул.

— Ну что вы скажете теперь, Михайло Александрович?

Канцлер прищурился:

— А то, что интересная может получиться комбинация, ваше величество. Если все это правда, то на сей раз англичане зарвались, переусердствовали. Хорошо отработать — так еще и в выигрыше окажемся.

— Ну-ка, ну-ка, что вы там замыслили? — с любопытством спросил Александр.

— Государь, с взятием Плевны война вступила в завершающий фазис. Окончательная победа над турками — дело нескольких недель. Подчеркиваю: *над турками*. Но не получилось бы, как в пятьдесят третьем, когда мы начинали войной против турок, а ввязались в схватку со всей Европой. Наши финансы подобного противостояния не выдержат. Сами знаете, во что нам стала эта кампания.

Царь поморщился, как от зубной боли, а Мизинов сокрушенно покачал головой.

— Меня очень встревожила решительность и грубость действий этого самого Маклафлина, — продолжил Корчаков. — Она свидетельствует о том, что в своем нежелании пускать нас к проливам Британия готова идти на любые, даже самые крайние меры. Не будем забывать, что их военная эскадра стоит в Босфоре. А тем временем в тыл нам целит милейшая Австрия, однажды уже вонзившая нож в спину вашему батюшке. По правде говоря, пока вы тут воевали с Осман-пашой, я все больше про другую войну задумывался, про дипломатическую. Ведь мы проливаем кровь, тратим огромные средства и ресурсы, а в результате можем остаться ни с чем. Проклятая Плевна съела драгоценное время и подмочила репутацию нашей армии. Вы уж, ваше величество, простите старика, что в такой день вороной каркаю...

— Бросьте, Михайла Александрович, — вздохнул император, — мы не на параде. Неужто я не понимаю?

— До разъяснений, сделанных Лаврентием Аркадьевичем, я был настроен весьма пессимистически. Спроси вы меня час назад: «Скажи-ка, старая лиса, на что мы можем рассчитывать после виктории?» — я бы честно ответил: «Автономия Болгарии да кусочек Кавказа — вот максимум прибытка, жалкая цена за десятки тысяч убитых и потраченные миллионы».

— А теперь? — чуть подался вперед Александр.

Канцлер выразительно посмотрел на Варю и Фандорина.

Мизинов понял смысл взгляда и сказал:

— Ваше величество, я понимаю, куда клонит Михаил Александрович. Я пришел к тому же умозаключению, и привел с собой титулярного советника Фандорина неслучайно. А вот госпожу Суворову мы, пожалуй, могли бы отпустить.

Варя вспыхнула. Оказывается, ей здесь не доверяют. Какое унижение — быть выставленной за дверь, да еще на самом интересном месте!

— П-прошу прощения за дерзость, — впервые за все время аудиенции разомкнул уста Фандорин, — но это неразумно.

— Что именно? — насупил рыжеватые брови император.

— Нельзя доверять сотруднику наполовину, ваше в-величество Влечет за собой ненужные обиды и вредит делу. Варвара Андреевна знает так много, что об остальном все равно без т-труда догадается.

— Ты прав, — признал царь. — Говорите, князь.

— Мы должны воспользоваться этой историей, чтобы опозорить Британию перед всем миром. Диверсия, убийства, сговор с одной из воюющих сторон в нарушение нейтралитета — это неслыханно. Честно говоря, я поражаюсь неосторожности графа Биконсфильда. А если б мы сумели взять Маклафлина, и он дал показания? Скандал! Кошмар! Для Англии, разумеется. Ей пришлось бы уводить свою эскадру, оправдываться перед всей Европой и еще долго зализывать раны. Во всяком случае, в Восточном конфликте сент-джемсский кабинет был бы вынужден сказать «пас». А без Лондона наши австро-венгерские друзья сразу бы присмирели. Вот тогда мы могли бы воспользоваться плодами победы в полной мере и...

— Мечты, — довольно резко прервал старика Александр. — Маклафлина у нас нет. Спрашивается, что делать?

— Добыть, — невозмутимо ответил Корчаков.

— Но как?

— Не знаю, ваше величество, я не начальник Третьего отделения. — И канцлер умолк, благодушно сложив ручки на тощем животе.

— У нас есть уверенность в виновности англичан и есть косвенные доказательства, но нет прямых, — принял эстафету Мизинов. — Значит, их надо раздобыть ... или соорудить. Хм...

— Объяснись, — поторопил его царь. — И не мямли, Мизинов, говори напрямую. Не в фанты играем.

— Слушаюсь, ваше величество. Маклафлин сейчас или в Константинополе или, что вернее всего, держит путь в Англию, поскольку его миссия выполнена. В Константинополе у нас целая сеть секретной агентуры, и похитить мерзавца будет не так уж сложно. В Англии это сделать труднее, но при толковой организации...

— Я не желаю этого слышать! — вскричал Александр. — Что за гадости ты говоришь?

— Сами же велели не мямлить, — развел руками генерал.

— Привезти Маклафлина в мешке, конечно, не дурно бы, — задумчиво произнес канцлер, — да уж больно хлопотно и ненадежно. Как бы самим в скандал не вляпаться. В Константинополе еще ничего, а вот в Лондоне я бы не рекомендовал.

— Хорошо, — с горячностью тряхнул головой Мизинов. — Если Маклафлин обнаружится в Лондоне, мы его не тронем. Но поднимем в тамошней прессе скандал по поводу неблаговидного поведения британского корреспондента. Английской публике проделки Маклафлина не понравятся, ибо в рамки пресловутой fair play¹ они никак не вписываются.

Корчаков одобрил:

— А вот это дельно. Чтобы связать Биконсфильду и Дерби руки, хватит и хорошего скандала в газетах.

Все время, пока шло это обсуждение, Варя незаметно, по четверть шажочка, перемещалась поближе к Эрасту Петровичу и вот, наконец, оказалась в непосредственной близости от титулярного советника.

— Кто это Дерби? — шепотом спросила она.

— Министр иностранных дел, — почти не шевеля губами, прошелестел Фандорин.

Мизинов оглянулся на шептунов и грозно двинул бровями.

— Ваш Маклафлин, видно, тертый калач, без особых предрассудков и сантиментов, — продолжил канцлер свои рассуждения. — Если разыскать его в Лондоне, то можно еще до всякого скандала провести с ним конфиденциальную беседу. Предъявить улики, пригрозить оглаской... Ведь случись скандал, он конченый человек. Я британские обычаи знаю — в обществе ему никто руки не подаст, хоть обвесься орденами с головы до ног. Опять же два убийства — это не шутки. Уголовным процессом пахнет. Человек он умный. Если еще и хороших денег предложить, да поместьем где-нибудь в Заволжье по-

---

¹ Честная игра (англ.).

жаловать... Может дать необходимые сведения, а Шувалов использует их для давления на лорда Дерби. Пригрозит разоблачением, и британский кабинет немедленно станет шелковым... Как, генерал, клюнет Маклафлин на комбинацию угрозы и подкупа?

— Никуда не денется, — уверенно пообещал генерал.
— Я этот вариант тоже рассматривал. Для того и привел с собой Эраста Фандорина. Без высочайшего одобрения назначить человека на такое тонкое дело не посмел. Уж больно многое на карту поставлено. Фандорин находчив, решителен, оригинального строя мысли, а главное, уже бывал в Лондоне с секретным, наисложнейшим заданием и блестяще справился. Знает язык. С Маклафлином знаком лично. Надо — похитит. Нельзя похитить — договорится. Не договорится — поможет Шувалову организовать хороший скандал. Может свидетельствовать против Маклафлина и сам как непосредственный очевидец. Обладает незаурядным даром убеждения.

— А Шувалов кто? — прошептала Варя.
— Наш посол, — рассеянно ответил титулярный советник, думавший о чем-то своем и, кажется, не очень-то слушавший генерала.
— Как, Фандорин, справишься? — спросил император. — Съездишь в Лондон?
— Съезжу, ваше в-величество, — сказал Эраст Петрович. — Отчего же не съездить...

Самодержец испытующе посмотрел на него, уловив недосказанность, но Фандорин больше ничего не присовокупил.

— Что ж, Мизинов, действуй по двум направлениям, — подытожил Александр. — Ищи и в Константинополе, и в Лондоне. Времени только не теряй, мало его осталось.

Когда вышли в адъютантскую, Варя спросила генерала:

— А если Маклафлин вообще не отыщется?
— Уж поверьте моему чутью, милая, — вздохнул генерал. — С этим джентльменом мы еще непременно встретимся.

Глава двенадцатая, в которой события принимают неожиданный оборот

> «Петербургские ведомости»,
> 8(20) января 1878 г.
> **ТУРКИ ПРОСЯТ МИРА!**
> После капитуляции Вессель-паши, после взятия Филиппополя и сдачи древнего Адрианополя, распахнувшего вчера ворота перед казаками Белого Генерала, участь войны окончательно решилась, и сегодня утром в расположение наших доблестных войск прибыл поезд с турецкими парламентерами. Состав задержан в Адрианополе, а паши переправлены в штаб главнокомандующего, квартирующего в местечке Германлы. Когда глава турецкой делегации 76-летний Намык-паша ознакомился с предварительными условиями мира, то в отчаянии воскликнул: «Votre armJe est victorieuse, votre ambition est satisfaite et la Turkie est dJtruite!¹»
> Что ж, скажем мы, туда ей, Турции, и дорога.

Так толком и не попрощались. На крыльце «походного дворца» Варю подхватил Соболев, околдовал магнетизмом славы и успеха, увез в свой штаб праздновать победу. Эрасту Петровичу она едва успела кивнуть, а наутро его в лагере уже не было. Денщик Трифон сказал: «Уехали. Через месяц заходите».

---

¹ Ваша армия победила, ваше честолюбие удовлетворено, а Турции более не существует! (фр.).

Но месяц прошел, а титулярного советника все не было. Видимо, найти Маклафлина в Англии оказалось не так-то просто.

Не то чтобы Варя скучала — наоборот. Как снялись с плевненского лагеря, жизнь стала увлекательной. Что ни день — переезды, новые города, умопомрачительные горные пейзажи и бесконечные торжества по поводу чуть ли не ежедневных викторий. Штаб верховного переехал сначала в Казанлык, за Балканский хребет, потом еще южнее, в Германлы. Тут и зимы-то никакой не было. Деревья стояли зеленые, снег виднелся только на вершинах дальних гор.

Без Фандорина заняться было нечем. Варя по-прежнему числилась при штабе, исправно получила жалованье и за декабрь, и за январь, плюс походные, плюс наградные к Рождеству. Денег накопилось изрядно, а тратить не на что. Хотела раз в Софии купить очаровательный медный светильник (ну точь-в-точь лампа Аладдина) — какое там. Эвре и Гриднев сцепились чуть не до драки — кто преподнесет Варе безделушку. Пришлось уступить.

Да, о Гридневе. Восемнадцатилетнего прапорщика к Варе приставил Соболев. Герой Плевны и Шейнова был денно и нощно занят ратными трудами, но про Варю не забывал. Когда удавалось вырваться в штаб, непременно заглядывал, присылал гигантские букеты, приглашал на праздники (Новый Год вот дважды встречали — по западному стилю и по-русски). Но и этого настырному Мишелю было мало. Откомандировал в Варино распоряжение одного из своих ординарцев — «для помощи в дороге и защиты». Прапорщик сначала дулся и смотрел на начальство в юбке волчонком, но довольно быстро приручился и, кажется, даже проникся романтическими чувствами. Смешно, но лестно. Гриднев был некрасив (красивого стратег Соболев не прислал бы), но мил и по-щенячьи пылок. Рядом с ним двадцатидвухлетняя Варя чувствовала себя женщиной взрослой и бывалой.

Положение у нее было довольно странное. В штабе ее, судя по всему, считали соболевской любовницей. Поскольку отношение к Белому Генералу было восторженно-всепрощающее, никто Варю не осуждал. Напротив, частица соболевского сияния как бы распространялась и на нее. Пожалуй, многие офицеры даже возмутились бы, узнав, что она смеет отказывать преславному Ахиллесу во взаимности и хранит верность какому-то жалкому шифровальщику.

С Петей, по правде говоря, складывалось не очень. Нет, он не ревновал, сцен не устраивал. Однако после несостоявшегося самоубийства Варе с ним стало трудно. Во-первых, она его почти не видела — Петя «смывал вину» трудом, поскольку смыть вину кровью в шифровальном отделе было невозможно. Дежурил по две смены подряд, спал там же, на складной койке, в клуб к журналистам не ходил, участия в пирушках не принимал. И Рождество, и сочельник пришлось отмечать без него. При виде Вари его лицо загоралось тихой, ласковой радостью. А говорил с ней, словно с иконой Владимирской Богоматери: и светлая она, и единственная надежда, и без нее он совсем пропал бы.

Жалко его было безумно. И в то же время все чаще подступал неприятный вопрос: можно ли выходить замуж из жалости? Получалось, что нельзя. Но еще немыслимей было бы сказать: «Знаешь, Петенька, я передумала и твоей женой не стану». Это все равно что подранка добить. В общем, куда ни кинь, все клин.

В кочевавшем с места на место пресс-клубе по-прежнему собиралась многочисленная компания, но уже не такая шумная, как в незабвенные зуровские времена. В карты играли умеренно, по-маленькой. Шахматные партии с исчезновением Маклафлина вовсе прекратились. Об ирландце журналисты не поминали, во всяком случае при русских, однако двое остальных британских корреспондентов были подвергнуты демонстративному бойкоту и бывать в клубе перестали.

Случались, конечно, и попойки, и скандалы. Дважды чуть не дошло до кровопролития, и оба раза, как на грех, из-за Вари.

Сначала, еще в Казанлыке, один заезжий адъютантик, не вполне разобравшийся в Варином статусе, неудачно пошутил: назвал ее «герцогиней Мальборо», явно намекая на то, что «герцог Мальборо» — Соболев. Д'Эвре потребовал от наглеца извинений, тот спьяну заартачился, и пошли стреляться. Вари тогда в шатре не было, а то она, конечно, прекратила бы этот дурацкий конфликт. Но ничего, обошлось: адъютантик промазал, д'Эвре ответным выстрелом сбил ему с головы фуражку, после чего обидчик протрезвел и признал свою неправоту.

В другой раз к барьеру вызвали уже самого француза, и опять за шутку — но на сей раз, на взгляд Вари, довольно смешную. Это было уже после того, как ее повсюду стал сопровождать юный Гриднев. Д'Эвре опрометчиво заметил вслух, что «мадемуазель Барбара» теперь похожа на Анну Иоанновну с арапчонком, после чего прапорщик, не устрашившись грозной репутации корреспондента, потребовал от него немедленной сатисфакции. Поскольку сцена произошла в Варином присутствии, до пальбы не дошло. Гридневу она велела помалкивать, а д'Эвре — взять свои слова обратно. Корреспондент тут же покаялся, признав, что сравнение неудачно и monsieur sous-lieutenant[1] скорее напоминает Геркулеса, захватившего керинейскую лань. На том и помирились.

Временами Варе казалось, что д'Эвре бросает на нее взоры, которые можно растолковать только в одном смысле, однако внешне француз держался сущим Баярдом. Как и другие журналисты, он по нескольку дней пропадал на передовой, и виделись они теперь реже, чем под Плевной. Но однажды произошел у них наедине некий разговор, который Варя впоследствии восстановила по памяти и слово в слово записала в дневнике (после отъезда Эраста Петровича почему-то потянуло писать дневник — должно быть, от безделья).

Сидели в придорожной корчме, на горном перевале. Грелись у огня, пили горячее вино, и журналиста немножко развезло с мороза.

---

[1] Господин младший лейтенант (фр.)

— Ах, мадемуазель Барбара, если бы я был не я, — горько усмехнулся д'Эвре, не ведая, что почти дословно повторяет обожаемого Варей Пьера Безухова. — Если бы я был в ином положении, с иным характером, с иной судьбой... — Он посмотрел на нее так, что сердце у Вари в груди запрыгало, как через скакалку. — Я бы непременно посоперничал с блистательным Мишелем. Как, был бы у меня против него хоть один шанс?

— Конечно, был бы, — честно ответила Варя и спохватилась — это прозвучало как приглашение к флирту. — Я хочу сказать, что у вас, Шарль, было бы шансов не меньше и не больше, чем у Михаила Дмитриевича. То есть никаких. Почти.

А «почти» все-таки прибавила. О ненавистное, неистребимое, женское!

Поскольку д'Эвре казался расслабленным, как никогда, Варя задала вопрос, давно ее интересовавший:

— Шарль, а есть ли у вас семья?

— Вас, конечно, на самом деле интересует, есть ли у меня жена? — улыбнулся журналист.

Варя смутилась:

— Ну, не только. Родители, братья, сестры...

Собственно, зачем лицемерить, одернула себя она. Совершенно нормальный вопрос. И решительно добавила:

— Про жену, конечно, тоже хотелось бы знать. Вот Соболев не скрывает, что женат.

— Увы, мадемуазель Барбара. Ни жены, ни невесты. Нет и никогда не было. Не тот образ жизни. Интрижки, разумеется, случались — говорю вам об этом без стеснения, потому что вы женщина современная и лишены глупой жеманности. (Варя польщенно улыбнулась). А семья... Только отец, которого я горячо люблю и по которому очень скучаю. Он сейчас во Франции. Когда-нибудь расскажу вам о нем. После войны, ладно? Это целая история.

Итак, выходило, что все-таки неравнодушен, но соперничать с Соболевым не желает. Верно, из гордости.

Однако это обстоятельство не мешало французу поддерживать с Мишелем дружеские отношения. Чаще всего д'Эвре пропадал именно в отряде у Белого Генерала, благо тот постоянно находился в самом авангарде наступающей армии, и корреспондентам там было чем поживиться.

В полдень 8 января Соболев прислал за Варей трофейную карету с казачьим конвоем — пригласил пожаловать в только что занятый Адрианополь. На мягком кожаном сиденье лежала охапка оранжерейных роз. Собирая эту растительность в букет, Митя Гриднев изорвал шипами новенькие перчатки и очень расстроился. По дороге Варя его утешала, из озорства пообещала отдать свои (у прапорщика были маленькие, девичьи руки). Митя насупил белесые брови, обиженно шмыгнул носом и с полчаса дулся, моргая длинными, пушистыми ресницами. Пожалуй, ресницы — вот единственное, с чем заморышу повезло, думала Варя. Такие же, как у Эраста Петровича, только светлые. Далее мысли естественным образом переключились на неведомо где скитающегося Фандорина. Скорей бы уж приезжал! С ним... Спокойней? Интересней? Так сразу и не определишь, но определенно *с ним лучше*.

Доехали, когда уже смеркалось. Город притих, на улицах ни души, лишь звонко цокали копытами конные разъезды, да грохотала подтягивавшаяся по шоссе артиллерия.

Временный штаб находился в здании вокзала. Еще издали Варя услышала бравурную музыку — духовой оркестр играл «Славься». Все окна в новом, европейского типа здании светились, на привокзальной площади горели костры, деловито дымились трубы походных кухонь. Больше всего Варю поразило то, что у платформы стоял самый что ни на есть обычный пассажирский поезд: аккуратные вагончики, паровоз мирно попыхивает — словно и нет никакой войны.

В зале ожидания, разумеется, праздновали. Вокруг наскоро сдвинутых разномастных столов с нехитрой снедью, но значительным количеством бутылок пировали офицеры. Когда Варя с Гридневым вошли, все как раз грянули «ура», подняв кружки и обернувшись к столу, за которым сидел командир. Знаменитый белый китель генерала резко контрастировал с черными армейскими и серыми казачьими мундирами. Кроме самого Соболева за почетным столом сидели старшие военачальники (из них Варя знала только Перепелкина) и д'Эвре. Лица у всех были веселые, раскрасневшиеся — кажется, праздновали уже давно.

— Варвара Андреевна! — закричал Ахиллес, вскакивая. — Счастлив, что сочли возможным! «Ура», господа, в честь единственной дамы!

Все встали и заорали столь оглушительно, что Варя испугалась. Никогда ее еще не приветствовали таким активным образом. Не зря ли она приняла приглашение? Баронесса Врейская, начальница походного лазарета, с персоналом которого квартировала Варя, предупреждала своих подопечных:

— Mesdames, держитесь подальше от мужчин, когда те разгорячены боем или, того пуще, победой. В них просыпается атавистическая дикость, и любой мужчина, хоть бы даже выпускник Пажеского корпуса, на время превращается в варвара. Дайте им побыть в мужской компании, поостыть, и тогда они снова примут цивилизованный облик, станут контролируемы.

Впрочем, ничего особенно дикого кроме преувеличенной галантности и чрезмерно громких голосов Варя в соседях по столу не заметила. Посадили ее на самое почетное место — справа от Соболева. С другой стороны оказался д'Эвре.

Выпив шампанского и немного успокоившись, она спросила:

— Мишель, скажите, что это там за поезд? Я уже не помню, когда в последний раз видела, чтоб паровоз стоял на рельсах, а не валялся под откосом.

— Так вы ничего не знаете! — вскричал молодой полковник, сидевший с края стола. — Война закончилась! Сегодня из Константинополя прибыли парламентеры! По железной дороге, как в мирное время!

— И сколько их, парламентеров? — удивилась Варя. — Целый состав?

— Нет, Варенька, — пояснил Соболев. — Парламентеров только двое. Но турки так испугались падения Адрианополя, что, не желая терять ни минуты, просто прицепили штабной вагон к обычному поезду. Без пассажиров, разумеется.

— А где парламентеры?

— Отправил в экипажах к великому князю. Дорога-то дальше взорвана.

— Ах, сто лет не ездила по железной дороге, — мечтательно вздохнула она. — Откинуться на мягкое сиденье, раскрыть книжку, попить горячего чаю... За окном мелькают телеграфные столбы, колеса стучат...

— Я бы вас прокатил, — сказал Соболев, — да жаль маршрут ограничен. Отсюда только в Константинополь.

— Господа, господа! — воскликнул д'Эвре.— Пгек'асная идея!La guerre est en fait fini[1], тугки не стгеляют! А на паговозе, между пгочим, тугецкий флаг! Не пгоехаться ли до Сан-Стефано и обгатно? Aller et retour[2], а, Мишель? — Он окончательно перешел на французский, все более распаляясь. — Мадемуазель Барбара прокатится в мягком вагоне, я напишу шикарный репортаж, а с нами съездит кто-нибудь из штабных офицеров и посмотрит на турецкие тылы. Ей-богу, Мишель, пройдет как по маслу! До Сан-Стефано и обратно! Им и в голову не придет! А если и придет, стрелять все равно не посмеют — ведь у вас их парламентеры! Мишель, из Сан-Стефано огни Константинополя, как на ладони! Там загородные виллы турецких везиров! Ах, какой шанс!

— Безответственность и авантюризм, — отрезал подполковник Перепелкин. — Надеюсь, Михаил Дмитриевич, у вас хватит благоразумия не соблазниться.

Сухой, неприятный человек Еремей Перепелкин. По правде говоря, за минувшие месяцы Варя успела про-

---

[1] Война фактически окончена (фр.)
[2] Туда и обратно (фр.)

никнуться к нему живейшей неприязнью, хоть и принимала на веру якобы непревзойденные деловые качества соболевского начальника штаба. Еще бы он не усердствовал! Шутка ли — меньше чем за полгода из капитанов в подполковники скакнул, да еще «георгия» сорвал, анненскую шашку за боевое ранение. И все благодаря Мишелю. А смотрит волком, как будто Варя у него что-нибудь украла. Впрочем понятно — ревнует, хочет, чтоб Ахиллес ему одному принадлежал. Как там, интересно, у Еремея Ионовича по части казанзакинского греха? Однажды в разговоре с Соболевым она даже позволила себе ехидный намек на эту тематику — Мишель так хохотал, что даже закашлялся.

Однако на сей раз противный Перепелкин был абсолютно прав. «Прекрасная идея» Шарля показалась Варе сущей дикостью. Впрочем, у пирующих вздорный проект получил полную поддержку: один казачий полковник даже хлопнул француза по спине и назвал «отчаянной башкой». Соболев улыбался, но пока молчал.

— Пустите меня, Михаил Дмитриевич, — попросил бравый кавалерийский генерал (кажется, его фамилия была Струков). — Посажу по вагонам своих казачков, прокатимся с ветерком. Глядишь, еще какого-нибудь пашу в плен захватим. А что, имеем право! Приказа о прекращении военных действий пока не поступало.

Соболев взглянул на Варю, и она заметила, что глаза его засветились каким-то особенным блеском.

— Э нет, Струков. Хватит с вас Адрианополя. — Ахиллес хищно улыбнулся и повысил голос. — Слушайте мой приказ, господа! — В зале тут же стало очень тихо. — Я переношу свой командный пункт в Сан-Стефано! Третий егерский батальон посадить по вагонам. Пусть набьются, как селедки в бочку, но чтоб все до одного влезли. В штабном вагоне поеду сам. Затем поезд немедленно вернется в Адрианополь за подкреплениями и будет курсировать по маршруту безостановочно. Завтра к полудню у меня будет целый полк. Ваша задача, Струков, — прибыть туда же с кавалерией не позднее завтрашнего вечера. Пока же мне хватит батальона. По разведывательным донесениям, боеспособных турецких войск впереди нет — только султанская гвардия в самом Константинополе, а ее дело — охранять Абдул-Гамида.

— Не турок надо опасаться, ваше превосходительство, — скрипучим голосом сказал Перепелкин. — Турки вас, предположим, не тронут — выдохлись. Но вот главнокомандующий по головке не погладит.

— А это еще не факт, Еремей Ионович, — хитро прищурился Соболев. — Все знают, что Ак-паша сумасброд, на сие многое списать можно. В то же время известие о занятии константинопольского пригорода, поступившее в самый разгар переговоров, может оказаться его императорскому высочеству очень даже кстати. Вслух выбранят, а втихую спасибо скажут. Уж не раз бывало. И извольте-ка не дискутировать после отдания приказа.

— Absolument! — восхищенно покачал головой д'Эвре. — Un tour de genie, Michel!¹ Получается, что моя идея была не самая пгек'асная. Гепогтаж будет лучше, чем я думал.

Соболев поднялся, церемонно предложил Варе руку:

— Не угодно ли взглянуть на огни Константинополя, Варвара Андреевна?

Состав несся сквозь тьму быстро, Варя едва успевала прочесть названия станций: Бабаэски, Люлебургаз, Чорлу. Станции как станции — такие же, как где-нибудь на Тамбовщине, только не желтые, а белые. Огоньки, стройные силуэты кипарисов, один раз сквозь железное кружево моста блеснула лунная полоса реки.

Вагон был удобный, с плюшевыми диванами, с большим столом красного дерева. Конвойцы и белая соболевская кобыла Гульнора расположились в отсеке для свиты. Оттуда то и дело доносилось ржание — Гульнора все не могла успокоиться после нервного процесса погрузки. В салоне ехали сам генерал, Варя, д'Эвре и несколько офицеров, в том числе и Митя Гриднев, мирно

---

¹ Безусловно! Гениальный ход, Мишель! (фр.)

спавший в углу. Офицеры толпились вокруг Перепелкина, отмечавшего по карте продвижение поезда, и курили, корреспондент писал что-то в блокноте, а Варя с Соболевым стояли поодаль, у окна, и вели непростой разговор.

— ... Я думал, это любовь, — вполголоса исповедывался Мишель, вроде бы глядя в черноту за окном, но Варя-то знала, что на самом деле он смотрит на ее отражение в стекле. — Впрочем, не стану вам врать. Про любовь не думал. Моя главная страсть — честолюбие, все остальное потом. Так уж устроен. Но честолюбие не грех, если устремлено к высокой цели. Я верю в звезду и судьбу, Варвара Андреевна. Звезда у меня яркая, а судьба особенная. Это я сердцем чувствую. Еще когда юнкером был...

— Вы про жену начали рассказывать, — мягко вернула его Варя к интересному.

— Ах да. Женился из честолюбия, каюсь. Ошибку совершил. Из честолюбия можно под пули лезть, жениться — ни в коем случае. Ведь как сложилось? Вернулся из Туркестана. Первые лучи славы, но все равно — выскочка, парвеню, черная кость. Дед из нижних чинов выслужился. А тут княжна Титова. Род от Рюрика. Прямиком из гарнизона — да в высшее общество. Как не соблазниться?

Соболев говорил отрывисто, горько и, кажется, искренне. Варя искренность оценила. И еще, конечно, догадывалась, к чему дело идет. Могла бы вовремя остановить, увести разговор в сторону, но не хватило характера. А у кого бы хватило?

— Очень скоро я понял, что в высшем обществе мне делать нечего. Климат не для моего организма. Так и жили — я в походах, она в столице. Кончится война, потребую развода. Могу себе позволить, заслужил. И никто не осудит — как-никак герой. — Соболев лукаво улыбнулся. — Так что скажете, Варенька?

— О чем? — с невинным видом спросила она. Проклятая кокетливая натура так и пела. Вроде бы и ни к чему это признание, одни осложнения от него, а все равно — праздник.

— Разводиться мне или нет?

— Это уж вы сами решайте. (Вот сейчас, сейчас скажет те самые слова).

Соболев тяжко вздохнул и — головой в омут:

— Я давно на вас заглядываюсь. Вы умная, искренняя, смелая, с характером. Именно такая спутница мне нужна. С вами я стал бы еще сильнее. Да и вы не пожалели бы, клянусь... В общем, Варвара Андреевна, считайте, что я делаю вам официальное...

— Ваше превосходительство! — крикнул Перепелкин, чтоб ему под землю провалиться. — Сан-Стефано! Выгружаемся?

Операция прошла без сучка без задоринки. Разоружили ошалевшую охрану станции (смешно сказать — шестеро сонных солдат), рассыпались по городку взводными командами.

Пока с улиц доносилась редкая перестрелка, Соболев ждал на станции. Все закончилось в полчаса. Потери — один легко раненный, да и того, похоже, свои по ошибке задели.

Генерал наскоро осмотрел освещенный газовыми фонарями центр городка — чуть дальше начинался темный лабиринт кривых улочек, и туда соваться смысла не было. В качестве резиденции и оплота обороны (на случай неприятностей) Соболев выбрал массивное здание филиала Османо-Османского банка. Одна из рот разместилась непосредственно у стен и внутри, вторая осталась на станции, третья распределилась дозорами по окрестным улицам. Поезд немедленно укатил обратно — за подкреплениями.

Сообщить по телеграфу в штаб верховного о захвате Сан-Стефано не удалось — линия молчала. Видно, турки постарались.

— Второй батальон прибудет не позже полудня, — сказал Соболев. — Пока ничего интересного не предвидится. Будем любоваться огнями Цареграда и коротать время за приятной беседой.

Временный штаб устроили на третьем этаже, в директорском кабинете. Во-первых, из окон, действительно, было видно далекие огоньки турецкой столицы, а во-вторых, прямо из кабинета стальная дверь вела в банковское хранилище. На чугунных полках ровными рядами стояли мешки с сургучными печатями. Д'Эвре прочитал арабскую вязь, сказал, что в каждом мешке по сто тысяч лир.

— А говорят, Турция обанкротилась, — удивился Митя. — Тут же миллионы!

— Именно поэтому обоснуемся в кабинете, — решил Соболев. — Целее будут. Меня один раз уже обвиняли в похищении ханской казны. Хватит.

Дверь в хранилище осталась приоткрытой, и про миллионы никто не вспоминал. Со станции в приемную перенесли телеграфный аппарат, провод протянули прямо через площадь. Раз в пятнадцать минут Варя пробовала связаться хотя бы с Адрианополем, но аппарат признаков жизни не подавал.

Явилась депутация от местного купечества и духовенства, умоляла дома не грабить и мечети не разорять, а лучше назначить контрибуцию — тысяч этак в пятьдесят, больше бедным горожанам не собрать. Когда глава депутации, толстый горбоносый турок в сюртуке и феске, понял, что перед ним — сам легендарный Ак-паша, сумма предлагаемой контрибуции немедленно возросла вдвое.

Соболев успокоил туземцев, объяснил, что контрибуцию взимать не уполномочен. Горбоносый покосился на незапертую дверь в хранилище, почтительно закатил глаза:

— Понимаю, эфенди. Сто тысяч лир для такого большого человека — сущий пустяк.

Вести тут разносились быстро. Не прошло и двух часов после ухода сан-стефанских просителей, а к Ак-паше уже прибыла депутация греческих торговцев из самого Константинополя. Эти контрибуции не предлагали, но принесли «храбрым христианским воинам» сладостей и вина. Говорили, что в городе много православных, и просили не стрелять из пушек, а если уж очень надо пострелять, то не по Пере, ибо там магазины и склады с товаром, а по Галате, еще лучше — по армянскому и еврейскому кварталам. Попробовали всучить Соболеву золотую шашку с драгоценными камнями, были выставлены за дверь и, кажется, ушли успокоенные.

— Царьград! — взволнованно сказал Соболев, глядя в окно на мерцающий огнями великий город. — Вечная недостижимая мечта русских государей. Отсюда — корень нашей веры и цивилизации. Здесь ключ ко всему Средиземноморью. Как близко! Протяни руку и возьми. Неужто опять уйдем не солоно хлебавши?

— Не может быть, ваше превосходительство! — воскликнул Гриднев. — Государь не допустит!

— Эх, Митя. Поди, торгуются уже тыловые умники, корчаковы да гнатьевы, виляют хвостом перед англичанами. Не хватит у них пороху забрать то, что принадлежит России по древнему праву, ох не хватит! В 29-ом году Дибич остановился в Адрианополе, нынче вот мы дошли до Сан-Стефано. Близок локоть, а не укусишь. Я вижу великую, сильную Россию, объединившую славянские земли от Архангельска до Царьграда и от Триеста до Владивостока! Лишь тогда Романовы выполнят свою историческую миссию и, наконец, смогут от вечных войн перейти к благоустройству своей многострадальной державы. А отступимся — значит, будут наши сыновья и внуки снова проливать свою и чужую кровь, прорываясь к царьградским стенам. Таков уж крестный путь, уготованный народу русскому!

— Представляю, что сейчас творится в Константинополе, — рассеянно произнес д'Эвре по-французски, тоже глядя в окно. — Ак-паша в Сан-Стефано! Во дворце паника, эвакуация гарема, бегают евнухи, трясут жирными задами. Интересно, Абдул-Гамид уже переправился на азиатский берег или нет? И никому в голову не придет, что вы, Мишель, явились сюда всего с одним батальоном. Если б это была игра в покер, отличный мог бы получиться блеф, с полной гарантией, что противник бросит карты и спасует.

— Час от часу не легче! — всполошился Перепелкин. — Михаил Дмитриевич, ваше превосходительство, да не слушайте вы его! Ведь погубите себя! И так уж залезли прямо волку в пасть! Бог с ним, с Абдул-Гамидом!

Соболев и корреспондент посмотрели друг другу в глаза.

— А что я, собственно, теряю? — Генерал с хрустом сжал пальцы в кулак. — Ну, не испугается султанская гвардия, встретит меня огнем — отойду обратно, только и всего. Что, Шарль, сильна ли гвардия у Абдул-Гамида?

— Гвардия хороша, да только Абдул-Гамид ее от себя нипочем не отпустит.

— Значит, преследовать не будут. Войти в город колонной, с развернутым знаменем и барабанным боем, я — впереди, на Гульноре, — распаляясь, заходил по кабинету Соболев. — Пока не рассвело, чтоб не видно было, как нас мало. И к дворцу. Без единого выстрела! Вынесут мне ключи от Константинополя?

— Непременно вынесут! — горячо воскликнул д'Эвре. — И это уже будет полная капитуляция!

— Англичан поставить перед фактом! — рубил рукой воздух генерал. — Пока очухаются, город уже русский, и турки капитулировали. А коли что сорвется — семь бед, один ответ. Сан-Стефано захватывать мне тоже никто не дозволял!

— Это будет беспрецедентный финал! И подумать только, я окажусь непосредственным свидетелем! — взволнованно молвил журналист.

— Не свидетелем, а участником, — хлопнул его по плечу Соболев.

— Не пущу! — встал перед дверью Перепелкин. Вид у него был отчаянный — карие глаза выпучены, на лбу капли пота. — Как начальник штаба заявляю протест! Опомнитесь, ваше превосходительство! Ведь вы генерал свиты его величества, а не башибузук какой-нибудь! Заклинаю!

— Прочь, Перепелкин, надоели! — прикрикнул на рационалиста грозный небожитель. — Когда Осман-паша из Плевны на прорыв пошел, вы тоже «заклинали» без приказа не выступать. Аж на коленки бухнулись! А кто оказался прав? То-то! Вот увидите, будут мне ключи от Царьграда!

— Как здорово! — воскликнул Митя. — Правда, замечательно, Варвара Андреевна?

Варя промолчала, потому что не знала, замечательно это или нет. От соболевской лихости у нее закружилась голова. И еще возникал вопрос: а ей-то как быть? Маршировать под барабан с егерским батальоном, держась за стремя Гульноры? Или оставаться среди ночи во вражеском городе одной?

— Гриднев, оставляю тебе моих конвойцев, будешь стеречь банк. Не то местные разворуют, а свалят на Соболева, — сказал генерал.

— Ваше превосходительство! Михал Дмитрич! — взвыл прапорщик. — Я тоже в Константинополь хочу!

— А кто будет Вагвагу Андгевну охганять? — укоризненно прокартавил д'Эвре.

Соболев достал из кармана золотые часы, со звоном откинул крышечку.

— Половина шестого. Часа через два — два с половиной начнет светать. Эй, Гукмасов!

— Слушаю, ваше превосходительство! — влетел в кабинет красавец-хорунжий.

— Собирай роты! Строить батальон в походную колонну! Знамя и барабанщиков вперед! И песенников тоже вперед! Пойдем красиво! Гульнору седлать! Живо! В шесть ноль-ноль выступаем!

Ординарец стремглав выбежал, а Соболев сладко потянулся и сказал:

— Ну-с, Варвара Андреевна, или стану героем почище Бонапарта, или сложу, наконец, свою дурную голову.

— Не сложите, — ответила она, глядя на генерала с искренним восхищением — уж до того он сейчас был хорош, истинный Ахиллес.

— Тьфу-тьфу-тьфу, — суеверно поплевал Соболев.

— Еще не поздно одуматься! — встрепенулся Перепелкин. — Позвольте, Михаил Дмитриевич, я верну Гукмасова!

Он уж и шаг к выходу сделал, но в этот миг...

В этот миг с лестницы донесся грохот множества сапог, дверь распахнулась и вошли двое: Лаврентий Аркадьевич Мизинов и Фандорин.

— Эраст Петрович! — взвизгнула Варя и чуть не бросилась ему на шею, да вовремя спохватилась.

Мизинов пробурчал:

— Ага, он здесь! Отлично!

— Ваше высокопревосходительство? — нахмурился Соболев, видя, что за спинами вошедших синеют жандармские мундиры. — Откуда вы здесь? Я, конечно, допустил своеволие, однако арестовывать меня — это уж чересчур.

— Арестовывать вас? — удивился Мизинов. — С какой стати? Еле пробился к вам на дрезинах с жандармской полуротой. Телеграф не работает, дорога перерезана. Трижды был обстрелян, потерял семерых. Шинель вот пулей пробита. — Он показал дырявый рукав.

Вперед шагнул Эраст Петрович. За время отсутствия он совсем не изменился, только одет был по-цивильному, сущим франтом: цилиндр, плащ с пелериной, крахмальный воротничок.

— Здравствуйте, Варвара Андреевна, — приветливо сказал титулярный советник. — К-как у вас волосы отрасли. Пожалуй, так все-таки лучше.

Соболеву слегка поклонился:

— Поздравляю с б-бриллиантовой шпагой, ваше превосходительство. Это высокая честь.

Перепелкину просто кивнул, а напоследок обратился к корреспонденту:

— Салям алейкум, Анвар-эфенди.

Глава тринадцатая, в которой Фандорин произносит длинную речь

> **«Винер цайтунг» (Вена), 21(9) января 1878 г.**
>
> «...Соотношение сил между враждующими сторонами на заключительном этапе войны таково, что мы не можем более игнорировать опасность панславянской экспансии, угрожающей южным рубежам двуединой империи. Царь Александр и его сателлиты Румыния, Сербия и Черногория сконцентрировали 700-тысячный железный кулак, оснащенный полутора тысячью пушек. И, спрашивается, против кого? Против деморализованной турецкой армии, которая по самым оптимистическим подсчетам насчитывает на сегодняшний день не более 120 тысяч голодных, перепуганных солдат?
>
> Не смешно, господа! Нужно быть страусом, чтобы не видеть нависшую над всей просвещенной Европой опасность. Промедление подобно смерти. Если мы будем, сложа руки, сидеть и смотреть, как скифские орды...»

Фандорин откинул с плеча плащ, и в его правой руке тускло блеснул вороненой сталью маленький красивый револьвер. В ту же секунду Мизинов щелкнул пальцами, в кабинет вошли двое жандармов и наставили на корреспондента карабины.

— Это что за балаган?! — гаркнул Соболев. — Какой еще «салям-алейкум»? Какой еще «эфенди»?

Варя оглянулась на Шарля. Тот стоял у стены, скрестив руки на груди, и смотрел на титулярного советника с недоверчиво-насмешливой улыбкой.

— Эраст Петрович! — пролепетала Варя. — Но ведь вы ездили за Маклафлином!

— Варвара Андреевна, я ездил в Англию, однако вовсе не за Маклафлином. Мне б-было ясно, что его там нет и быть не может.

— Но вы ни словом не возразили, когда его величество... — Варя осеклась, чуть не выболтав государственный секрет.

— Мои д-доводы были бы голословны. А в Европу наведаться все равно следовало.

— И что же вы там обнаружили?

— Как и следовало ожидать, происки английского кабинета не при чем. Это первое. Да, в Лондоне нас не любят. Да, готовятся к большой войне. Но убивать гонцов и устраивать диверсии — это уж слишком. Противоречит британскому спортивному духу. То же мне сказал и граф Шувалов.

П-побывал в редакции «Дейли пост», убедился в полной невиновности Маклафлина. Это второе. Д-друзья и коллеги отзываются о Шеймасе как о человеке прямом и бесхитростном, отрицательно настроенном по отношению к британской политике и, более того, чуть ли не связанном с ирландским национальным движением. Агент коварного Дизраэли из него никак не вырисовывается.

На обратном пути — все равно уж по д-дороге — я заехал в Париж, где на некоторое время задержался. Заглянул в редакцию «Ревю паризьен»...

Д'Эвре шевельнулся, и жандармы вскинули карабины, готовые стрелять. Журналист выразительно покачал головой и спрятал руки назад, под фалды дорожного сюртука.

— Тут-то и выяснилось, — как ни в чем не бывало продолжил Эраст Петрович, — что прославленного Шарля д'Эвре в родной редакции никогда не видели. Это третье. Он присылал свои блестящие статьи, очерки и фельетоны по почте или телеграфом.

— Ну и что с того? — возмутился Соболев. — Шарль не паркетный шаркун, он искатель приключений.

— И даже в б-большей степени, чем предполагает ваше превосходительство. Я порылся в подшивках **«Ревю паризьен»**, и выяснились очень любопытные совпадения. Первые публикации господина д'Эвре присланы из Болгарии десять лет назад — как раз в ту пору в Дунайском вилайете губернаторствовал Мидхат-паша, при котором состоял секретарем молодой чиновник Анвар. В 1868 году д'Эвре присылает из Константинополя ряд блестящих зарисовок о нравах султанского двора. Это период первого взлета Мидхат-паши, когда он приглашен в столицу руководить Государственным Советом. Год спустя реформатора отправляют в почетную ссылку, в далекое Междуречье, и бойкое перо талантливого журналиста, как зачарованное перемещается из Константинополя в Багдад. Три года (а именно столько губернаторствовал в Ираке Мидхат-паша) д'Эвре пишет о раскопках ассирийских городов, арабских шейхах и Суэцком канале.

— Подтасовка! — сердито прервал говорившего Соболев. — Шарль путешествовал по всему Востоку. Он писал и из других мест, которые вы не упоминаете, потому что они выбиваются из вашей гипотезы. В 73-ем году, например, он был со мной в Хиве. Вместе умирали от жажды, вместе плавились от зноя. И никакого Мидхата там не было, господин следователь!

— А откуда он приехал в Среднюю Азию? — спросил генерала Фандорин.

— Кажется, из Ирана.

— Полагаю, что не из Ирана, а из Ирака. В конце 1873 года газета печатает его лиричные этюды об Элладе. Почему вдруг об Элладе? Да потому что патрона нашего Анвара-эфенди в это время переводят в **Салоники**. Кстати, Варвара Андреевна, помните дивную новеллу про старые сапоги?

Варя кивнула, глядя на Фандорина, как зачарованная. Тот явно нес нечто несусветное, но как уверенно, красиво, властно! И заикаться совсем перестал.

— Там упомянуто кораблекрушение, произошедшее в Термаикосском заливе в ноябре 1873 года. Между прочим, на берегу этого залива расположен город Салоники. Из той же статьи я понял, что в 1867 году автор находился в Софии, а в 1871 году — в Междуречье, ибо именно тогда арабские кочевники вырезали британскую археологическую экспедицию сэра Эндрю Уэйарда. После «Старых сапог» я стал подозревать мсье д'Эвре уже всерьез, но своими ловкими маневрами он не раз сбивал меня с толку... А теперь, — Фандорин убрал револьвер в карман и обернулся к Мизинову, — давайте подсчитаем ущерб, нанесенный нам деятельностью господина Анвара. Мсье д'Эвре присоединился к корпусу военных корреспондентов в конце июня прошлого года. Это был период победоносного наступления нашей армии. Дунай преодолен, турецкая армия деморализована, открыта дорога на Софию, а оттуда и на Константинополь. Отряд генерала Гурко уже захватил Шипкинский перевал, ключ к Большому балканскому хребту. По сути дела война нами уже выиграна. Но что происходит дальше? Из-за роковой путаницы с шифровкой наша армия занимает никому не нужный Никополь, а тем временем корпус Осман-паши беспрепятственно входит в пустую Плевну, сорвав нам все наступление. Вспомним обстоятельства той загадочной истории. Шифровальщик Яблоков совершает тяжкий проступок, оставив на столе секретную депешу. Почему Яблоков это сделал? Потому что его потрясла весть о неожиданном приезде невесты, госпожи Суворовой.

Все взглянули на Варю, и она почувствовала себя чем-то вроде вещественного доказательства.

— А кто сообщил Яблокову о приезде невесты? Журналист д'Эвре. Когда обезумевший от радости шифровальщик умчался прочь, достаточно было переписать шифровку, заменив в ней «Плевну» на «Никополь». Наш армейский шифр, мягко говоря, несложен. О предстоящем маневре русской армии д'Эвре знал, потому что при нем я рассказал вам, Михаил Дмитриевич, об Осман-паше. Припоминаете нашу первую встречу?

Соболев угрюмо кивнул.

— Далее вспомним историю с мифическим Али-беем, у которого д'Эвре якобы брал интервью. Это «интервью» обошлось нам в две тысячи убитых, и теперь русская армия застряла под Плевной уже всерьез и надолго. Рискованный трюк — Анвар неминуемо навлекал на себя подозрение, но у него не было выхода. Ведь в конце концов русские просто могли оставить против Османа заслон, а главные силы двинуть дальше на юг. Однако разгром первого штурма создал у нашего командования преувеличенное представление об опасности Плевны, и армия развернулась против маленького болгарского городишки всей своей мощью.

— Погодите, Эраст Петрович, но ведь Али-бей действительно существовал! — встрепенулась Варя. — Его видели в Плевне наши лазутчики!

— К этому мы вернемся чуть позже. А сейчас вспомним обстоятельства второй Плевны, вина за которую была возложена нами на предательство румынского полковника Лукана, выдавшего туркам нашу диспозицию. Вы были правы, Лаврентий Аркадьевич, J из записной книжки Лукана — это «журналист», да только не Маклафлин, а д'Эвре. Румынского фата он завербовал без особых трудностей — карточные долги и непомерные амбиции сделали полковника легкой добычей. А в Бухаресте д'Эвре ловко воспользовался госпожой Суворовой, чтобы избавится от агента, утратившего свою ценность и, наоборот, начавшего представлять опасность. Кроме того, я допускаю, что у Анвара возникла потребность повидаться с Осман-пашой. Изгнание из армии — временное и с заранее запланированной реабилитацией — давало ему такую возможность. Французский корреспондент отсутствовал месяц. И как раз в этот период наша разведка донесла, что у турецкого командующего имеется таинственный советник Али-бей. Этот самый Али-бей нарочно помелькал в людных местах своей приметной бородой. Должно быть, вы здорово потешались над нами, господин шпион.

Д'Эвре не ответил. Он смотрел на титулярного советника внимательно и, казалось, чего-то ждал.

— Появление в Плевне Али-бея понадобилось для того, чтобы снять с журналиста д'Эвре подозрение за то злополучное интервью. Впрочем, я не сомневаюсь, что Анвар провел этот месяц с большой для себя пользой: наверняка договорился с Осман-пашой о совместных действиях на будущее, обзавелся надежной связью. Ведь наша контрразведка не препятствовала корреспондентам иметь в осажденном городе собственных осведомителей. При желании Анвар-эфенди мог даже на несколько дней наведаться в Константинополь, ибо Плевна еще не была отрезана от коммуникаций. Очень просто — добрался до Софии, а там сел на поезд и назавтра в Стамбуле.

Третий штурм для Осман-паши был особенно опасен, и прежде всего неожиданной атакой Михаила Дмитриевича. Тут Анвару повезло, а нам нет. Подвела роковая случайность — по пути в ставку ваш адъютант Зуров проскакал мимо корреспондентов и крикнул, что вы в Плевне. Анвар, разумеется, отлично понял и значение этого сообщения, и то, зачем Зуров послан к командованию. Нужно было выиграть время, дать Осман-паше возможность перегруппироваться и выбить Михаила Дмитриевича с его небольшим отрядом из Плевны, пока не подошли подкрепления. И Анвар снова рискует, импровизирует. Дерзко, виртуозно, талантливо. И, как всегда, безжалостно.

Когда журналисты, узнав об успешном наступлении южного фланга, наперегонки бросились к телеграфным аппаратам, Анвар пустился в погоню за Зуровым и Казанзаки. На своем знаменитом Ятагане он без труда догнал их и, оказавшись в безлюдном месте, застрелил обоих. Очевидно, в момент нападения он скакал между Зуровым и Казанзаки, причем ротмистр был у него справа, а жандарм слева. Анвар стреляет гусару в левый висок — в упор, а в следующий миг посылает пулю в лоб обернувшемуся на выстрел подполковнику. Все это заняло не более секунды. Вокруг движутся войска, но всадники едут по ложбине, их не видно, а выстрелы в разгар канонады вряд ли могли обратить на себя внимание. Труп Зурова убийца оставил на месте, но вонзил ему в лопатку кинжал жандарма. То есть сначала застрелил, потом пронзил клинком уже мертвого, а не наоборот, как мы решили вначале. Цель ясна — бросить подозрение на Казанзаки. Из тех же соображений Анвар перевез тело подполковника в близлежащий кустарник и инсценировал самоубийство.

— А как же письмо? — вспомнила Варя. — От этого, как его, ну Шалунишки?

— Великолепный ход, — признал Фандорин. — Очевидно, турецкой разведке еще с тифлисских времен было известно о противоестественных склонностях Казанзаки. Полагаю, что Анвар-эфенди приглядывался к подполковнику, не исключая возможности в будущем прибегнуть к шантажу. Однако события повернулись иначе, и полезная информация была использована, чтобы сбить нас со следа. Анвар просто взял чистый листок и наскоро сочинил карикатурное гомосексуальное послание. Тут он перестарался, и мне еще тогда письмо показалось подозрительным. Во-первых, трудно поверить, чтобы грузинский князь до такой степени скверно писал по-русски — уж гимназию-то он, поди, закончил. А во-вторых, вы, возможно, помните, как я спросил у Лаврентия Аркадьевича про конверт и выяснилось, что листок лежал в кармане покойного безо всякого конверта. Тогда непонятно, как он мог сохранить такую свежесть. Ведь Казанзаки должен был проносить его при себе целый год!

— Все это прекрасно, — не утерпел Мизинов, — и вы мне излагаете свои соображения уже во второй раз за минувшие сутки, но я опять спрашиваю: почему вы скрытничали? Почему не поделились сомнениями раньше?

— Когда опровергаешь одну версию, нужно выдвинуть другую, а она у меня никак не складывалась, — ответил Эраст Петрович. — Слишком уж разнообразными приемами пользовался оппонент. Стыдно признаться, но какое-то время главным подозреваемым для меня был господин Перепелкин.

— Еремей? — поразился Соболев и только развел руками. — Ну, господа, это уже паранойя.

Перепелкин же несколько раз моргнул и нервно расстегнул тугой воротник.

— Да, глупо, — согласился Фандорин. — Но господин подполковник постоянно путался у нас под ногами. Само его появление выглядело довольно подозрительно: плен и чудодейственное освобождение, неудачный выстрел в упор. Обычно башибузуки стреляют метче. Потом история с шифровкой — телеграмму с приказом идти на Никополь генералу Криденеру передал именно Перепелкин. А кто подбил доверчивого журналиста д'Эвре пробраться к туркам в Плевну? А загадочная буква J? Ведь Еремея Ионовича с легкой руки Зурова стали звать «Жеромом». Это с одной стороны. А с другой, согласитесь, прикрытие у Анвара-эфенди было просто идеальное. Я мог сколько угодно строить логические выкладки, но стоило мне посмотреть на Шарля д'Эвре, и все доводы рассыпались в прах. Ну взгляните на этого человека. — Фандорин показал на журналиста. Все посмотрели на д'Эвре, а тот с преувеличенной скромностью поклонился. — Можно ли поверить, что этот обаятельный, остроумный, насквозь европейский господин и коварный, жестокий шеф турецкой секретной службы — одно лицо?

— Никогда и ни за что! — заявил Соболев. — Я и сейчас в это не верю!

Эраст Петрович удовлетворенно кивнул.

— Теперь история с Маклафлином и несостоявшимся прорывом. Тут все было просто, никакого риска. Подбросить доверчивому Шеймасу «сенсационную» весть труда не составило. Информатор, которого он так от нас скрывал и которым так гордился, наверняка работал на вас, эфенди.

Варя вздрогнула, настолько покоробило ее это обращение, адресованное Шарлю. Нет, что-то здесь не так! Какой же он «эфенди»!

— Вы ловко сыграли на простодушии Маклафлина, а также на его тщеславии. Он так завидовал блестящему Шарлю д'Эвре, так мечтал его обойти! До сих пор ему это удавалось только в шахматах, да и то не всегда, а тут такое фантастическое везение! Exclusive information from most reliable sources[1]! И какая information! За подобные сведения любой репортер душу дьяволу продаст. Если б Маклафлин не встретил по дороге Варвару Андреевну и не проболтался бы ей... Осман опрокинул бы гренадерский корпус, прорвал бы блокаду и отошел к Шипке. Тогда на фронте сложилась бы патовая ситуация.

— Но если Маклафлин не шпион, то куда же он делся? — спросила Варя.

— Вы помните рассказ Ганецкого о том, как башибузуки напали на его штаб и почтенный генерал еле успел унести ноги? Думаю, диверсантам был нужен не Ганецкий, а Маклафлин. Его необходимо было устранить, и он исчез. Бесследно. Скорее всего, обманутый и оклеветанный ирландец лежит сейчас где-нибудь на дне реки Вид с камнем на шее. Или, возможно, башибузуки, следуя своей милой привычке, изрубили его на куски.

Варя содрогнулась, вспомнив, как круглолицый корреспондент уплетал пирожки с вареньем во время их последней встречи. Жить ему оставалось всего пару часов...

— Не жалко вам было бедного Маклафлина? — поинтересовался Фандорин, но д'Эвре (или в самом деле Анвар-эфенди?) изящным жестом предложил ему продолжать, и вновь спрятал руку за спину.

Варя вспомнила, что согласно психологической науке, спрятанные за спиной руки означают скрытность и нежелание говорить правду. Возможно ли? Она подошла к журналисту ближе, пытливо всматриваясь в его лицо и пытаясь обнаружить в знакомых чертах что-то чужое, страшное. Лицо было такое же как всегда, разве что чуть бледнее. На Варю д'Эвре не смотрел.

— Прорыв не удался, но вы снова вышли сухим из воды. Я очень торопился из Парижа сюда, к театру боевых действий. Уже твердо знал, что вы — это вы, и отлично понимал, насколько вы опасны.

— Могли бы отправить телеграмму, — проворчал Мизинов.

---

[1] Эксклюзивная информация из достоверных источников (англ.)

— Какую, ваше высокопревосходительство? «Журналист д'Эвре — Анвар-эфенди?» Вы бы решили, что Фандорин сошел с ума. Вспомните, как долго мне пришлось излагать вам доказательства — вы никак не желали расставаться с версией об английских происках. А генерал Соболев, как видите, и после моих пространных объяснений все еще не убежден.

Соболев упрямо покачал головой:

— Мы дослушаем вас, Фандорин, а потом дадим высказаться Шарлю. Разбирательство не может состоять только из речи прокурора.

— Merci, Michel, — коротко улыбнулся д'Эвре. — Comme dit l'autre, a friend in need is a friend indeed[1]. Один вопгос для monsieur procureur[2]. Почему вам вообще взбрело в голову меня подозгевать? Au commencement[3]? Удовлетвогите мое любопытство.

— Ну как же, — удивился Эраст Петрович. — Вы проявили такую неосторожность. Нельзя же до такой степени бравировать и недооценивать противника! Стоило мне первый раз увидеть вашу подпись в «Ревю паризьен» — d'Hevrais, и я сразу вспомнил, что наш главный оппонент Анвар-эфенди, по некоторым сведениям, родился в боснийском городке Хевраис. D'Hevrais, «Хевраисский» — это, согласитесь, слишком уж прозрачный псевдоним. Это, конечно, могло оказаться случайным совпадением, но так или иначе выглядело подозрительно. Должно быть, в начале вашей журналистской деятельности вы еще не предполагали, что маска корреспондента может вам понадобится для акций совсем иного рода. Я уверен, что вы стали писать для парижской газеты из вполне невинных соображений: давали выход вашим незаурядным литературным способностям, а заодно пробуждали в европейцах интерес к проблемам турецкой империи и, в особенности, к фигуре великого реформатора Мидхат-

---

[1] Благодарю, Мишель. Как говорится, друзья познаются в беде (фр. и англ.)
[2] господина прокурора (фр.)
[3] Первоначально? (фр.)

паши. И вы неплохо справились с задачей. Имя мудрого Мидхата фигурирует в ваших публикациях не менее полусотни раз. Можно сказать, именно вы сделали пашу популярной и уважаемой личностью во всей Европе и особенно во Франции, где он, кстати, сейчас и пребывает.

Варя вздрогнула, вспомнив, как д'Эвре говорил о горячо любимом отце, живущем во Франции. Неужели все это правда? Она в ужасе взглянула на корреспондента. Тот по-прежнему сохранял полнейшее хладнокровие, но его улыбка показалась Варе несколько вымученной.

— Кстати говоря, я не верю, что вы предали Мидхат-пашу, — продолжил титулярный советник. — Это какая-то тонкая игра. Сейчас, после поражения Турции, он вернется назад, осененный лаврами страдальца, и снова возглавит правительство. С точки зрения Европы, фигура просто идеальная. В Париже его просто носят на руках. — Фандорин дотронулся рукой до виска, и Варя внезапно заметила, какой у него бледный, усталый вид. — Я очень торопился вернуться, но триста верст от Софии до Германлы у меня заняли больше времени, чем полторы тысячи верст от Парижа до Софии. Тыловые дороги — это неописуемо. Слава Богу, мы с Лаврентием Аркадьевичем успели вовремя. Как только генерал Струков сообщил, что его превосходительство в сопровождении журналиста д'Эвре отбыли в Сан-Стефано, я понял: вот он, смертельный ход Анвара-эфенди. Неслучайно и телеграф перерезан. Я очень испугался, Михаил Дмитриевич, что этот человек сыграет на вашей лихости и честолюбии, уговорит вас войти в Константинополь.

— И что же вы так перепугались, господин прокурор? — иронически спросил Соболев. — Ну, вошли бы русские войны в турецкую столицу, так что с того?

— Как что?! — схватился за сердце Мизинов. — Вы с ума сошли! Это был бы конец всему!

— Чему «всему»? — пожал плечами Ахиллес, но Варя заметила в его глазах беспокойство.

— Нашей армии, нашим завоеваниям, России! — грозно произнес шеф жандармов. — Посол в Англии граф Шувалов передал шифрованное донесение. Он собственными глазами видел секретный меморандум Сент-Джемского кабинета. Согласно тайной договоренности между Британской и Австро-Венгерской империями, в случае появления в Константинополе хотя бы одного русского солдата, броненосная эскадра адмирала Горнби немедленно открывает огонь, а австро-венгерская армия переходит сербскую и русскую границы. Так-то, Михаил Дмитриевич. В этом случае нас ожидал бы разгром намного страшнее крымского. Страна истощена плевненской эпопеей, флота в Черном море нет, казна пуста. Это была бы полная катастрофа.

Соболев потерянно молчал.

— Но у вашего превосходительства хватило мудрости и выдержки не идти далее Сан-Стефано, — почтительно сказал Фандорин. — Значит, мы с Лаврентием Аркадьевичем могли так уж не торопиться.

Варя увидела, как лицо Белого Генерала стало красным. Соболев откашлялся и с важным видом кивнул, заинтересованно разглядывая мраморный пол.

Надо же было случиться, чтобы именно в этот миг в дверь протиснулся хорунжий Гукмасов. Он неприязненно покосился на синие мундиры и гаркнул:

— Осмелюсь доложить, ваше превосходительство!

Варе стало жалко бедного Ахиллеса, и она отвернулась, а дубина хорунжий так же зычно отрапортовал:

— Шесть часов ровно! Согласно приказу, батальон построен, Гульнора оседлана! Ждем только вашего превосходительства, и вперед, к цареградским вратам!

— Отставить, болван, — пробурчал багровый герой. — К черту врата...

Гукмасов растерянно попятился за дверь. Едва за ним закрылись створки, произошло неожиданное.

— Et maintenant, mesdames et messieurs, la parole est á la défence!¹ — громко объявил д'Эвре.

Он выкинул правую руку из-за спины. В руке оказался пистолет. Пистолет два раза изрыгнул гром и молнию.

---
¹ А теперь, дамы и господа, слово предоставляется защите! (фр.)

Варя увидела, как у обоих жандармов, словно по уговору, прорвало мундиры на левой стороне груди. Карабины полетели на пол с лязгом, жандармы повалились почти бесшумно.

В ушах звенело от выстрелов. Варя не успела ни вскрикнуть, ни испугаться — д'Эвре протянул левую руку, цепко схватил Варю за локоть и притянул к себе, закрывшись ею, как щитом.

Пьеса «Ревизор», немая сцена, тупо подумала Варя, видя, как в дверях вырастает и застывает на месте рослый жандарм. Эраст Петрович и Мизинов выставили вперед револьверы. У генерала лицо было сердитое, у титулярного советника несчастное. Соболев развел руки, да так и замер. Митя Гриднев разинул рот и хлопал своими замечательными ресницами. Перепелкин поднял руку снова застегнуть воротник и забыл опустить.

— Шарль, вы сошли с ума! — крикнул Соболев, делая шаг вперед. — Прятаться за даму!

— Но мсье Фандогин доказал, что я тугок, — насмешливо ответил д'Эвре. Варя ощущала затылком его горячее дыхание. — А у тугок с дамами не цегемонятся.

— У-у-у! — завыл Митя и, по-телячьи наклонив голову, бросился вперед.

Пистолет д'Эвре грянул еще раз, прямо из-под Вариного локтя, и юный прапорщик, ойкнув, упал лицом вниз.

Все снова замерли.

Д'Эвре тянул Варю куда-то назад и в сторону.

— Кто тгонется с места — убью, — негромко предупредил он.

Варе показалось, что сзади расступилась стена — и внезапно они оба оказались в каком-то другом помещении.

Ах да, хранилище!

Д'Эвре захлопнул стальную дверь и задвинул засов. Они остались вдвоем.

Глава четырнадцатая, в которой ругают Россию и звучит язык Данте

> «Правительственный вестник» (Санкт-Петербург), 9(21) января 1878 г.
>
> «...наводит на печальные размышления. Вот выжимки из речи министра финансов статс-секретаря М.Х.Рейтерна, произнесенной в минувший четверг на заседании Всероссийского банковского союза. В 1874 году впервые за долгие годы мы вышли к положительному сальдо доходов над расходами, сказал министр. Роспись 1876 года была исчислена Государственным Казначейством со свободным остатком в 40 миллионов рублей. Однако без малого год военных действий обошелся казне в 1 миллиард 20 миллионов рублей, и для дальнейшего ведения войны средств не остается. Из-за урезания расходов на гражданские нужды в 1877 году на территории империи не проложено ни одной версты железных дорог. Сумма внешнего и внутреннего государственного долга возросла до небывалых размеров и составила, соответственно,...»

Д'Эвре отпустил Варю, и она в ужасе шарахнулась в сторону.

Из-за мощной двери донесся приглушенный шум голосов.

— Назовите ваши условия, Анвар! — это был Эраст Петрович.

— Никаких условий! (Мизинов). Немедленно открывайте, или я прикажу подорвать дверь динамитом!

— Вы командуйте у себя в жандармском корпусе! (Соболев). Если динамитом — она погибнет!

— Господа! — крикнул по-французски д'Эвре, который был никакой не д'Эвре. — Это в конце концов невежливо! Вы мне не даете поговорить с дамой!

— Шарль! Или как там вас! — зычным генеральским басом заорал Соболев. — Если с головы Варвары Андреевны упадет хоть один волос, я вас вздерну на столбе, безо всякого суда и следствия!

— Еще одно слово, и я застрелю сначала ее, а потом себя! — драматически повысил голос д'Эвре и внезапно подмигнул Варе, словно отмочил не вполне пристойную, но ужасно смешную шутку.

За дверью стало тихо.

— Не смотрите на меня так, словно у меня вдруг выросли рога и клыки, мадемуазель Барбара, — вполголоса произнес д'Эвре своим обычным голосом и устало потер глаза. — Разумеется, я не стану вас убивать и ни за что не хотел бы подвергать вашу жизнь опасности.

— Да? — язвительно спросила она. — Зачем же тогда весь этот балаган? Зачем вы убили трех ни в чем не повинных людей? На что вы надеетесь?

Анвар-эфенди (про д'Эвре следовало забыть) достал часы.

— Пять минут седьмого. Мне понадобился «весь этот балаган», чтобы выиграть время. Кстати, за мсье младшего лейтенанта можете быть спокойны. Зная, что вы к нему привязаны, я всего лишь продырявил ему ляжку, ничего страшного. Будет потом хвастаться боевым ранением. А жандармы что ж, такая у них служба.

Варя опасливо спросила:

— Выиграть время? Зачем?

— Видите ли, мадемуазель Барбара, согласно плану, через час и двадцать пять минут, то есть в половине восьмого, в Сан-Стефано должен войти полк анатолийских стрелков. Это одна из лучших частей во всей турецкой гвардии. Предполагалось, что к этому времени отряд Соболева уже проникнет на окраину Стамбула, попадет под огонь английского флота и попятится назад. Гвардейцы нанесли бы по беспорядочно отступающим русским удар с тыла. Красивый план, и до последнего момента все шло как по нотам.

— Какой еще план?

— Я же говорю — красивый. Для начала чуть-чуть подтолкнуть Мишеля к мысли о соблазнительно оставленном пассажирском поезде. Тут вы мне очень помогли, благодарю. «Раскрыть книжку, попить горячего чаю» — это было великолепно. Дальнейшее было просто — мощное честолюбие нашего несравненного Ахиллеса, его неукротимый азарт и вера в свою звезду довершили бы дело. О, Соболев не погиб бы. Я бы этого не допустил. Во-первых, я к нему искренне привязан, а во-вторых, пленение великого Ак-паши послужило бы эффектным началом второго этапа Балканской войны... — Анвар вздохнул. — Жалко, что сорвалось. Ваш юный старичок Фандорин заслужил аплодисменты. Как говорят восточные мудрецы, это карма.

— Что-что они говорят? — удивилась Варя.

— Вот видите, мадемуазель Барбара, вы образованная, интеллигентная барышня, а не знаете элементарных вещей, — укоризненно сказал диковинный собеседник. — «Карма» — одно из основополагающих понятий индийской и буддийской философии. Нечто вроде христианского рока, но гораздо интересней. Беда Запада в том, что он пренебрежительно относится к мудрости Востока. А ведь Восток гораздо древнее, благоразумнее и сложнее. Моя Турция как раз расположена на перекрестке Запада и Востока, у этой страны могло бы быть велико будущее

— Давайте без лекций, — оборвала его рассуждения Варя. — Что вы намерены делать?

— Как что? — удивился Анвар. — Натурально, ждать половины восьмого. Первоначальный план сорвался, но анатолийские стрелки все равно прибудут. Начнется бой. Если одолеют наши гвардейцы — а у них и численное преимущество, и выучка, и фактор внезапности — я спасен. Если же соболевцы удержатся... Но не будем загадывать. Кстати. — Он серьезно посмотрел Варе в глаза. — Я знаю вашу решительность, но не вздумайте предупреждать ваших друзей о нападении. Едва вы откроете рот, чтобы крикнуть, как я буду вынужден засунуть вам кляп. Я сделаю это, несмотря на уважение и симпатию, которые к вам испытываю.

С этими словами он развязал галстук, сделал из него плотный ком и положил в карман.

— Даме кляп? — усмехнулась Варя. — Французом вы мне нравились больше.

— Уверяю вас, французский шпион поступил бы на моем месте точно так же, если б от его действий зависело столь многое. Я привык не жалеть собственной жизни, много раз ставил ее на кон в интересах дела. И это дает мне право не жалеть жизни других. Тут, мадемуазель Барбара, игра на равных. Жестокая игра, но жизнь вообще жестокая штука. Вы полагаете, мне было не жаль смельчака Зурова или добряка Маклафлина? Еще как жаль, но есть ценности поважнее сантиментов.

— Что же это за ценности такие? — воскликнула Варя. — Объясните мне, господин интриган, из каких это высоких идей можно убить человека, который относится к тебе как к другу?

— Отличная тема для беседы. — Анвар пододвинул стул. — Садитесь, мадемуазель Барбара, нам нужно скоротать время. И не смотрите на меня волком. Я не чудовище, я всего лишь враг вашей страны. Не хочу, чтобы вы считали меня бездушным монстром, каковым изобразил меня сверхъестественно проницательный мсье Фандорин. Вот кого надо было заблаговременно обезвредить... Да, я убийца. Но мы все тут убийцы — и ваш Фандорин, и покойный Зуров, и Мизинов. А Соболев — тот суперубийца, он просто купается в крови. В наших мужских забавах возможны только две роли: убийца или убитый. Не стройте иллюзий, мадемуазель, все мы живем в джунглях. Постарайтесь отнестись ко мне без предубеждения, забыть о том, что вы русская, а я турок.

Я — человек, выбравший в жизни очень трудный путь. К тому же, человек, которому вы небезразличны. Я даже немножко влюблен в вас.

Варя нахмурилась, покоробленная словом «немножко»:

— Премного благодарна.

— Ну вот, я нескладно выразился, — развел руками Анвар. — Я не могу разрешить себе влюбиться всерьез, это было бы непозволительной и опасной роскошью. И не будем об этом. Лучше давайте я отвечу на ваш вопрос. Обмануть или убить друга — тяжкое испытание, но иногда приходится переступать и через это. Мне доводилось... — Он нервно дернул углом рта. — Однако если подчиняешь всего себя великой цели, то приходится жертвовать личными привязанностями. Да что далеко ходить за примерами! Уверен, что, будучи девицей передовой, вы с горячим одобрением относитесь к революционным идеям. Ведь так? Я смотрю, у вас в России революционеры уже начали постреливать. А скоро начнется настоящая тайная война — уж поверьте профессионалу. Идеалистически настроенные юноши и девушки станут взрывать дворцы, поезда и кареты. А там, кроме реакционера-министра или злодея-губернатора, неминуемо окажутся неповинные люди — родственники, помощники, слуги. Но ради идеи ничего, можно. Дайте срок. Будут ваши идеалисты и вкрадываться в доверие, и шпионить, и обманывать, и убивать отступников — и все из-за идеи.

— А в чем ваша-то идея? — резко спросила Варя.

— Извольте, расскажу. — Анвар оперся локтем о стеллаж, на котором лежали мешки с деньгами. — Я вижу спасение не в революции, а в эволюции. Только эволюцию следует выводить на верное направление, ей нужно помогать. Наш девятнадцатый век решает судьбу человечества, в этом я глубоко убежден. Надо помочь силам разума и терпимости взять верх, иначе Землю в скором будущем ждут тяжкие и ненужные потрясения.

— И где же обитают разум и терпимость? Во владениях вашего Абдул-Гамида?

— Нет, конечно. Я имею в виду те страны, где человек понемногу учится уважать себя и других, побеждать не дубиной, а убеждением, поддерживать слабых, терпеть инакомыслящих. Ах, какие многообещающие процессы разворачиваются на западе Европы и в североамериканских Соединенных Штатах! Разумеется, я далек от идеализации. И у них там много грязи, много преступлений, много глупости. Но общий курс верный. Нужно, чтобы мир пошел именно по этому пути, иначе человечество утонет в пучине хаоса и тирании. Светлое пятно на карте планеты пока еще очень мало, но оно быстро расширяется. Надо только уберечь его от натиска тьмы. Идет грандиозная шахматная партия, и в ней я играю за белых.

— А Россия, стало быть, за черных?

— Да. Ваша огромная держава сегодня представляет главную опасность для цивилизации. Своими просторами, своим многочисленным, невежественным населением, своей неповоротливой и агрессивной государственной машиной. Я давно присматриваюсь к России, я выучил язык, я много путешествовал, я читал исторические труды, я изучал ваш государственный механизм, знакомился с вашими вождями. Вы только послушайте душку Мишеля, который метит в новые Бонапарты! Миссия русского народа — взятие Царьграда и объединение славян? Ради чего? Ради того, чтобы Романовы снова диктовали свою волю Европе? Кошмарная перспектива! Вам неприятно это слышать, мадемуазель Барбара, но Россия таит в себе страшную угрозу для цивилизации. В ней бродят дикие, разрушительные силы, которые рано или поздно вырвутся наружу, и тогда миру не поздоровится. Это нестабильная, нелепая страна, впитавшая все худшее от Запада и от Востока. Россию необходимо поставить на место, укоротить ей руки. Это пойдет вам же на пользу, а Европе даст возможность и дальше развиваться в нужном направлении. Знаете, мадемуазель Барбара, — тут голос Анвара неожиданно дрогнул, — я очень люблю мою несчастную Турцию. Это страна великих упущенных возможностей. Но я сознательно готов пожертвовать османским государством, только бы отвести от человечества русскую угрозу. Если уж говорить о шахматах, известно ли вам, что такое гамбит? Нет? По-итальянски gambetto значит «подножка». Dare il gambetto — «подставить подножку». Гамбитом называется начало шахматной партии, в котором противнику жертвуют фигуру ради достижения стратегического преимущества. Я сам разработал рисунок этой шахматной партии и в самом ее начале подставил России соблазнительную фигуру — жирную, аппетитную, слабую Турцию. Османская империя погибнет, но царь Александр игры не выиграет. Впрочем, война сложилась так удачно, что, может быть, и для Турции еще не все потеряно. У нее остается Мидхат-паша. Это замечательный человек, мадемуазель Барбара, я нарочно на время вывел его из игры, но теперь я его верну... Если, конечно, у меня будет такая возможность. Мидхат-паша вернется в Стамбул незапятнанным и возьмет власть в свои руки. Может быть, тогда и Турция переместится из зоны тьмы в зону света.

Из-за двери донесся голос Мизинова:

— Господин Анвар, к чему тянуть время? Это же просто малодушие! Выходите, я обещаю вам статус военнопленного.

— И виселицу за Казанзаки и Зурова? — прошептал Анвар.

Варя набрала полную грудь воздуха, но турок был начеку — достал из кармана кляп и выразительно покачал головой. Потом крикнул:

— Мне надо подумать, мсье генерал! Я отвечу вам в половине восьмого!

После этого он надолго замолчал. Метался по хранилищу, несколько раз смотрел на часы.

— Только бы выбраться отсюда! — наконец, пробормотал этот странный человек, ударив кулаком по чугунной полке. — Без меня Абдул-Гамид сожрет благородного Мидхата!

Виновато взглянул на Варю ясными голубыми глазами, пояснил:

— Простите, мадемуазель Барбара, я нервничаю. Моя жизнь значит в этой партии не так уж мало. Моя жизнь — это тоже фигура, но я ценю ее выше, чем Османскую империю. Скажем так: империя — это слон, а я — это ферзь. Однако ради победы можно пожертвовать и ферзем... Во всяком случае, партию я уже не проиграл, ничья-то обеспечена! — Он возбужденно рассмеялся. — Мне удалось продержать вашу армию под Плевной гораздо дольше, чем я надеялся. Вы попусту растратили силы и время. Англия успела подготовиться к конфронтации, Австрия перестала трусить. Если даже второго этапа войны не будет, Россия все равно останется с носом. Двадцать лет она приходила в себя после Крымской кампании, еще двадцать лет она будет зализывать раны нынешней войны. И это сейчас, в конце девятнадцатого столетия, когда каждый год значит так много. За двадцать лет Европа уйдет далеко вперед. России же отныне уготована роль второстепенной державы. Ее разъест язва коррупции и нигилизма, она перестанет представлять угрозу для прогресса.

Тут Варино терпение лопнуло.

— Да кто вы такой, чтобы судить, кто несет цивилизации благо, а кто гибель?! Государственный механизм он изучал, с вождями знакомился! А с графом Толстым, с Федором Михайловичем Достоевским вы познакомились? А русскую литературу вы читали? Что, времени не хватило? Дважды два это всегда четыре, а трижды три всегда девять, да? Две параллельные прямые никогда не пересекаются? Это у вашего Эвклида они не пересекаются, а у нашего Лобачевского пересеклись!

— Я не понимаю вашей метафоры, — пожал плечами Анвар. — А русскую литературу, конечно, читал. Хорошая литература, не хуже английской или французской. Но литература — игрушка, в нормальной стране она не может иметь важного значения. Я ведь и сам в некотором роде литератор. Надо делом заниматься, а не сочинять душещипательные сказки. Вон в Швейцарии великой литературы нет, а жизнь там не в пример достойнее, чем в вашей России. Я провел в Швейцарии почти все детство и отрочество, и можете мне поверить...

Он не договорил — издали раздался треск стрельбы.

— Началось! Ударили раньше времени!

Анвар припал ухом к двери, глаза его лихорадочно заблестели.

— Проклятье, и как назло в этом чертовом хранилище ни одного окна!

Варя тщетно пыталась унять неистово бьющееся сердце. Гром выстрелов приближался. Она услышала, как Соболев отдает какие-то команды, но не разобрала слов. Где-то закричали «алла!», ударил залп.

Вертя барабан револьвера, Анвар бормотал:

— Я мог бы сделать вылазку, но осталось только три патрона... Ненавижу бездействие!

Он встрепенулся — выстрелы звучали в самом здании.

— Если наши победят, я отправлю вас в Адрианополь, — быстро заговорил Анвар. — Теперь, видимо, война закончится. Второго этапа не будет. Жаль. Не все получается, как планируешь. Может быть, мы с вами еще увидимся. Сейчас, конечно, вы меня ненавидите, но пройдет время, и вы поймете мою правоту.

— Я не испытываю к вам ненависти, — сказала Варя. — Просто мне горько, что такой талантливый человек, как вы, занимается всякой грязью. Я вспоминаю, как Мизинов читал историю вашей жизни...

— В самом деле? — рассеянно перебил Анвар, прислушиваясь к перестрелке.

— Да. Сколько интриг, сколько смертей! Тот черкес, который перед казнью пел арии, ведь был вашим другом? Им вы тоже пожертвовали?

— Я не люблю вспоминать эту историю, — строго произнес он. — Знаете, кто я? Я — акушер, я помогаю младенцу появиться на свет, и руки у меня по локоть в крови и слизи...

Залп грянул совсем близко.

— Сейчас я открою дверь, — сказал Анвар, взводя курок, — и помогу своим. Вы оставайтесь здесь и ради Бога не высовывайтесь. Скоро все закончится.

Он потянул засов и вдруг замер — в банке больше не стреляли. Слышалась речь, но непонятно какая, русская или турецкая. Варя затаила дыхание.

— Я тебе харю сворочу! В уголочке отсиживался, мать-мать-мать! — рявкнул унтерский бас, и от этого сладостно-родного голоса внутри все запело.

Выстояли! Отбились!

Выстрелы откатывались все дальше и дальше, отчетливо донеслось протяжное «ура!»

Анвар стоял, закрыв глаза. Его лицо было спокойным и печальным. Когда стрельба совсем прекратилась, он отодвинул засов и приоткрыл дверь.

— Всё, мадемуазель Барбара. Ваше заточение окончено. Выходите.

— А вы? — прошептала Варя.

— Ферзь пожертвован без особой выгоды. Жаль. В остальном все остается в силе. Ступайте и желаю вам счастья.

— Нет! — увернулась она от его руки. — Я вас тут не оставлю. Сдайтесь, я буду свидетельствовать на суде в вашу пользу.

— Чтобы мне зашили горло, а потом все-таки повесили? — усмехнулся Анвар. — Нет уж, благодарю покорно. Больше всего на свете не терплю две вещи — унижение и капитуляцию. Прощайте, мне надо побыть одному.

Он все-таки ухватил Варю за рукав и, слегка подтолкнув, спровадил за дверь. Стальная створка тут же захлопнулась.

Варя увидела перед собой бледного Фандорина, а у выбитого окна стоял генерал Мизинов и покрикивал на жандармов, подметавших стеклянные осколки. Снаружи уже рассвело.

— Где Мишель? — испуганно спросила Варя. — Убит? Ранен?

— Жив и здоров, — ответил Эраст Петрович, внимательно ее оглядывая. — Он в своей стихии — преследует неприятеля. А бедного Перепелкина снова ранили — ятаганом полуха отхватили. Видно, опять орден получит. И за прапорщика Гриднева не беспокойтесь, он тоже жив.

— Я знаю, — сказала она, и Фандорин чуть прищурился.

Подошел Мизинов, пожаловался:

— Еще одна дырка в шинели. Ну и денек. Выпустил? Отлично! Теперь можно и динамитом.

Он осторожно приблизился к двери в хранилище, провел рукой по стали.

— Пожалуй, двух шашек в самый раз хватит. Или много? Хорошо бы мерзавца живьем взять.

Из-за двери хранилища донеслось беззаботное и весьма мелодичное насвистывание.

— Он еще свистит! — возмутился Мизинов. — Каков, а? Ну, ты у меня сейчас досвистишься. Новгородцев! Пошлите в саперный взвод за динамитом!

— Д-динамит не понадобится, — тихо сказал Эраст Петрович, прислушиваясь к свисту.

— Вы снова заикаетесь, — сообщила ему Варя. — Это значит, все позади?

Грохоча сапогами вошел Соболев в распахнутой белой шинели с алыми отворотами.

— Отступили! — охрипшим после боя голосом объявил он. — Потери ужасные, но ничего, скоро должен эшелон подойти. Кто это так славно выводит? Это ж «Лючия де Ламермур», обожаю! — и генерал принялся подпевать приятным сипловатым баритоном.

Del ciel clemente un riso,
la vita a noi sara!

— прочувствованно допел он последнюю строфу, и тут за дверью раздался выстрел.

Эпилог

> **«Московские губернские ведомости»,
> 19 февраля (3 марта) 1878 г.**
> **МИР ПОДПИСАН!**
> «Сегодня, в светлую годовщину Высочайшего милосердия, явленного крестьянству 17 лет назад, в летопись царствования Царя-Освободителя вписана новая светлая страница. Русские и турецкие уполномоченные подписали в Сан-Стефано мир, завершивший славную войну за освобождение христианских народов от турецкого владычества. По условиям трактата, Румыния и Сербия обретают полную независимость, образуется обширное Болгарское княжество, а Россия получает в компенсацию военных затрат 1 миллиард 410 миллионов рублей, причем основная часть этой суммы будет внесена территориальными уступками, в число которых входят Бессарабия и Добруджа, а также Ардаган, Карс, Батум, Баязет...»

— Ну вот, мир и подписан, причем очень хороший. А вы каркали, господин пессимист, — сказала Варя, и опять не о том, о чем хотела.

С Петей титулярный советник уже попрощался, и вчерашний подследственный, а ныне вольный человек Петр Яблоков поднялся в вагон — осваивать купе и раскладывать вещи. По случаю победоносного окончания войны вышли Пете и полное помилование, и даже медаль за ревностную службу.

Уехать можно было еще две недели назад, да и Петя торопил, но Варя все тянула, ждала непонятно чего.

Жалко, с Соболевым рассталась плохо, обиделся Соболев. Ну да бог с ним. Такого героя быстро кто-нибудь утешит.

И вот пришел день, когда нужно было прощаться с Эрастом Петровичем. С утра Варя была на нервах, закатила бедному Пете истерику из-за потерявшейся брошки, потом расплакалась.

Фандорин оставался в Сан-Стефано — с подписанием мира дипломатическая возня отнюдь не заканчивалась. На станцию он пришел прямо с какого-то приема — во фраке, цилиндре, белом шелковом галстуке. Подарил Варе букет пармских фиалок, повздыхал, попереминался с ноги на ногу, но красноречием сегодня не блистал.

— Мир ч-чересчур хороший, — ответил он. — Европа его не признаёт. Анвар отлично п-провел свой гамбит, а я проиграл. Мне дали орден, а надо бы под суд.

— Как вы к себе несправедливы! Ужасно несправедливы! — горячо заговорила Варя, боясь, что выступят слезы. — За что вы все время себя казните? Если бы не вы, я не знаю, что бы со всеми нами было...

— Примерно то же мне сказал Лаврентий Аркадьевич, — усмехнулся Фандорин. — И п-пообещал любую награду, какая в его власти.

Варя обрадовалась:

— Правда?! Ну слава Богу! И чего же вы пожелали?

— Чтобы меня отправили служить куда-нибудь за т-тридевять земель, подальше от всего этого. — Он неопределенно махнул рукой.

— Глупости какие! И что Мизинов?

— Разозлился. Но слово есть слово. К-кончатся переговоры, и поеду из Константинополя в Порт-Саид, а оттуда пароходом в Японию. Назначен вторым секретарем посольства в Токио. Дальше уж не б-бывает.

— В Японию... — Слезы все-таки брызнули, и Варя яростно смахнула их перчаткой.

Зазвенел колокол, паровоз дал гудок. Из окна вагона высунулся Петя:

— Варенька, пора. Сейчас отбываем.

Эраст Петрович замялся, опустил глаза.

— Д-до свидания, Варвара Андреевна. Был очень рад... — И не договорил.

Варя порывисто схватила его за руку, часто-часто заморгала, сбрасывая с ресниц слезинки.

— Эраст... — внезапно вырвалось у нее, но слова застряли, так и не выплеснулись.

Фандорин дернул подбородком и ничего не сказал.

Лязгнули колеса, вагон качнулся.

— Варя! Меня увозят без тебя! — отчаянно крикнул Петя. — Скорей!

Она оглянулась, еще секунду помешкала и вскочила на поплывшую вдоль перрона ступеньку.

— ...и первым делом горячую ванну. А потом в Филипповскую и пастилы абрикосовой, которую ты так любишь. И в книжную лавку за новинками, а потом в университет. Представляешь, сколько будет расспросов, сколько...

Варя стояла у окна и кивала в такт счастливому Петиному лепету. Все хотела насмотреться на черную фигуру, что осталась на платформе, но фигура вела себя странно, расплывалась. Или с глазами что-то было не так?

**«Таймс» (Лондон),
10 марта (26 февраля) 1878 г.
Правительство ее величества говорит «нет»**

«Сегодня лорд Дерби заявил, что британское правительство, поддержанное правительствами большинства европейских стран, категорически отказывается признавать грабительские условия мира, навязанные Турции непомерными аппетитами царя Александра. Сан-Стефанский трактат противоречит интересам европейской безопасности и должен быть пересмотрен на специальном конгрессе, в котором примут участие все великие державы».

**Следующий роман серии
«Приключения сыщика
Эраста Фандорина» —**

«Левиафан»

Начинается он так...

Кое-что из черной папки комиссара Гоша

Протокол осмотра места преступления, совершенного вечером 15 марта 1878 года в особняке лорда Литтлби на рю де Гренель (7 округ города Парижа)

[Фрагмент]

...*По невыясненной причине весь обслуживающий персонал находился в буфетной, что расположена на первом этаже особняка налево от вестибюля (помещение 3 на схеме 1). Точное расположение мертвых тел показано на схеме 4, где:*

№1 — труп дворецкого Этьена Деларю 48 лет,

№2 — труп экономки Лоры Бернар 54 лет,

№3 — труп личного лакея хозяина Марселя Пру 28 лет,

№4 — труп сына дворецкого Люка Деларю 11 лет,

№5 — труп горничной Арлетт Фош 19 лет,

№6 — труп внучки экономки Анн-Мари Бернар 6 лет,

№7 — тело охранника Жана Лесажа 42 лет, умершего в больнице Сен-Лазар утром 16 марта, не приходя в сознание,

№8 — труп охранника Патрика Труа-Бра 29 лет,

№9 — труп привратника Жана Карпантье 40 лет.

Тела, обозначенные под №№1-6, расположены в сидячих позах вокруг большого кухонного стола, причем №№1-3 застыли, уронив голову на скрещенные руки, №4 сложил под щекой ладони, №5 откинулась на спинку стула, а №6 сидит на коленях у №2. Лица у №№1-6 спокойные, без малейших признаков страха или страдания. В то же время №№7-9, как видно по схеме, лежат поодаль от стола. №7 держит в руке свисток, однако никто из соседей минувшим вечером свиста не слышал. У №8 и №9 на лицах застыло выражение ужаса или, во всяком случае, крайнего изумления (*фотографические снимки будут представлены к завтрашнему утру*). Следы борьбы отсутствуют. Повреждения на телах при беглом осмотре также не обнаружены. Причину смерти без вскрытия установить невозможно. По признакам трупного окоченения судебно-медицинский врач мэтр Бернем установил, что смерть наступила в разное время, между 10 часами вечера (№6) и 6 часами утра, а №7, как уже было доложено, умер позднее, в больнице. Не дожидаясь результатов медицинской экспертизы, осмелюсь предположить, что все жертвы были подвергнуты воздействию сильнодействующего яда с быстрым усыпляющим эффектом, а время остановки сердца зависело то ли от полученной дозы яда, то ли от физической крепости каждого из отравленных.

Входная дверь особняка прикрыта, но не заперта. Однако на окне оранжереи (пункт 8 на схеме 1) наличествуют явственные следы взлома: стекло разбито, под окном на узкой полоске разрыхленной земли виден отчетливый след мужского ботинка с подошвой в 26 сантиметров, острым носком и подкованным каблуком (*фотографические снимки будут представлены*). Вероятно, преступник проник в дом через сад, причем уже после того, как слуги были отравлены и погрузились в сон — иначе они непременно услышали бы звон разбитого стекла. В то же время непонятно, зачем преступнику после того, как слуги были обезврежены, понадобилось лезть через сад — ведь он мог спокойно пройти внутрь дома из буфетной. Так или иначе, преступник поднялся из оранжереи на второй этаж, где расположены личные покои лорда Литтлби (см. схему 2). Как видно по схеме, в левой части второго этажа всего два помещения: зал, где размещена коллекция индийских раритетов, и непосредственно примыкающая к залу спальня хозяина. Тело лорда Литтлби обозначено на схеме 2 под №10 (см. также контурный рисунок). Лорд Литтлби одет в домашнюю куртку и суконные панталоны, правая ступня обмотана толстым слоем бинта. Судя по первичному осмотру тела, смерть наступила в результате необычайно сильного удара тяжелым продолговатым предметом в теменную область. Удар нанесен спереди. Ковер на несколько метров вокруг забрызган кровью и мозговым веществом. Забрызгана также разбитая стеклянная витрина, в которой, судя по табличке, прежде находилась статуэтка индийского бога Шивы (надпись на табличке: «Бангалор, 2-ая пол. XVII в., золото») Фоном для исчезнувшего изваяния служили расписные индийские платки, один из которых также отсутствует.

Из отчета доктора Бернема о результатах патологоанатомического исследования трупов, доставленных с рю де Гренель

...Однако, если причина смерти лорда Литтлби (труп №10) ясна и необычным здесь можно счесть лишь силу удара, расколовшего черепную коробку на семь фрагментов, то с №№1-9 картина была менее очевидна и потребовала не только вскрытия, но и химико-лабораторного исследования. Задачу до некоторой степени облегчил тот факт, что Ж.Лесаж (№7) в момент первичного осмотра был еще жив, и

по некоторым характерным признакам (булавочные зрачки, замедленное дыхание, холодная липкая кожа, покраснение губ и мочек) можно было предположить отравление морфием. К сожалению, во время первичного осмотра на месте преступления мы исходили из казавшейся очевидной версии перорального принятия яда и посему тщательно осмотрели только полость рта и глотку погибших. Когда ничего патологического найти не удалось, экспертиза зашла в тупик. Лишь при исследовании в морге у каждого из девяти покойников обнаружился едва заметный след инъекции на внутреннем сгибе левого локтя. Хоть это и выходит из сферы моей компетенции, позволю себе с достаточной долей уверенности предположить, что уколы сделаны лицом, имеющим немалый опыт процедур подобного рода. К такому выводу меня привели два обстоятельства: 1) инъекции сделаны исключительно аккуратно, ни у кого из осматриваемых не осталось видимой глазу гематомы; 2) нормальный срок впадения в состояние наркотического забытья составляет три минуты, а это значит, что все девять уколов были сделаны именно в данный интервал. Либо операторов было несколько (что маловероятно), либо один, но обладающий поистине поразительной сноровкой — даже если предположить, что он заранее приготовил по снаряженному шприцу на каждого. В самом деле, трудно представить, что человек в здравом рассудке подставит руку для укола, если на его глазах кто-то уже потерял сознание от этой процедуры. Мой ассистент мэтр Жоли, правда, считает, что все эти люди могли находиться в состоянии гипнотического транса, но за многолетнюю работу мне ни с чем похожим сталкиваться не приходилось. Обращаю также внимание г-на комиссара на то, что №№ 7-9 лежали на полу в позах, выражавших явное смятение. Полагаю, что эти трое получили инъекции последними (или же обладали повышенной сопротивляемостью) и перед тем, как потерять сознание, поняли, что с их товарищами происходит нечто подозрительное. Лабораторный анализ показал, что каждая из жертв получила дозу морфия, примерно втрое превышающую летальную. Судя по состоянию трупа девочки (№6), которая должна была скончаться первой, инъекции были сделаны между 9 и 10 часами вечера 15 марта.

Десять жизней за золотого божка!

Кошмарное злодеяние в фешенебельном квартале

Сегодня, 16 марта, весь Париж только и говорит, что о леденящем кровь преступлении, нарушившем чинное спокойствие аристократичной рю де Гренель. Корреспондент «Ревю паризьен» поспешил на место трагедии и готов удовлетворить законное любопытство наших читателей.

Итак, сегодня утром почтальон Жак Ле-Шьен, как обычно, в начале восьмого позвонил в дверь элегантного двухэтажного особняка, принадлежащего известному британскому коллекционеру лорду Литтлби. Когда привратник Карпантье, всегда лично принимающий почту для его сиятельства, не отворил, г-н Ле-Шьен удивился и, заметив, что входная дверь приоткрыта, вошел в прихожую. Минуту спустя 70-летний ветеран почтового ведомства с диким воплем выбежал обратно на улицу. Прибывшая по вызову полиция обнаружила в доме настоящее царство Аида — семеро слуг и двое детей (11-

летний сын дворецкого и 6-летняя внучка экономки) — спали вечным сном. Прибывшая полиция поднялась на второй этаж и нашла там хозяина дома, лорда Литтлби. Он плавал в луже крови, убитый в том самом хранилище, где содержалась его прославленная коллекция восточных редкостей. 55-летний англичанин был хорошо известен в высшем обществе нашей столицы. Он слыл человеком эксцентричным и нелюдимым, однако ученые-археологи и востоковеды почитали лорда Литтлби истинным знатоком индийской истории. Неоднократные попытки дирекции Лувра выкупить у лорда отдельные экземпляры его пестрой коллекции отвергались с негодованием. Покойный особенно дорожил уникальной золотой статуэткой Шивы, которая оценивается знающими людьми по меньшей мере в полмиллиона франков. Человек мнительный и подозрительный, лорд Литтлби очень боялся грабителей, и в хранилище денно и нощно дежурили двое вооруженных охранников.

Непонятно, почему охранники покинули свой пост и спустились на первый этаж. Непонятно, к какой неведомой силе прибег преступник, чтобы без малейшего сопротивления подчинить своей воле всех обитателей дома (полиция подозревает, что использован какой-то быстродействующий яд). Однако ясно, что самого хозяина злодей застать дома не ожидал — его дьявольские расчеты были явно нарушены. Должно быть, именно этим следует объяснить звериную жестокость, с которой был умерщвлен почтенный коллекционер. Похоже, что с места преступления убийца скрылся в панике. Во всяком случае, он прихватил только статуэтку да один из расписных индийских платков, выставленных в той же витрине. Платок, видимо, понадобился, чтобы завернуть золотого Шиву — иначе блеск изваяния мог бы привлечь внимание кого-то из поздних прохожих. Прочие ценности (а их в коллекции немало) остались нетронутыми. Ваш корреспондент установил, что лорд Литтлби вчера оказался дома случайно, по роковому стечению обстоятельств. Он должен был вечером уехать на воды, однако из-за внезапного приступа подагры остался дома — себе на погибель.

Кощунственный размах и циничность массового убийства на рю де Гренель поражают воображение. Какое пренебрежение к человеческим жизням! Какая чудовищная жестокость! И ради чего — ради золотого истукана, который теперь и продать-то невозможно! При переплавке же Шива превратится в обычный двухкилограммовый слиток золота. Двести грамм желтого металла — вот цена, которую преступник дал каждой из десяти загубленных душ. O tempora, o mores! — воскликнем мы вслед за Цицероном.

Однако есть основания полагать, что неслыханное злодеяние не останется безнаказанным. Опытнейший из сыщиков парижской префектуры Гюстав Гош, которому поручено расследование, доверительно сообщил вашему корреспонденту, что полиция располагает некоей важной уликой. Комиссар абсолютно уверен, что возмездие будет скорым. На наш вопрос, не совершено ли преступление кем-либо из профессиональных грабителей, г-н Гош лукаво улыбнулся в свои седые усы и загадочно ответил: «Нет, сынок, тут ниточка тянется в хорошее общество». Больше вашему покорному слуге не удалось вытянуть из него ни единого слова.

Ж. дю Руа

Вот это улов!

Золотой Шива найден! «Преступление века» на рю де Гренель — дело рук сумасшедшего!

Вчера, 17 марта, в шестом часу пополудни, 13-летний Пьер Б., удивший рыбу у Моста Инвалидов, так прочно зацепился крючком за дно, что был вынужден лезть в холодную воду. («Что я, дурак, настоящий английский крючок бросать?» — сказал юный рыбак нашему репортеру.) Доблесть Пьера была вознаграждена: крючок зацепился не за какую-нибудь вульгарную корягу, а за увесистый предмет, наполовину ушедший в ил. Извлеченный из воды, предмет засиял неземным блеском, ослепив изумленного рыболова. Отец Пьера, отставной сержант и ветеран Седана, догадался, что это и есть знаменитый золотой Шива, из-за которого позавчера убили десять человек, и доставил находку в префектуру.

Как это понимать? Преступник, не остановившийся перед хладнокровным и изощренным убийством стольких людей, почему-то не пожелал воспользоваться трофеем своей чудовищной предприимчивости! Следствие и публика поставлены в тупик. Публика, кажется, склонна считать, что в убийце запоздало пробудилась совесть, и он, ужаснувшись содеянного, бросил золотого истукана в реку. Многие даже полагают, что злодей и сам утопился где-нибудь неподалеку. Полиция же менее романтична и находит в непоследовательности действий преступника явные признаки безумия.

Узнаем ли мы когда-нибудь истинную подоплеку этой кошмарной, непостижимой истории?

АЛЬБОМ ПАРИЖСКИХ КРАСАВИЦ

Серия из 20 фотографических карточек высылается наложенным платежом за 3 фр. 99 сант., включая стоимость пересылки. Уникальное предложение! Торопитесь — тираж ограничен. Париж, рю Койпель, типография «Пату и сын»

Часть первая

ПОРТ-САИД — АДЕН

Комиссар Гош

В Порт-Саиде на борт «Левиафана» поднялся новый пассажир, занявший номер восемнадцатый, последнюю вакантную каюту первого класса, и у Гюстава Гоша сразу улучшилось настроение. Новенький выглядел многообещающе: сдержанные и неторопливые движения, непроницаемое выражение красивого лица — на первый взгляд вроде бы совсем молодого, но когда объект снял котелок, неожиданно обнаружились виски с проседью. Любопытный экземпляр, решил комиссар. Сразу видно — с характером и, что называется, *с прошлым*. В общем, несомненный клиент папаши Гоша.

Пассажир шел по трапу, помахивая портпледом, а потные грузчики волокли изрядный багаж: дорогие скрипучие чемоданы, добротные саквояжи свиной кожи, объемистые связки с книгами и даже складной велосипед (одно большое колесо, два маленьких и пук блестящих металлических трубок). Замыкали шествие двое бедолаг, тащивших внушительного вида гимнастические гири.

Сердце Гоша, старой ищейки (так любил аттестовать себя сам комиссар), затрепетало от охотничьего азарта, когда у новенького не оказалось золотого значка — ни на шелковом лацкане щегольского летнего пальто, ни на пиджаке, ни на цепочке от часов. Теплее, совсем тепло, думал Гош, зорко поглядывая на франта из-под кустистых бровей и попыхивая своей любимой глиняной трубочкой. И то сказать — с чего он взял, старый башмак, что душегуб сядет на пароход непременно в Саутгемптоне? Преступление совершено 15 марта, а сегодня уже 1 апреля. Запросто можно было добраться до Порт-Саида, пока «Левиафан» огибал западный контур Европы. И вот вам пожалуйста, одно к одному: по типу явный клиент плюс билет первого класса плюс главное — без золотого кита.

Проклятый значок с аббревиатурой пароходной компании «Джаспер-Арто партнершип» с некоторых пор начал сниться Гошу по ночам, и сны все были какие-то на редкость пакостные. Например, давешний.

Комиссар катался с мадам Гош на лодочке в Булонском лесу. Светило солнышко, насвистывали птички. Вдруг из-за вершин деревьев выглянула гигантская золотистая морда с бессмысленными круглыми глазами, разинула пасть, в которой запросто поместилась бы Триумфальная арка, и стала всасывать в себя пруд. Гош, обливаясь потом, налег на весла. Между тем оказалось, что дело происходит вовсе и не в парке, а посреди безбрежного океана. Весла гнулись, как соломинки, мадам Гош больно тыкала зонтиком в спину, а огромная сияющая туша заслонила весь горизонт. Когда она выпустила фонтан в полнеба, комиссар проснулся и трясущейся рукой зашарил по столику — где там трубка и спички?

Впервые золотого кита Гош увидел на рю де Гренель, когда осматривал бренные останки лорда Литтлби. Англичанин лежал, разинув рот в немом крике — фальшивая челюсть наполовину выскочила, выше лба кровавое суфле. Гош присел на корточки — показалось, что у трупа между пальцев посверкивает золотая искорка, и, разглядев, заурчал от удовольствия. Сама собой подвалила редкостная, прямо-таки небывалая удача, какая бывает только в криминальных романах. Покойник, умница, преподнес следствию важную улику — не на блюдечке, на ладошке. На, Гюстав, держи. И попробуй только упустить того, кто мне башку раздрызгал — лопнуть тебе тогда от стыда, старый   ень.

Золотая эмблема (правда, сначала Гош еще не знал, что это эмблема, — думал, брелок или булавочная заколка с монограммой владельца) могла принадлежать только убийце. На всякий случай комиссар, конечно, показал кита младшему лакею (вот кому повезло-то: 15 марта у парня был выходной, что и спасло ему жизнь), но лакей никогда раньше у лорда этой безделушки не видел. И слава Богу.

Дальше завертелись маховики и закрутились шестеренки всего громоздкого полицейского механизма — министр и префект бросили на раскрытие «Преступления века» все лучшие силы. Уже к вечеру следующего дня Гош знал, что три буквы на золотом ките — не инициалы какого-нибудь запутавшегося в долгах прожигателя жизни, а обозначение только что созданного франко-британского судоходного консорциума. Кит же оказался эмблемой чудо-корабля «Левиафан», недавно спущенного со стапелей в Бристоле и готовящегося к своему первому рейсу в Индию.

О гигантском пароходе газеты трубили уже не первый месяц. Теперь же выяснилось, что в канун первого плавания «Левиафана» Лондонский монетный двор отчеканил золотые и серебряные памятные значки: золотые для пассажиров первого класса и старших офицеров судна, серебряные — для пассажиров второго класса и субалтернов. Третий класс на роскошном корабле, где достижения современной техники сочетались с небывалым комфортом, не предусматривался вовсе. Компания гарантировала путешественникам полное обслуживание, так что брать с собой в плавание прислугу было необязательно. «Внимательные лакеи и тактичные горничные пароходства позаботятся о том, чтобы вы чувствовали себя на борту «Левиафана» как дома!» — гласила реклама, напечатанная в газетах всей Европы. Счастливцам, заказавшим каюту на первый рейс Саутгемптон — Калькутта, вместе с билетом вручали золотого или серебряного кита, в зависимости от класса. А заказать билет можно было в любом крупном европейском порту, от Лондона до Константинополя.

Что ж, эмблема «Левиафана» — это хуже, чем инициалы владельца, но задача усложнилась ненамного, рассудил комиссар. Все золотые значки считанные. Надо просто дождаться 19 марта — именно на этот день назначено торжественное отплытие, — приехать в Саутгемптон, подняться на пароход и посмотреть, у кого из пассажиров первого класса нет золотого кита. Или (что вероятнее всего), кто из купивших за такие деньжищи билет не явился на борт. Он-то и будет клиент папаши Гоша. Проще картофельного супа.

Уж на что Гош не любил путешествовать, а тут не удержался. Очень хотелось самолично раскрыть «Преступление века». Глядишь, наконец и дивизионного дадут. До пенсии всего три года. Одно дело по третьему разряду пенсион получать, и совсем другое — по второму. Разница в полторы тысячи франков в год, а полторы тысячи на дороге не валяются.

В общем, сам напросился. Думал, прокатиться до Саутгемптона — ну, в худшем случае доплыть до Гавра, первой остановки, а там уж и жандармы на причале, и репортеры. Заголовок в «Ревю паризьен»: *«Преступление века» раскрыто: наша полиция на высоте*. Или того лучше: *«Старая ищейка Гош не подкачал»*.

О-хо-хо. Первый неприятный сюрприз ждал комиссара в мореходной конторе, в Саутгемптоне. Выяснилось, что на чертовом пароходище целых сто кают первого класса и десять старших офицеров. Все билеты проданы. Сто тридцать две штуки. И на каждый выдано по золотому значку. Итого сто сорок два подозреваемых, ничего себе? Но ведь эмблемы-то не окажется только у одного, успокаивал себя Гош.

Утром 19 марта нахохлившийся от сырого ветра, замотанный в теплое кашне комиссар стоял возле трапа, рядом с капитаном мистером Джосайей Клиффом и первым лейтенантом мсье Шарлем Ренье. Встречали пассажиров. Духовой оркестр попеременно играл английские и французские марши, на пирсе возбужденно галдела толпа, а Гош пыхтел все яростней, грызя ни в чем не повинную трубку. Увы — из-за холодной погоды все пассажиры были в плащах, пальто, шинелях, капотах. Поди-ка разбери, у кого есть значок, а у кого нет. Это был подарочек номер два.

Все, кто должен был сесть на пароход в Саутгемптоне, оказались на месте, а сие означало, что, несмотря на потерю значка, преступник на пароход все-таки прибыл. Видно, считает полицейских полными идиотами. Или надеется затеряться среди такой уймы народа? А может, у него нет другого выхода?

В общем, ясно было одно: прокатиться до Гавра придется. Гошу выделили резервную каюту, предназначенную для почетных гостей пароходства.

Сразу после отплытия в гранд-салоне первого класса состоялся банкет, на который комиссар возлагал особые надежды, поскольку в приглашениях было указано: «Вход по предъявлении золотой эмблемы или билета первого класса». Ну кто ж станет носить в руке билет — куда как проще прицепить красивого золотого левиафанчика.

На банкете Гош отвел душу — каждого взглядом обшарил. Иным дамам был вынужден в самое декольте носом тыкаться. Висит там что-то в ложбинке на золотой цепке — то ли кит, то ли просто кулон. Как не проверить?

Все пили шампанское, угощались всякими вкусностями с серебряных подносов, танцевали, а Гош работал: вычеркивал из списка тех, у кого значок на месте. Больше всего мороки было с мужчинами. Многие, стервецы, прицепили кита к цепочке от часов, да и сунули в жилетный карман. Комиссару пришлось одиннадцать раз поинтересоваться, который нынче час.

Неожиданность номер три: у всех офицеров значки были на месте, но зато безэмблемных пассажиров обнаружилось целых четверо, притом двое женского пола! Удар, раскроивший череп лорда Литтлби, словно скорлупу ореха, был такой мощи, что нанести его мог только мужчина, и не просто мужчина, а изрядный силач. С другой стороны, комиссару как опытнейшему специалисту по уголовным делам было отлично известно, что в состоянии аффекта либо истерического возбуждения самая слабая дамочка способна совершать истинные чудеса. Да что далеко за примерами ходить. В прошлом году модистка из Нейи, сущая пигалица, выкинула из окна, с четвертого этажа, неверного любовника — упитанного рантье вдвое толще и в полтора раза выше ее самой. Так что женщин, оказавшихся без значка, исключать из числа подозреваемых не следовало. Хотя где это видано, чтобы женщина, да еще дама из общества, умела с такой сноровкой делать уколы...

Так или иначе, расследование на борту «Левиафана» обещало затянуться, и комиссар проявил свою всегдашнюю обстоятельность. Капитан Джосайя Клифф единственный из офицеров парохода был посвящен в тайну следствия и имел инструкцию от руководства компании оказывать французскому блюстителю закона всяческое содействие. Гош воспользовался этой привилегией самым бесцеремонным образом: потребовал, чтобы все интересующие его персоны были приписаны к одному и тому же салону.

Тут необходимо пояснить, что из соображений приватности и уюта (в рекламе парохода говорилось: «Вы ощутите себя в атмосфере доброй старой английской усадьбы») особы, путешествующие первым классом, должны были столоваться не в огромном обеденном зале вместе с шестьюстами носителями демократичных серебряных китов, а были расписаны по комфортабельным «салонам», каждый из которых носил собственное название и имел вид великосветской гостиной: хрустальные светильники, мореный дуб и красное дерево, бархатные стулья, ослепительное столовое серебро, напудренные официанты и расторопные стюарды. Комиссар Гош облюбовал для своих целей салон «Виндзор», расположенный на верхней палубе, прямо в носовой части: три стены из сплошных окон, превосходный обзор, даже в пасмурный день можно не зажигать ламп. Бархат здесь был золотисто-коричневого оттенка, а на льняных салфетках красовался виндзорский герб.

Вокруг овального стола с прикрученными к полу ножками (это на случай сильной качки) стояло десять стульев с высокими резными спинками, украшенными всякими готическими финтифлюшками. Комиссару понравилось, что все будут сидеть за одним столом, и он велел стюарду расставить таблички с именами не просто так, а со стратегическим смыслом: четверых безэмблемных пристроил аккурат напротив себя, чтобы глаз с них, голубчиков, не спускать. Усадить во главу стола самого капитана, как планировал Гош, не получилось. Мистер Джосайя Клифф не пожелал (по его собственному выражению) «участвовать в этом балагане» и обосновался в салоне «Йорк», где столовались новый вице-король Индии с супругой и двое генералов Индийской армии. «Йорк» располагался в престижной кормовой части, на максимальном удалении от зачумленного «Виндзора», где воцарился первый помощник Шарль Ренье. Он сразу пришелся комиссару не по душе: лицо загорелое, обожженное ветрами, а говорит сладенько, черные волосы блестят от бриллиантина, усишки нафабрены в две закорючки. Шут гороховый, а не моряк.

За двенадцать дней, миновавшие с момента отплытия, комиссар успел хорошенько приглядеться к соседям по салону, обучился светским манерам (то есть не курить во время трапезы и не собирать подливу коркой хлеба), более или менее усвоил сложную географию плавучего города, притерпелся к качке — а к цели так и не приблизился.

Ситуация была такая.

Поначалу первым по степени подозрительности числился сэр Реджинальд Милфорд-Стоукс. Тощий, рыжий, с растрепанными бакенбардами. На вид лет двадцать восемь — тридцать. Ведет себя странно: то таращит зеленые глазищи куда-то вдаль и на вопросы не отвечает, то вдруг оживится и понесет ни к селу ни к городу про остров Таити, про коралловые рифы, про изумрудные лагуны и хижины с крышами из пальмовых листьев. Явный психопат. Зачем баронету, отпрыску богатого семейства, ехать на край света, в какую-то Океанию? Чего он там не видал? Вопрос об отсутствующем значке — между прочим, заданный дважды — чертов аристократ проигнорировал. Смотрел сквозь комиссара, а если и взглянет, то словно на муху какую. Сноб поганый. Еще в Гавре (стояли четыре часа) Гош сбегал на телеграф, отбил запрос в Скотланд-Ярд: мол, что за Милфорд-Стоукс такой, не замечен ли в буйстве, не баловался ли изучением медицины. Ответ пришел перед самым отплытием. Оказалось, ничего интересного, да и странности объяснились. Но золотого кита у него все-таки нет, а значит, из списка клиентов рыжего вычеркивать рано.

Второй — мсье Гинтаро Аоно, «японский дворянин» (так написано в пассажирском регистре). Азиат как азиат: невысокий, сухонький, не поймешь какого возраста, с жидкими усиками, колючие глазки в щелочку. За столом в основном помалкивает. На вопрос о занятиях, смутившись, пробормотал: «офицер императорской армии». На вопрос о значке смутился еще больше, обжег комиссара ненавидящим взглядом и, извинившись, выскочил за дверь. Даже суп не доел. Подозрительно? Еще бы! Вообще же дикарь дикарем. В салоне обмахивается ярким бумажным веером, будто педераст из развеселых притонов за рю Риволи. По палубе разгуливает в деревянных шлепанцах, хлопчатом халате и вовсе без панталонов. Гюстав Гош, конечно, за свободу, равенство и братство, но все-таки не следовало такую макаку в первый класс пускать.

Теперь женщины.

Мадам Рената Клебер. Молоденькая. Пожалуй, едва за двадцать. Жена швейцарского банковского служащего. Едет к мужу в Калькутту. Красавицей не назовешь — остроносенькая, подвижная, говорливая. С первой же минуты знакомства сообщила о своей беременности. Этому обстоятельству подчинены все ее мысли и чувства. Мила, непосредственна, но совершенно несносна. За двенадцать дней успела досмерти надоесть комиссару болтовней о своем драгоценном здоровье, вышиванием чепчиков и прочей подобной ерундой. Настоящий живот на ножках, хотя срок беременности пока небольшой и собственно живот только-только обозначился. Разумеется, Гош улучил момент и спросил, где эмблема. Швейцарка захлопала ясными глазенками, пожаловалась, что вечно все теряет. Что ж, это очень даже могло быть. К Ренате Клебер комиссар относился со смесью раздражения и покровительственности, всерьез же за клиентку не держал.

Вот ко второй даме, мисс Клариссе Стамп, бывалый сыщик приглядывался куда как заинтересованней. Тут что-то, кажется, было нечисто. Вроде бы англичанка и англичанка, ничего особенного: скучные белесые волосы, не первой молодости, манеры тихие, чинные, но в водянистых глазах нет-нет да и промелькнет этакая чертовщинка. Знаем, видели таких. Кто в тихом омуте-то водится? Опять же примечательные детальки. Так, ерунда, кто другой и внимания бы не обратил, но у старого пса Гоша глаз цепкий. Платья и костюмы у мисс Стамп дорогие, новехонькие, по последней парижской моде, сумочка из черепахи (видел такую в витрине на Елисейских полях — триста пятьдесят франков), а записную книжечку достала — старая, дешевенькая, из простой писчебумажной лавки. Раз сидела на палубе в шальке (ветрено было), так у мадам Гош точь-в-точь такая же, из собачьей шерсти. Теплая, но не для английской леди. И что любопытно: новые вещи у этой Клариссы Стамп все сплошь дорогие, а старые плохонькие и самого низкого качества. Неувязочка. Как-то перед файф-о-клоком Гош у нее спросил: «А что это вы, сударыня, золотого кита ни разу не наденете? Не нравится? По-моему, шикарная вещица». Что вы думаете? Залилась краской почище «японского дворянина» и говорит: мол, надевала уже, вы просто не видели. Врет. Уж Гош бы заметил. Была у комиссара одна тонкая мыслишка, но тут требовалось подгадать психологически верный момент. Вот и посмотрим, как она отреагирует, эта Кларисса.

Раз уж мест за столом десять, а безэмблемных набралось четверо, решил Гош дополнить комплект за счет прочих субъектов, хоть и со значками, а тоже по-своему примечательных. Чтоб расширить круг поиска — места-то все равно остаются.

Содержание

Глава первая,
в которой передовая женщина попадает в безвыходную ситуацию 7

Глава вторая,
в которой появляется много интересных мужчин 16

Глава третья,
почти целиком посвященная восточному коварству 34

Глава четвертая,
в которой враг наносит первый удар 51

Глава пятая,
в которой описывается устройство гарема 62

Глава шестая,
в которой Плевна и Варя выдерживают осаду 79

Глава седьмая,
в которой Варя утрачивает звание порядочной женщины 95

Глава восьмая,
в которой Варя видит ангела смерти 106

Глава девятая,
в которой Фандорин получает нагоняй от начальства 121

Глава десятая,
в которой государю преподносят золотую саблю 134

Глава одиннадцатая,
в которой Варя проникает в высшие сферы политики 144

Глава двенадцатая,
в которой события принимают неожиданный оборот 159

Глава тринадцатая,
в которой Фандорин произносит длинную речь 176

Глава четырнадцатая,
в которой ругают Россию и звучит язык Данте 189

Эпилог 200